白水社
EXLIBRIS

Jim Shepard

わかっていただけますかねえ

ジム・シェパード
小竹由美子［訳］

わかっていただけますかねえ

Cover Photograph: Bettman / Getty Images

兄のジョンへ

わかっていただけますかねえ　目次

装丁　緒方修一

ゼロメートル・ダイビングチーム

罪悪感、罪悪感、罪悪感

かくも大きな罪悪感を背負うことに耐えていると、こんな具合になる。どこへ体を引きずっていこうと、跡を残してしまうのだ。夜遅く、自分の軌跡の心穏やかならざる記録をじっと見返すことになる。弟たちが運び込まれた医療センターで、僕は立ったまま救急カートの角に頭をガンガン打ちつけた。看護師がこちらを見たので、こう言ってやった。「うん、これで良くなった。こうすると、いろんな思いを、浮かんでくるまえに潰してしまえるんだ」

大騒動

僕はボリス・ヤコヴレヴィチ・プルシンスキー。原子力エネルギー局の技術主任で、弟のミハイル・ワシーリエヴィチはチェルノブイリ原子力発電所四号炉を担当するタービン上級技術者、一九八六年四月二六日の夜は勤務中だった。僕たちとは半分血の繋がった弟であるピーチャは、あの同じ夜、友人と、プリピャット川沿いにある原子炉冷却塔の外側の、風下のところで、釣りをしていた。というわけで、僕の家族が続いて起こった出来事の真っ只中にいたことがわかっていただけるだろう。僕たちは——なんと言ったらいいか——その点で運が良かったとは言えない。とはいえ、祖国と同様、プルシンスキー家の者たちは、自分たちは誰にも同情してもらわなくて結構だといつも先に立って言明してきた。プルシンスキー家の者たちは、常に自分の運は自分で切り開いてきたのだから。

オール・プルシンスキー・ゼロメートル・ダイビングチーム

ミハイルとピーチャと僕がいっしょに写っている写真を、父は一枚持っている。僕たちの母が撮ったものだ。母には写真の才はなかった。僕たち三人は、川に張り出したうちの桟橋の上で背の順に並んでいる。三人とも何か嫌な臭いを嗅いでいるような顔つきだ。父が僕たちにダイビングの正しいフォームを教え込もうと決めた夏の写真なのだ。父はメキシコシティで開かれたオリンピックのラジオ中継を聴いていて、東ドイツの高飛び込み選手たちの快挙に、自分の息子たちへの野望でいっぱいになってしまった。ところがうちの桟橋はあまりにも低く、父はそれを「ゼロメートル飛び込み台」と呼んだ。僕たちが飛び込む水底は、浅くてどろどろで、怖かった。「何を怖がってるんだ?」と父は言った。「父さんは怖くなんかないぞ。ボリス、お前は怖いか?」「僕は怖くないよ」と僕は答えたが、弟たちは僕が怖がっているのをわかっていた。僕は一〇歳で、自分は父の協力者だと思い込んでいた。ピーチャは五歳、ミハイルは七歳だった。写真では二人とも、腿に手を置いて泣いている。

母がまだ生きていた頃、父は夜になるとときどき僕たちの頭上の棟を歩くことがあり、川面に映る月を眺めるのだと言っていた。父は闇に向かって叫ぶ。俺は物理エネルギー研究所理事のヴィクトル・グリゴリエヴィチ・プルシンスキーだ。生前、僕たちの母——ミハイルと僕の母——も父をそんなふうに紹介していた。ピーチャの母親は誰にも父を紹介することはなかった。表向きはピーチャは僕たちと父母を同じくする弟だったが、家では、父はあいつを半減期《ハーフ・ライフ》と呼んだ。物理学者のジョークだと父は言っていた。

「兄さんにジャガイモをあげなさい」と父はピーチャに命令する。すると可哀想なピーチャは自分の皿の残りのジャガイモをかき集めてミハイルの皿に移す。ミハイルは弟と喧嘩になるとこんなことを言った。「お前の髪は僕たちのと違うな。そう思わないか?」

だから、僕たちの遊びには殺意が潜んでいた。僕たちはダーチャ（菜園付きセカンドハウス）で戦《いくさ》の真似をして、棒で互いを叩き切ったり、ライラックや野草をなぎ倒したりして大暴れした。そして父に打ち据えられた。父はセイヨウトネリコの小枝を使った。僕を四回打ってから、ミハイルを三回、そして四回目は僕が食らわせることになっていた。それからピーチャを三回、そしてミハイルが四回目を食らわせる。それぞれの悲惨な顔は目も当てられなかった。僕たちはいつも最後の一撃を、最初の三回をしのいでやると言わんばかりの勢いで食らわせた。

僕たちが落ち着くと、父は「理性というのは周囲の世界の力をその世界を損なうことなく使う能力だ」というストルガツキーの言葉を引用して聞かせた。ミミズ腫れのできた体でベッドに腹這いになって、僕たちは父のその金言を自分たち自身の憤怒や惨めさで色付けした。二五年後、その同じ金言が、チェルノブイリ発電所で起きた大惨事に関する中央委員会原子力担当大臣宛の僕の報告書で使われることとなった。

死別

母は僕が一一のときに流感で死んだ。ピーチャは唯一の庇護者を失って、ますますだらしなくへんてこりんに、人と違うところだらけになっていった。ミハイルは丸一年間、大きな音に怯えているような様子だった。あとになると僕たちは、流感というのは母が行方をくらますためのでっち上げで、じつは黒海の浜辺へ行ったのだと冗談を言った。でも毎晩僕たちは、ベッドのあいだの暗い床越しに互いを見つめ合った、ぽつねんとした虚ろな気持ちで。

朝になると僕は、親指を吸っているミハイルの拳をお祈りしているみたいに手で包んだ。そうすると互いに鼻を突き合わせるようになり、僕は込み上げる優しい気持ちに身震いした。ピーチャは興味をかき立てられて、自分も親指を吸った。

あの暖かい四月の夜

あの発電所について、あるいは発電所が面している川について、何を話せばいいだろう？　プリピャット川は、近くの泥炭湿原のせいで紅茶色になった流れが、サッカー競技場のように平坦な土地をうねうね進んだあげく、ほんの数キロ下流でドニエプル川に注ぎ込んでいる。深い部分は一年を通じて冷たい。川は長い距離にわたって、若い松の木立を水浸しにしたり囲んだりしている。

あの地域に住むようになったミハイルは、その場所が気に入った。有望な新人で、二八歳にしてタービン上級技術者だった。地域には、中等学校が三つに青年クラブがひとつ、屋根のある賑やかな市場が幾つか、スクリーンが二つある映画館、そして子供用品のジェツキー・ミールもある。良いハイキングコースや釣り場も多々ある。ピーチャも後を追ってやってきた。ピーチャはたいてい職を転々としながら追いかけてきて、半端仕事に就いては酔っ払って投獄され、兄に窮地から救い出してもらっていた。というか、半分血の繋がった兄に。

「なんだってあいつは、兄貴のことを追いかけないんだ?」またもピーチャがミハイルの住まいの玄関口に姿を現した夜、彼は僕にそう訊ねた。ミハイルから電話がかかってくるのは珍しかった。電話は接続が悪くて、回線のなかで蜂が飛んでいるような音がした。ピーチャはとっくにダイニングルームで寝ていた。ヒッチハイクでコンクリートミキサー車に乗せてもらったあと、最後の二〇キロあまりを歩いてきたのだ。

弟たちはピーチャの住まいとして町なかの小さなアパートと、使用済み燃料保管所の建設現場での仕事を見つけた。そのための居住許可証については、とミハイルは電話で僕に告げた。お偉いさんの兄貴を頼りにしているから、と。

僕はいつでも助けるつもりでいた。僕たち二人の兄貴はピーチャを、さあ呑み込めと教えてやらなければならないかのように扱っていた。あいつがやるつもりでいることを始めもしないうちから、「僕がやってやるよ」と言ってしまう。自分たちの人生でうまくいかないことがあっても、それでもまだピーチャの人生よりはましだと、僕たちは思うのだった。

ミハイルの勤務時間は真夜中から、つまり爆発の一時間二五分まえからだった。同じ勤務時間帯だったメンバーのほとんどは朝まで生きられなかった。

僕がのちに聞かされたところでは、ピーチャはあの夜、これまたぐうたら者の友人と釣りをしていた。タービンホールの向かいの支流のそばの砂州に陣取ったのだが、そこでは水温が二〇度高い水が熱交換器から冷却池に放出されていた。春には、稚魚でいっぱいになる。月はなく、四月にしては暖かくて、黒々とした冷却塔の輪郭の上には星が一面に輝いていた。

陶器の壺

原子力エネルギー局の技術主任である僕は、雑種だ。半分技術者で半分役人なのだ。設計にも操作手順にも問題があるのは我々にもわかっていたのだが、問題のない産業などあっただろうか？　口を閉じておくことによって問題を排除するというのが我々のやり方だった。当時は身内贔屓が幅を利かせていた。「おかげで大助かりさ」とミハイルはよく冗談を言っていた。誰かが無能であるとか怠慢であるとかいうことを問題にしようとすると、その男の仲間たちが肩入れしてひどく憤慨し、脅しつけてくる。しまいに皆が怒鳴り、誰も問題の本質に迫ることはないまま、こちらは妨害工作を行う人間に、ノルマ達成を妨害しようとしている人間にされてしまう。

僕は父のおかげでこの地位に就けたのだし、ミハイルの場合は僕のおかげだと世間では言われていた（「世間が知っている以上にな」、僕がそう話すと彼はにこりともせずに言った）。さまざまな会議で、僕は自分の懸念を父にぶつけた。すると父は、ミハイルが「チンポコを縮こまらせる目つき」と呼ぶあの眼差しを僕に向けた。「だけど、親父の前でそもそもチンポコがでかくなってるわけ？」僕たちの話を小耳に挟んだピーチャがそう訊ねたことがある。

僕たちは皆、万事うまくいっているという信条の下で暮らしていた。否定的な情報は最高位の指導者たちだけのもので、下位の者たちが得られるのは検閲を経た情報だった。安全対策や緊急措置について有益なことは何もなされなかった。そのような取り組みは、原子力産業の全き安全性に関する公式見解を損なうものだったからだ。三〇年間にわたって事故は報告されないままで、そういった事故から得た教訓は、事故を経験した者たちのもとに留まっていた。事故などひとつも起こったことがないかの如く。

だから、エネルギー省が無能な人間ばかりだろうが一流の理論家でいっぱいだろうが、誰も知ったこっちゃなかった。職員のあいだで何か愚かしい言動に出くわすといつも、「陶器の壺を焼くのに神様は要らない」という昔ながらのことわざを僕たちは互いに口にした。一年まえにバラコボで、起動の際に技術主任がヘマをやらかし、一四人の男が生きたまま茹でられた。遺体は回収されて、そいつの前に並べられた。

僕はそいつを雇うのに反対していた。そのことでじゅうぶん自分の良心を宥《なだ》めることができた。そして、ミハイルが、彼の部署において訓練手順の簡略化が認められていることについて正式な抗議書を提出したときには、僕は支持を表明する文書を付けてその書類を転送した。

牧歌曲

町は眠っていた。田園は眠っていた。原子力エネルギー局の技術主任は人も羨むモスクワのアパートで眠っていた。一年のうちでももっとも美しい、四月の澄んだ夜だった。星明かりに照らされた草原はさざ波の立つ銀色の湖のようだった。プリピャットは眠っていた。ウクライナは眠っていた。国家は眠っていた。技術主任の弟ミハイルは起きていて、コーヒーに入れる砂糖を探していた。半分血の繋がった弟のピーチャは起きていて、足を水に浸して釣り針に餌を付けていた。四号炉では、ミハイルも含めた職員たちが、原子炉で電源喪失が起きた場合、タービンをどのくらいのあいだ回し続けて発電できるか確かめる実験を行っていた。危険な実験ではあったが、それまでも行ったことがあった。この実験を行うためには、自動停止装置も含めて臨界制御システムの一部を停止しなければならなかった。

彼らは緊急時炉心冷却装置を停止した。実験のあと、熱い原子炉に冷たい水が入ってきてヒートショックが起きるのを防ごうと考えたようだ。だが、彼らの頭にどんな考えがあったのか、誰にわかるだろう？　原子炉の内部で何が起きているかまったくわかっていなかったからこそ、そんなことができたのだ。そしていったんそうしてしまうと、いつもの標準操作手順のすべてが、さらにいっそう迅速に彼らを大惨事に繋がる道へと駆り立てた。

実験は考えとしては、半分は標準の操作手順で、半分は経験と勘を頼りの新たな取り組みだった。たぶん、よりいっそうの安全性を切望する彼らの強い思いの証しだったのだろう。

ミハイルにはもっと分別があったのだろうか？　彼が主に責任を負っていたのはタービンだったが、たとえそうであっても、おそらく彼といえども分別はあっただろう。彼は同僚たちが馬鹿者なのではなかろうかと疑念を抱いただろうか？　少年時代のある夜、殴られたあとで、彼はベッドから這い出ると、川の水ですでに濡れていた父の長靴のなかに小便をした。親父はぜったい疑わないだろう、とミハイルは僕たちに言った。ミハイルは人生の大部分を、腹立ち紛れに危険を冒しつつ同時にその危険を否定する、といった心理状態で過ごしてきた。彼のいた制御室の誰もがとうていじゅうぶんな知識はなかったのだし、それにあれは誰のせいだったというのだ？　「アキモフには兄さん流のユーモアのセンスがあるんだ」彼は以前自分の上司についてそう言った。それはアキモフのチームの者たちにとって良いことではなさそうだった。

彼らが実験を始めた直後、冷却水の流量が減少し、出力が増加し始めた。アキモフとそのチームは原子炉停止に取り掛かった。だがあまりに時間が経ちすぎていて、制御棒の構造上、低減の最初の段階で、彼らはじつのところ核反応を増加させてしまったのだ。

南太平洋

一九八六年五月一日の夜、モスクワの第六診療所で、僕は二人の青年と知り合いになった。べつのタービン上級技術者と電気技師だ。二人はミハイルの両隣のベッドに寝ていた。病棟は患者で溢れていた。実習生がビニール袋に入れた腕時計と結婚指輪を集めていた。誰もが何かの点滴を受けていたが、ボウルやゴミ箱の数が足りず、皆、床の上へ嘔吐していた。凄まじい臭いだった。トレーを持った看護師たちが横滑りしながら角を曲がっていた。

ミハイルは焦げ茶色だった。マホガニーの色だ。歯茎までもが。僕の顔を見ると、彼はにやっとして、しゃがれ声で言った。「南太平洋だ！」彼の点滴を取り替えていた医師が、これは放射線焼けと呼ばれているのだと、顔を上げずに説明してくれた。

僕の訪問はある程度公的な立場でのもので、最後の瞬間に何が起こったのか調査するためだった。ミハイルは言った。「泣いてるのかよ？ 調査官が泣いてるぞ！」でも隣接するベッドにいる彼の同僚たちは冷ややかだった。彼はベッドのあいだにあるゴミ箱に嘔吐するために話を中断した。

彼は制御室より数階下の、情報処理の行われる部屋にいた。二度の衝撃で建物全体が激しく揺さぶられ、明かりがぱっと消えた。建物が傾いていくように思え、天井の一部が落ちた。水蒸気が渦を巻き、床からは何かが噴き出していた。誰かが「これは緊急事態だ！」と叫ぶのが聞こえ、ミハイルは廊下へ飛び出した。電気がショートしてフラッシュをたいたようだった。空気はオゾンのにおいがして、喉がむずむずした。すぐ上の壁面はなくなっていて、引きちぎられた高圧線の両端のあいだで明るい紫の光がはじけるのが見えた。炎が、薄片になって落ちてくる黒い灰が、真っ赤に焼けたブロックや何かの破片がリノリウムの床に焼きついているのが見えた。

苦労しながら上階の制御室へ行くと、皆が慌てふためいていた。アキモフは局や関係部署の長たちに電話して助けを求めていた。自分が何に手を貸してしまったかを悟って衝撃を受けているのが見て取れた。制御盤によると、制御棒は挿入途中で引っかかっていた。学校を出たばかりの若僧の実習生が二人、怯えて突っ立っていたのだが、アキモフはその二人に、手で制御棒を押し下げに行かせた。

「調査官が泣いてるぞ！」弟はまた、勝ち誇ったように言った。

「これは大きな悲劇なんだ」と僕はたしなめる口調になった。他の二人の技師たちが、自分たちのベッドからじっとこちらを見ていた。

「うん、そうだな」弟は、誰かからお茶でも勧められたかのように応じた。「悲劇、悲劇、悲劇」

彼はどうやらそれ以上続けるつもりがなさそうだったので、僕はもっと話してくれと頼んだ。

「ここには防護システムがないんだ——まったく何も！」ペレヴォチェンコがそう言ったのを彼は覚えていた。肺が火傷したように感じられた。肺に繋がる細気管支と肺胞には放射性核種が満ち溢れた。彼はアキモフに言われて、被害がどのくらいか確かめに中央ホールへ行った。換気センターまで来ると、建物の最上部が吹き飛ばされているのがわかった。背後のどこかから、放射能を帯びた水が瓦礫のなかを流れる音が聞こえた。鉄筋がさまざまな方向にねじ曲がっている。目がひりひりした。胸のなかで何かが煮えているみたいだった。水蒸気は酸っぱい味がし、肌がピリピリした。放射線場が非常に強力で空気をイオン化していたのだということを、彼はあとになって知った。

「このことは書いておいてくれよ、調査官」ミハイルは言った。彼はちょっと水を飲もうとした。

最大許容レベルの放射線量

一時二三分五八秒、爆発性混合物のなかの水素濃度が爆発段階に達し、ミハイルが情報処理室で感じた二度の爆発が原子炉及び四号原子炉建屋を破壊した。放射性プルームは高度一万一〇〇〇メートルまで達した。そこには五〇トンの核燃料が蒸散していた。さらに七〇トンが、建物の瓦礫に混じって原子炉の敷地に流出した。放出された燃料の放射線量は一時間あたり二万レントゲンに達していた。原子力発電所技師に関する我が国の規定では、最大許容レベルの放射線量は、一年間で五レントゲンだ。

これでどこかの阿呆な高給取りがクビだな

ピーチャによると、二度の爆発で地面が揺れ、水面では四方八方へさざ波が広がった。コンクリートやスチールのかけらが、池の彼らの周りへ落ちてき始めた。熱いかけらが水で冷えるじゅっという音が聞こえた。もくもくと吹き出した雲が原子炉の上空に広がるのを、彼らはしばらく眺めていた。その頃には、建物の端の上方に炎が上がっていた。格納壁の割れ目越しに、ダークブルーの光が見えた。「これでどこかの阿呆な高給取りがクビだな」友だちにそう言ったのを彼は覚えていた。自分のいちばん上の兄貴のことを言ったのではないと僕は思っている。

そしてその頃には、二人ともひどく気分が悪くなっていた。リールを巻き上げていると目からとめどなく涙が出てきて、ひどくだるくて頭がぼうっとし、五〇〇メートル先の診療所へ行くのに一時間かかった。二人が到着した頃には、そこはまるで戦場のようだった。

最前線の一市民

我が国のシステムのなかで、ひとりの官僚に本当のところどれほどのことができるだろう？　これは僕たちの飲み会で人気のある話題だった。大宴会のときには、どうやら話題が必要らしい。我々のシニシズムをそこそこ宥めて自己満足への道を進みやすくしてくれる一般的な考え方は、機転の利く粘り強くて勤勉な働きに、幾分かの運があれば、のろのろ這いずる巨体であるこの国の社会を小突いてこっちやあっちへちょっとずつ動かすことは可能である、というものだった。だが、忍耐強く組織のなかで働き、その組織の純然たる大きさに敬意を払わねばならない。

なんとなれば、我が国の学校が全力を注いで教え込んでいるのは、勤勉さ（ある程度成功している）、服従（かなり成功している）、へつらい（非常に成功している）だからだ。毎年の卒業式で、小さなイエスマンの群れが新たに生産される。我が国の子供たちは、批判については、家庭と街頭で学ぶのだ。

なおも最前線にいる一市民

爆発の翌日の午後四時には、あちこちから飛行機で飛んできた政府委員会のメンバーが集まり始めた。僕はその朝五時に党大会の代表から電話をもらった。彼はすでに疲れ果てていた。発電所の主任たちは代表に、原子炉自体は概ね損傷を受けておらず、放射能レベルは正常範囲内に収まっていると断言していた。しかしながら明らかに被害は大きく、また火災を鎮められないでいる、と。電話を片手に顔をこすりながら、それはおかしい、と僕が言うと、代表は「ああ。そうだなあ」と答えた。僕は八時半の軍用機に乗ることになった。ミハイルは勤務中だろうとは思ったが、ピーチャに電話しても出なかった。

空港から車で向かう途中、速度を落としては、路肩が白い泡でいっぱいになっている道路を横切った。何台もの除染作業トラックの横を通って、僕たちは言葉を失った。声が出るようになると、原子炉がむき出しになっているかどうかについて議論した。設計畑の者たちは懐疑的で、この型は非常によく考えられているので、たとえ担当者の間抜けどもが爆発させようとしたって無理なはずだと主張した。

だが、町共産党委員会事務所の屋上に集まって立ち並ぶアパートの向こうの四号炉を目にすると、そんな言葉はすべて消え失せた。壁はぱっくり開き、その後ろから炎がまっすぐに燃え上がっていた。大気は金臭かった。下の中庭では子供たちが体育の授業中で、声が聞こえた。「風はどっちの方角に吹いている?」誰かがそう訊ね、僕たちは皆青年クラブの旗に目を向けた。

皆で町共産党委員会事務所に戻り、窓をぜんぶ閉めて、矛盾する情報がひっきりなしに届くなかで、一時間ばかり怒鳴ったり口論したりした。ミハイルはどこにいるんだろう? 僕の頭のなかで繰り返しそう訊ねる声がした。何をすべきなのか、皆さっぱりわかっていなかった。母がいつも言っていたように、頭上で轟音が響いて初めて雷なのだ。放射能レベルを正確に測定するのは不可能だと僕たちは聞かされた。適切な目盛のある線量計を誰も持っていなかったからだ。ここにあるものはどれも毎秒一〇〇〇マイクロレントゲンまで上昇していたが、それは毎時三・六レントゲンということだった。つまり、どこへ行こうと計器はすべて測定限界を超えていたのだ。だが、モスクワから放射能レベルを知らせるよう言われると、毎時三・六レントゲンだと答えた。計器の目盛がそうなっていたからだ。

発電所にはひとつだけ、もっと高い濃度を測定できる線量計があったのだと原子力部門のアシスタントが述べた。でもそれは、爆発で埋もれてしまっていた。

誰もが、悪いニュースが自ずと明らかになってくれることを望んでいた。そしてその責任や咎《とが》がなんとなくいつの間にか皆に平等にかぶせられることを。僕たちの時計職人のようなペースを説明できるとしたら、それしかない。一分遅れるごとにそれだけ長く、なおも外でいつもどおりの一日を過ごしていたあの市民全員が――あの子供たち全員が――被爆という由々しき事態に晒されていたというのに。

四号炉の副主任操作技師は頭のなかに相容れない二つの現実をなんとか保持しようとしていた。まず、原子炉は無傷で、オーバーヒートしないよう炉に水を供給し続ける必要があるという現実、そしてもうひとつは、黒鉛と燃料が敷地一面にばらまかれているという現実だ。いったいどこから来たのだろう？

発電所で作業している者は誰も防護服は着ていないと、僕たちは聞かされた。作業員たちは除染のためにウォッカを飲んでいる、と彼らは言った。皆が皆を見失っていた。ロシア的物語だ。

私は何も知りませんゲームが長々と続けられた

学校の教師たちは、外国の友人から知らされた身内を通じて事故のことを耳にしていた――スウェーデンの発電所の外で行われた所定の計測はすでに放射線量の凄まじい急上昇を伝えていた――

が、生徒たちを帰宅させたほうがいいか、あるいは多少なりともスケジュールを変えたほうがいいか、と問い合わせると、予定どおり続けるようにと地方委員会の第二書記に指示された。その時点での党のいちばんの関心事は、あのような施設であのような規模の事故は起こるはずがない、という認識を確立することにあるようだった。我々はじゅうぶんな量のヨード剤を用意しており、それで少なくともヨウ素131が甲状腺に吸収されるのは防げたはずだった。我々はなおも配布許可を出すことを禁じられていた。

そんなわけで、その午後じゅう子供たちは通りで遊んでいた。母親たちは洗濯物を干していた。いい天気だったのだ。放射能は髪や服に溜まる。人々は連れ立って、原子炉を間近で覗き込もうとヤーノフ駅近くの橋へ徒歩や自転車でやってきた。発電所上空の輝く美しい雲が自分たちのほうへ流れて散るのを彼らは見つめた。原子炉炉心から直接発した死のX線の洪水を彼らは浴びたのだ。

警報に最初に応じた消防隊は、屋根の上に一五分いただけでまったく使い物にならなくなった。その後二四時間休みない消防士の交代体制が組まれ、今までに地区全域からかき集められた一二の消防隊が壊滅していた。消防士たちが立ってホースを構えていた発電所の屋根は、溶鉱炉のドアさながらだった。あとになって僕たちは、炉心はそこから毎時三万レントゲンの放射能を発生させていたことを知った。

ヘリコプターはどうだろう、と誰かが提案した。どうだろうって？　とほかの誰かが訊ねた。ヘリコプターを使って原子炉に砂を落とせばいい、と最初の発言者は答えた。この考えは嘲笑を浴び、それから考慮に入れられた。鉛はどうだろうと案が出た。結局砂になった。砂袋を結わえるのにロープが要る。使えるものはなかった。誰かがメーデーの祝祭用の赤いキャラコの山を見つけ、さまざまな要人たちが総がかりで布を引き裂き始めた。青少年が袋に砂を詰めるよう命じられた。

僕は、自分の目で現場を見てくると言って席を外した。ミハイルを見つけた。彼はすでにその時点で焦げ茶色になっていた。特別機でモスクワの病院へ移送されることになっているひとりなのだと説明を受けた。その時点ではどのくらいの放射線を浴びているか医師たちには計る手段がなかったので、皮膚の色が主要な尺度だった。僕がその場にいるあいだずっと、彼はモルヒネで意識がなかった。子供の頃、彼はいつもあまり眠れず、やっとうとうとするや顔つき全体が悲しげになった。あの病院のベッドでは、彼はぴくりとも動かず黒っぽくて、まるで誰かの手によって濃い色の熱帯の木に彼の顔が刻まれたかのようだった。しばらくすると、また来るからと病棟勤務員に告げて、僕はピーチャを探しに行った。

ピーチャのアパートの住所を探しながら、会う人ごとに子供はいるかと訊ねた。いると答えた人にはヨード剤を渡し、念のためにすぐに子供に少量の水で飲ませるようにと指示した。

ピーチャのアパートは見つかったが、ピーチャはいなかった。前歯が一本しかない詮索好きな隣人が、前日からずっと姿を見ていないと教えてくれたが、あれこれ質問をされた。その頃には、会議に戻る時間になっていた。皆、僕が席を外していたことにほとんど気づいていなかった。なんの進展もなかったが、建物の外では、一〇代の子たちが砂袋に砂を詰めていた。

彼ら、ソビエト連邦の英雄たち

夕方近くには、最低の言い逃れ屋どもでさえ避難準備の必要性を認めていた。その間夥《おびただ》しい数の作業員が、もはや存在しない原子炉に冷却水を浴びせるべく、放射線場の中心部へやられていた。へリコプターからの投下が始まり、行ったり来たりするヘリコプターが放射性粉塵の砂嵐を巻き起こした。積荷を投下するためには、乗組員は三分から五分のあいだ原子炉の真上に留まらなければならない。大部分の者がたった二往復で任務を果たせなくなった。

ピーチャも医療センターに送られたという情報がやっと届いた。僕が行った頃には、ピーチャはモスクワへ救急輸送されるために空港へ運ばれていた。どうして彼がそんなに放射線を浴びたのか訊ねても、誰にも見当がつかなかった。

日曜日の午前一〇時、やっと町に対して、窓を閉めて子供は外に出さないようにという勧告が出た。四時間後に避難が始まった。

住民は書類と必要不可欠なもの、それに三日分の食料をまとめて、掲示された場所に集まるよう指示された。二度と戻ってこられないことを知っていた者もなかにはいたかもしれない。大部分が、暖かい衣類さえ持っていかなかった。

町の全住民がバスに乗り込んで運ばれていった。その多くがすでに甚大な量の放射線を浴びていた。町からじゅうぶん離れると、バスは除染剤で洗浄された。一一〇〇台のバスだ。列は一八キロに及んだ。悲惨な光景だった。車列は埃の渦を舞い上がらせながら走った。ところどころで、まだ乗り込むのを待っている家族、道端で玩具をまさぐっている子供たちをその埃が包み込むこともあった。

その夜、委員会の会議が終わったあとで、僕はひとりで歩いた。街灯までもが消えていた。僕は勘を頼りにちょっとずつ進んだ。町の真ん中にいるというのに、月面の影の部分にいるのも同じだった。つい、思わずにいられなかった。ピーチャはなぜかあの川辺にいたのだ。ピーチャというやつは、糞尿を運ぶカートがひっくり返ったらいつもその下にいるのだ。

ゼロメートル・ダイビングチーム

結局、ピーチャはモスクワの第六診療所でミハイルの下の階に収容されているのがわかった。トリアージのようなことが行われているのかと担当者に訊ねると、彼女は「ご家族の方？」と問い返した。そうだと答えると、「じゃあ、いいえ、だわね」と言われた。

ピーチャには二種類の点滴が繋がれていた。見たところさほど具合が悪そうではなかった。いつもどおりの肌の色、ちょっと青白かったかもしれない。髪はいつも以上にもじゃもじゃだった。

「ボリス・ヤコヴレヴィチ！」と彼は叫んだ。僕の顔を見て嬉しそうだった。

ついに寝ていられるチャンスを摑んだよ、と彼は冗談を言った。ピーチャの怠け癖はいつも僕たちのあいだの喧嘩の種だったのだ。

「父さんも会いに来てくれたのかな？」と彼は訊いた。「しばらくのあいだ、ぼうっとしてたもんでさ」

さあねえ、と僕は答えた。

「父さん、ミハイルには会いに行った？」と彼は訊ねた。

さあねえ、と僕は答えた。ピーチャは自分の兄貴の具合を訊いた。このあとすぐにミハイルを見舞いに行くつもりだから、また知らせるよ、と僕は言った。

「僕のこと、可哀想だと思ってる？」ちょっと間をおいてから、彼は訊いた。通りかかった看護師は、この質問に驚いたようだった。

「もちろん思ってるよ」と僕は答えた。

「兄さんって、思ってくれてるのかどうか、わからないことがあるんだ」と彼は言った。

「何かしてほしいことあるか?」またちょっと間をおいて、僕は訊ねた。

「僕はいわゆる『腸の症状が出る時期』なんだ」ピーチャは暗い顔で言った。「つまり、一日に三〇回も糞が出るってわけ」それに口とか喉にできてるやつ、と彼は付け加えた、おかげで食べることも飲むこともできない。自分も技術者のひとりであるかのように、彼は原子炉の状態を訊ねた。それから、そもそも自分がどうして原子炉のそばにいるようなことになったのか、説明してくれた。自分の新しいプリピャットのアパートについて話し、バイクを買う金を貯めたいと思っているのだと語った。それから、ちょっと眠るから、と言った。

「何か読み物を持ってきてよ」立ち去ろうと腰を上げると、彼は言った。「といっても、読めないんだ。気にしないで」

一階上では、生き残った患者たちが無菌室に隔離されていた。ミハイルは裸で、黄色いクリームを塗りたくられていた。廊下の浅い容器には薬剤に浸した包帯がぎっしり入っていた。ベッドを囲む巨大なランプがミハイルを温めている。

「父さんが来てくれたよ」彼は挨拶代わりにそう言った。

骨髄のサンプルを四回取ったのだが、それ以来誰も何も教えてくれないのだと彼は話した。彼の痛みのほとんどは口中と胃なのだった。何か飲みたいと言うので、僕は持っていたマンゴージュースを差し出した。まさにこれを飲みたかったのだとミハイルは言った。ミネラルウォーターにはもううんざりなんだ、と。彼は通りかかった女医に、そのヒールの音で腹が下る、と怒鳴った。

「俺たちが外に出ると、あたり一面黒鉛だらけだった」とミハイルは、まるで僕たちが事故について話している最中だったかのように言った。「誰かがそれに触ったけど、火傷でもしたみたいにぱっと腕を上げてた」

「じゃあ、あれが何かわかってたんだな？」と僕は訊ねた。

クリームを塗ってあるのだからミハイルに触れてはいけないのだろうと僕は思った。ミハイルはいつだって、僕にはいちばん腹の立つ男の子で、いちばんなりたいと思う男の子だった。僕は冷淡な人間だったが、彼は、必要とあらば自分を手の届かない孤高の存在にしてしまえる人間だった。

病棟勤務員が軟膏やチンキ剤やクリームやガーゼを載せたトレーを運んできた。ミハイルはいかにも辛抱しているという顔をしてみせて、僕が立ち去るのを待っていた。

「足りない物はない？」僕はミハイルに訊ねた。「何か持ってくる物は？」

「もう、我が兄貴ボリスの最大許容線量を浴びちゃったからねえ」と彼は言った。「ちょっと体力を取り戻さなくちゃ」ところが、彼は続けてアキモフが死んだことを僕に告げた。「口がきけるあいだずっと、自分はすべて完璧にやっていたし、どうしてあんなことになったのかわからないって言い続けてたそうだ」ミハイルはジュースを飲んでしまった。「面白いだろ？」

ミハイルはいつも僕のことを、誰と話していようと相手に純粋に実用的な興味しか抱かないタイプの人間だと言っていた。僕たちがもう大人になってから、父が彼のこの言葉を小耳に挟んで、確かにそうだと笑ったことがある。

「ピーチャのことは誰かに面倒見てもらわなきゃなあ」とミハイルは言い、数分後に目を閉じた。眠ってしまったのだと僕は思った。僕の知るかぎり、ミハイルは弟が下の階にいることに気づいていなかった。

「これをやらないとならないんですがねえ」しまいに病棟勤務員がそう言った。うるさいな、と言うと、勤務員は肩をすくめた。

二度と戻れない。さようなら。ピリピャット、一九八六年四月二八日

二年後、朝の四時に、僕は父と立ち入り禁止区域のなかへ車を乗り入れた。ヘッドライトはまるで絵のように夜明けまえの霧のなかへ消えていくが、父の運転手は速度を落とすのを拒んだ。ロードラリーでもやっているみたいだった。運転手はX線技師からせしめてきた鉛の板の上に座っていた。僕の視線に気づいた運転手は、タマのためだと説明した。特別な前照灯を備えた装甲兵員輸送車がそこここに停車して、化学防護隊としての任務を果たしていた。兵士たちは黒い作業服の上下に特殊なスリッパを履いていた。

霧のかかった暗いなかでさえ、自然界の勢いが見て取れた。太陽が昇った。めったやたらと伸びている梨の木々や野草のはびこる土手を通り過ぎた。ライラックの茂みが距離標識を覆い隠していた。

ミハイルは、骨髄移植を二度受けたあとで死んだ。彼は三週間持ちこたえた。担当看護師によると、最後の頃には唾液腺が破壊されて、口が乾くと苦情を言っていたらしい。でも僕は、それはミハイルが強がってみせていたのだと思った。なぜなら、最後の二週間は肌の状態にひどく苦しめられていたからだ。見舞いに行くと、ミハイルはまったく話ができなくて、ただ目も口もぎゅっと閉じて耳を傾けているだけのこともあった。ミハイルが死んだ日、僕はジョージアで新しい発電所の操業開始に携わっていた。ミハイルは同様の状態のほかの者たちと同じく、鉛で内張りされた棺に納めた上にハンダ付けされて葬られた。

ピーチャはその頃、父と僕が手配してやった年金で暮らす廃疾者となっていた。彼は二五歳だった。アパートにエレベーターがないので自分の住んでいる階まで上がるのが大変だが、それ以外は幸せに暮らしている、ときおり電話する僕に彼はそう言った。タバコはあるし、カセットデッキはあるし、誰からもガミガミ言われないで一日じゅう寝転がっていられるし。誰からもひとかどの人間になれとか言われないで。

「嘆かわしいことだ」父が車のなかで物思いにふけりながら言った。「何が?」僕は自分にも父にもひどく腹を立てながら訊ねた。だが、父は僕を非難するように見つめただけで、その話はそれっきりだった。

ピリピャットでは木挽き台が検問所代わりに置かれていて、役人一名に兵士が二名配置されていた。兵士たちは防護マスクにタバコ用の穴を開けていた。彼らは父が来るのを待っていて、僕でさえ見せてもらえない物を見せようと父をさっと連れていった。父の運転手は開けた車の窓から両足を突き出し、頭を後ろにのけぞらせて、いびきをかき始めた。僕は中央の広場をぶらぶら離れて、原子炉と反対のほうを向いた建物を覗き込んだ。足音が虚ろに響く、ペンキが剝げかけた廊下を歩き、空っぽの事務所の床に散らばるノートやペンを呆然と眺めた。とある事務所では、ギフトボックスに入った子供のドレスが包装を解きかけたままになって、年月のせいか虫のせいか、チュールがぼろぼろになっていた。

通りの向かいの学校の前では、歩道から木が生えていた。僕は開いた窓からなかに入って、何にも手を触れないようにしながら教室を横切った。空っぽの水泳プールのある日光浴室を通り抜けた。幼稚園には小さなガスマスクの入った箱があった。多くのところが略奪され、驚くほどの数の玩具を含めて、物が投げ散らかされていた。ある教室の正面の、教卓の上のほうに、誰かが赤いチョークでこう書いていた。「二度と戻れない。さようなら。ピリピャット、一九八六年四月二八日」

自己改善

放射能に晒された地域は一〇万平方キロ以上になることが、今ではわかっていた。チェルノブイリで働いていた大勢の人が死んだ。まだ生きている大勢の人が苦しんでいた。子供たちは特に、口腔癌といった変わった病気を患っていた。モスクワの生物物理学研究所の所長は、一般市民のあいだでは放射能障害は一件たりとも確認されていないと発表した。保健省になんらかの治療を求める市民は、放射線恐怖症だとして非難された。多量の放射性核種が、引き続いて汚染地域の貯水池や帯水層へ流れ込んでいた。この地域にまた人が住めるようになるのは、およそ六〇〇年プラスマイナス三〇〇年先だろうと推定された。父は三〇〇年だと言った。父は楽天家だった。何人の人が死んだか、だいたいのところでさえ誰も知らなかった。

原子炉は石棺に封じ込められた。コンクリートと鋼鉄の階段状になった巨大なピラミッドで、これ以上なく致命的な状況下で建設されたのだが、知らされているところによると、すでに崩壊しかけている。割れ目からは雨が入り、埃が外に出る。小動物や鳥が施設に出たり入ったりしていた。

僕は校庭を出て若い松の木々の下の小道をちょっと歩いた。野原には、目の届くかぎりさまざまな車が置き去りにされていた。消防車、装甲兵員輸送車、クレーン、バックホー、救急車、コンクリートミキサー車、トラック。世界最大の廃品置き場だった。放射能を帯びているというのに、ほとんどが部品を持ち去られていた。道路から一歩離れるごとに、僕の線量計は一〇〇〇マイクロレントゲンずつ高くなった。

ミハイルが死んだ一週間後、僕は父に手紙を書いた。僕は父に対して、他人の人道的怒りを引き合いに出してみせた。あの大惨事を引き起こした底知れない自己満足と自賛を、腐敗と保護主義を、頑迷さと私利的な特権を非難する切り抜きを父に送った。置き去りになっているバックホーの側面に書かれているのを見た落書きを、父にタイプした。一部の者たちの怠惰と無能を他の者たちの愛国心で隠すべきではない、と。僕はそれをもう一度タイプした。「一部の者たちの怠惰と無能を他の者たちの愛国心で隠すべきではない」誰が書いたのであれ、僕など及びもつかないほど雄弁だった。僕は自分に宛てて書いていた。父からは、自分自身から貰ったほどの返信は貰わなかった。

科学には犠牲が欠かせない

父と僕は事故原因調査委員会のメンバーを指名する選考委員を務めていた。僕たちが提出した名簿は原子炉設備の設計者といったお偉いさん偏重のもので、実際に設備を操作していた技師たちはまるで無視されていた。となると、調査委員会の最終報告書では誰が責任を負わされる？　操作技師たちだ。彼らのほぼ全員が死んでいた。ひとりが病院から引きずり出されて投獄された。逮捕される際、その男は、事故の一週間後モスクワでの記者会見でペトロシャンツが口にした悪名高いコメントを引用したそうだ。「科学には犠牲が欠かせない」

「まだクルセイダー気分なのか？」報告書を提出した日、父にこう訊かれた。父と顔を合わせたのはそれが最後だった。「そりゃそうさ」と僕は答えた。そのあとで、僕は三日間酔っ払った。僕は設計図の原本を引っ張り出した。夜更けまで制御棒の図面を眺めた。もはやどうしたって見えてしまう隠された図柄のような設計上の欠陥のある図面を。

とはいえ、そんな深夜の感傷的な行為は常に、問題の理解というよりはむしろ慰めとしての働きをするものだ。

僕はそれでもこんな自分となんとかやっていける、三日目の夜、自分がそう考えていることに僕は気がついた。必要なのはただ、変わることだけだ。

アカギツネが小さな口をぽかんと開けて、道路の数メートル先をのんびり横切っていった。人が誰もいなくなったので、動物は人に驚かなくなったと言われていた。取り残された犬が放射能を帯びて野生化しているという問題があったが、バスで特別に派遣された兵士たちがぜんぶ射殺してしまった。

カーブのところで、避難の際に使われた幹線道路に行き当たった。乾いた除染剤のせいで、アスファルトはまだ粉っぽく青みがかっていた。空は陰鬱で、がらんとしていた。左手の野原には木の柵が連なっていた。そこに立っていると、何やら轟音が近づいてきて、ポプラの木立から、馬の群れがどっと飛び出して全速力で横を駆け抜けていった。数分後、その後から慌てふためいたぶちの子馬が一頭現れ、青と茶色の埃を蹴立てながら闇雲に脚を動かして追いかけていった。

「俺はお前の望むような兄貴だったかなあ?」最後から二番目の見舞いのときに、僕はミハイルにそう訊ねた。彼は目も口もぎゅっと閉じていた。僕に、というよりも自分自身に嫌気がさしているように見える彼は、頷いた。その夜病院から家に帰るまでずっと、僕は心のなかでその情景を見ていた。僕の弟が、頷くところを。

シルル紀のプロト・スコーピオン

ここはコネチカット州ブリッジポート、クソ面白くもない雨の朝、七年生の僕は喉が痛いから学校を休んで家にいて、両親と兄貴は喧嘩してて、僕はなんとかその喧嘩に巻き込まれまいとしている。マーヴ・グリフィン・ショーに俳優のジョナサン・ウィンタースが出ていて、ステッキを持ってお得意の即興コメディーをやってる。

兄貴に見せようと思ってとってあった『ニューズウィーク』をお袋に捨てられたっていうんで、親父はかんかんだ。戦死者の写真が表紙になっていたやつだ。「お前ってやつは自分のケツがどこにあるのかもわからん阿呆だからな」と、親父が言っても、お袋は見向きもしない。

「ひとりで勝手にほざいてなさい」お袋は居間へ行きながら、親父にそう返す。親父はキッチンで引き出しを叩きつけるように閉めてる。こうなると、親父はなかに何が入ってるかなんて見ちゃいない。僕たちは親父が探し物をしたあとをぜんぶ、念のために確かめなくちゃならない。こんな騒ぎは兄貴をおかしくしてしまう可能性が大で、みんなそれはわかってるんだけど、誰にも止められない。

兄貴は一六のときに施設に入れられて、八か月後に出された。入ったのは医大付属のイェール・

ニューヘイヴン病院で、専門家たちは兄貴をどうしたらいいのかよくわからなかったか、それともまったく途方に暮れてしまったか、話す相手によってそのどちらかだった。

「どこかへ行くなんてとんでもないし」お袋が居間から言う。自分のなかに閉じこもってタバコを吸っている。「代わりに、お互いに雑誌を見せ合いっこしなくちゃならないってわけだ」

「お前がどこかへ行けばいいんじゃないか」と親父が言い返す。

兄貴と僕は500ラミーをやってる。兄貴は僕のケツを蹴ってる。僕もしばらく兄貴のケツを蹴っていた。兄貴は神経を集中しようとしているみたいに黙りこくってる。親父が自分のためにわざわざ何かしてくれようとするのが兄貴は嫌でたまらないんだ。兄貴は薬のせいで抜け落ちる髪を、軽く叩く。家を出るまえにポケットを叩いてなかの物を確かめる、あんな感じだ。目つきがどんどんヤバくなってる、ぼうっとして、焦点が合っていない。

兄貴はひと休みしてツナサンドを作る。白いパンで、マヨネーズはなし。兄貴はフォークで缶のツナをすくって広げようとする。ツナは協力してくれない。兄貴は何度も咳払いする。お袋はまだひとり言を言ってる。僕はジョークを言ってみる。兄貴は胆汁が逆流したときみたいな顔になる。兄貴は今、一八か一九で、本人の言い方によれば、ファッキンな未来が待っている。

なんで今日は仕事に行かないで家にいるのか、親父に訊いてみる。「なんだよ、お前、オマワリか？」と親父。

僕は自分のカードをぱらぱらめくりながら、兄貴がサンドイッチを作ってるあいだに兄貴のカードを見てしまおうかと考える。そして、図書館から借りてきた本も開いてみる。表紙には巨大サソリが一匹描かれている。毎週何か借りてきてレポートを書かなくちゃならないんだ。せめて多少でも面白いものを見つけようと思ったら、いつも恐ろしく時間がかかる。僕は、成績はいい。みんなとダべってないで、いい点を取ってる。両親は僕が大学に進学すると思ってる。それについて他人から訊かれると、うちの家族はそういうことについちゃあへマはやらないんだ、と親父は答える。

本によると、プレアークチュラス・ギガスは一メートル以上あった。僕は小声でその名前を発音してみる。

「お前は大丈夫だ」兄貴が僕を見ながら言う。

それはつまり三フィートのサソリってことだ。化石の脚鬚《きゃくしゅ》——口の近くにある動く器官で、獲物をすくい上げるのに使う——の実物大の写真が、現在のいちばん大きなサソリの脚鬚の写真と並べられている。まるで狩猟用ナイフと爪の切り屑が並んでいるみたいだ。

親父は流しの下のゴミをほじくり返し始める、毒づきながら。お袋はそれを、ロザリオの祈りを唱えてる、と言う。「ゴミをひっくり返すのはやめてよね」とお袋は親父に声をかける。「ゴミのなかになんかないから」誰も小部屋のテレビを見ていない。

サソリはどうやら石炭紀におかしくなったようだ。恐竜よりずっとまえのことだ。この本では化石記録と呼ばれているものによると。だけど、僕たちの理科の先生は、化石記録なんてジョークだって言う。大型ゴミ容器を一ダース調べたらアメリカにどんな人間が住んでいたかわかるって言うようなもんだって。テーブルに向かって腰を下ろして待ちながら、僕は石炭紀以前の、サソリでさえなかったこういうもののことを知る。プロト（原始）・スコーピオン（サソリ）。こいつらは目もなければハサミもないみたいな感じだ。わからないけど。ろくでもない化石ってだけのことかもしれない。

親父はプラスチックのゴミ箱を流しの上で逆さにして振り始める。ここにいても臭ってくる。「いったい何やってるんだよ」兄貴が親父に声をかける。お袋は、散らかすのはやめてと言う。

「ほら、このクソッタレめ」親父はそう言いながら、雑誌を引っ張り出す。

「俺にどうしろっていうんだよ？」親父が雑誌を掲げると、兄貴はそう訊ねる。「小躍りしろとでも？」

一分後には親父は何もかも片付け始め、落としたものをまたゴミ箱の内袋に戻している。僕はラミーで勝ちにかかる。

「クソむかつく『シンシナティ・キッド』め」僕が合計するのを見つめながら、兄貴が言う。

「僕はなんでも知ってる子供《キッド》なんだ」と僕は返す。どういう意味なんだろうと兄貴が考えて、それから、突き止める価値もないと判断するのがわかる。

「ほら、俺が話してた記事がここに載ってる」と親父が兄貴に言う。雑誌にはマフィンの包み紙がくっついている。

「そりゃあ、ありがと」と兄貴は答える。兄貴は手にしたスーツを並べ替えている。表情が曇ってくる。兄貴はほぼひたすらトレーニングばかりやってる。両腕の筋肉をぎゅっと収縮させると、Tシャツの袖が破れるんだ。

「上がりだ」僕はまたそう言って、兄貴とのあいだでカードを扇形に広げる。またも大きな手札を兄貴に食らわせる。

兄貴はそこに座って僕に目を据えたまま、上の臼歯と下の臼歯を噛みしめている。兄貴が計算しているあいだ、僕は本のページをさらにめくる。触覚の付いたこけら板みたいに見えるもののイラストがある。なんだか、読書しながら兄貴を負かしてるんだぞって、ひけらかしてるみたいだ。だけど、せっかくの目のやり場なんだから、本を閉じるわけにはいかない。

「トランプやってるのか本を読んでるのかどっちなんだ？」親父が問いかける。兄貴の顔が見えてるんだ。

「図書館」とお袋が、向こうの部屋から言う。「うちの家族の誰もが行くのはあそこだけだね」

「俺たちがどこへ行くって？　外は土砂降りだぞ」と兄貴がお袋に言う。

　お袋は答えない。親父はスポンジで流しの縁を拭いて、片付けを終えるところだ。

　僕は兄貴のディールですぐさま夢の手札――一ラン（三枚以上の連続した同じマークのカード）がひと揃い半――を受け取る。

　そして、そのあと必要なカードを、兄貴が最初に捨てる。何も言わないでおこうかと僕は考える。それから口を開く。「また上がり」僕は兄貴にそう言いながら、自分のカードを下に置いて見せる。

　兄貴は両手を引っ込めて膝に戻し、座ってる。それからテーブルをそっくりひっくり返す。いったん全体が僕の頭上まで持ち上げられる。テーブルが投げ出されて数分後、通りの向かいの住人が万事異常はないか確かめるために電話をかけてくる。

　そのあと、すべてが静まって、僕は相変わらずキッチンにいる。床のリノリウムの、テーブルの角が当たったところが、くぼんでる。僕は部屋の片隅で、飾り戸棚に背を向けている。兄貴は自分の部屋にいる。お袋も自分の部屋にいる。親父は兄貴を押さえつけるようにして二階へ連れていったせいで背中を痛めてる。背中にヒーティングパッドを当てている。パッドの端をベルトにたくし込んでいるので、親父が壁のコンセントに繋がれているように見える。

　僕のソックスの片方にはツナが入り込んでる。喉がまだ痛い。じゅうぶん行き渡るほどの自己憐憫はない。「あいつはお前の兄貴か、それともそうじゃないのか？」親父が僕に問いかける。

「ああ、兄貴だ」と僕は答える。

「で、お前は兄貴を助けたいと思うのか?」と親父は訊く。

「ああ」と僕は答える、涙が湧いてくる。

「そんならなんで助けないんだ?」と親父は訊ねる。

だって、したいと思うことと、実際にすることとはべつだからだと、あの頃でさえ、僕にはわかっていた。

「兄貴を助けたいと思うのか?」親父はもう一度訊ねる。

「それほどでもない」と僕は、そこに座ったまま答える。それほどでもない、と僕は今、自分に言う。

ハドリアヌス帝の長城

これまでに、クラウディウス帝の侵攻からネロ治世下のブーディカ及びイケニ族の反乱を経て、我々の駐留場所を北へ北へと現在の位置まで動かしたアグリコラによる第七期の遠征までの、あの長きにわたる一連の出来事について聞いたことのない者などいるだろうか？　当初から我が軍の軍事行動の情報は属州のいたるところから途切れることなく集まっているので、私のまえの世代の歴史学者や書記官がどんな具合に臣民の範囲を広げていったか、確かめるのは容易なことだ。

私の午前の勉強が始まる以前の、父の時代には、私は師の前で、すべての神格化された皇帝の息子であり帝国の領土内の支配を神から命じられたカエサル・トラヤヌス・ハドリアヌス・アウグストゥス帝が、ブリトン人を蹴散らして属州ブリタンニアを奪還し、大洋に挟まれた八〇哩《マイル》を国境に加えた物語を暗唱したものだ。属州の軍隊はアウグストゥスの属州総督アウルス・プラトリウス・ネポスの指揮の下、長城を築いた。私は授業の締めくくりとして、父がその長城建設に従事していたことを念のため師に指摘し、師はもう疾《と》うに聞かされていると答えるのだった。

長城を築くことが決められた線は、最北の道であるステインゲートに沿った現在の砦の線よりも多少北だった。長城にはべつべつの三つの防護の工夫がなされていた。まずは北側の堀、二番目は幅の広い低い石の城壁で、小塔、哩砦、砦が一定の間隔を置いてそこに連なっており、三番目は南側の大きな土塁だった。建設には三つの軍団が五年を要した。

堀の底から掘り出されたばかりの土のなかで遊んだのを覚えている。私は虫を見つけた。堀はV字形で、底には足を取られるような四角い溝が設けられていた。建設中に堀から出た土は北側に積まれて、攻撃してくる敵に対するさらなる備えの塚となった。小塔、哩砦、砦は、長城を北面壁に用いて建てられた。哩砦と砦には両開きの門が前面と背面に設けられ、唯一通り抜けられる通路となっている。

我々が駐留している土地は、緑がなくて吹きさらしだ。長い畝に生えた草はまばらで干からびている。窪みにちらほら目につくイグサは小さな灰色の鳥の隠れ家となっている。

哩砦は一哩ごとに設置されていて、そのあいだに小塔が幾つか、それぞれ隣が見える位置に設けられ、互いに防護しつつ全体を監視できる。砦の間隔は半日の行軍でたどり着ける距離となっている。

そしてここにはトゥングリ人の第二〇歩兵大隊《コホルス》の兵力が集結していて、指揮官はユリウス・ウェレークンドゥスだ。百人隊長六名を含む七五二名のうち、四六名は第九軍団《レギオン》の軍団長フェロクスの指揮の下、属州総督の護衛として派遣されている。百人隊長二名を含む三三七名は一時的にコリアへ派遣されている。百人隊長一名を含む四五名は六哩西にある哩砦で守備に就いている。三一名は軍務不適格者で、そのなかには病気の者が一五名、負傷している者が六名、目が炎症を起こしている者が一〇名いる。百人隊長三名を含む残る二九三名が今ここで勤務に就いている。

私はフェリシウス・ウィクトル、百人隊長アンニウス・エクエスターの息子で、第二〇コホルスにおいて、レギオン全体を運営管理する特別な任務として書記官を務めている。日がな一日、来る日も来る日も、私の心は暗い。ヘザーの野には湿っぽい風が絶え間なく吹いている。空からは雨がぱらぱら降ってくる。しょっちゅう腹に悩まされ、兵舎仲間たちが厠《かわや》の便座にやってきては去っていくなか、私はあの冷たい石の上でうずくまっている。頻繁にここへやってくるようになるまえ、父は手紙にいつも「今はなんでもお前の望む方法で、父の期待に応えてくれるよう」と記していた。

仲間たちは私を悪ふざけで苦しめる。いちばん最近では、彼らはパピルスとカバノキの皮の大箱を四つ送り出したのだが、私が責任を負っているのは、荷馬車二台分の皮革をイスリウムへ送り出すことなのだ。街道の状態が悪いと動物を怪我させることになるのを気にしなければ、今頃は取り戻しに行っているところだ。唯一の友は、ここにこうして記している自分自身への言葉だ。一日の最後に、ほかの者たちが「一二点」や「泥棒兵隊」をやって遊んでいるあいだ、書けるだけ書いている。私が自分の書記官用腰掛けに座り、数字をどんどん書きに書いているあいだ、兵舎からは、骰子入れ《さいころ》のなかで骨製の骰子がカチャカチャコツンと風にも負けない音をたてているのが聞こえてくる。勝者は己の幸運を叫ぶ。野ネズミが私を覗き込んでから、また何処《いずこ》へか去っていく。

我々の部隊はガリア・ベルギカで編成された。部隊に生地での勤務を許さないほうが、現地の忠誠心はより安泰となるという、外人部隊についての古くからある論理に従ってのことだ。春からこちら、病気や厄介な襲撃のおかげで、我が軍を戦える状態にしておくべく、異なるコホルスをまとめる必要に迫られている。

北方に散在する幾つかの部族が我々の向かいの低い丘の上に現れては、こちらの配置を摑もうとする。彼らの纏《まと》うわずかばかりの衣服、主に両脚のあいだに垂れ下がる汚らしい旗のような代物を、風がはためかせる。我々は彼らをブリタンキュリ、つまり「小汚いブリトン人」と呼んでいる。密偵を放ったところで、どれだけの小塔や哩砦がじゅうぶんな人員が配置されないままとなっているか、彼らには完全に掴めない。我が軍の分遣隊が警護が手薄となっている門を定期的にさっと勢いよく通り抜け、数の多さの強みを誇示して惑わせているのだ。

この属州の総督は我々を、帝国という群れを守る羊飼いと見なしている。討伐の際には、武器を持つことのできる男はすべて虐殺される。女子供は奴隷として後方へ送られる。邪魔立てしない年寄りは殴られて身ぐるみ剝がされる。家々に火が放たれることもある。

我がコホルスの者は皆故郷を恋しがるが、私は違う。私は故郷にいたら羊の囲いのなかの山羊だっただろうし、ここでは我が軍の勇猛な精神にはほとんど貢献していないので、兵舎では「粥」とあだ名をつけられている。いささかむっとしてわけを訊ねてみたら、「粥」というのは素晴らしい名前だと認めるまで井戸に吊るされた。

全員が毎日の糧食として大麦を配給される。状況が悪くなってほかに何も食べる物がなく平たいパンを焼く時間がないと、それを挽いて粥にする。

小僧時代の私は情熱的で、ずば抜けていた。手に負えなかった。しょっちゅう誰かの拳固にやられて歯を失っていた。父は当時、二一歳のときにトゥングリアで徴兵された傭兵だった。その後、二五年して除隊となったあと、父は市民権とトリア・ノミナ、すなわち名と氏族名と姓を与えられた。私はセラーナムの騎兵隊砦の横の村落で生まれた。母は、扉の上に「飲んで、交合《まぐわ》い、洗い流すべし」と刻まれた賭博場で働いていた。父はセラーナムのことを活気と喧騒に満ちた、闘鶏場みたいな、狼狩りみたいな、乗馬の町と呼んで、騎兵隊を称賛した。母は父の駐屯地妻となり、三人の子を産んだ。出生時に死んだ虚弱な女児と、クラウティウス、それに私だ。クラウティウスは私より年上で力も強く、よく私を殴ったが、成人するまえに流行り目で死んだ。父はそのとき、カレドニ族討伐に出かけていた。父は上腕に負った大きな傷を化膿させて戻り、三日間熱を出した。母は賭博場へ仕事に行かないときには、苛立ちながらも愛情深く父を介抱した。母があまりに威勢よく傷に薬を塗って包帯を巻くので、近所の人たちに頼んで、母が傷口をアルコールで洗うあいだ父を押さえつけてもらった。父のわめき声が私たちの耳を満たした。回復すると、父は長男のことをくよくよと考えた。「あいつをちゃんと見てやれ」父は私を指しながら母に言った。

「自分で見れば」と母は言い返した。

父にはお気に入りのお楽しみがあった。誰かに両脚を押さえておいてもらい女を跨らせるというものだ。いつもは母の妹が手伝っていたが、父が熱を出していたあいだは自分の子供たちにうつらないか心配したので、私が徴集され、父の膝に座ることとなった。私は当時、この世で八回の夏を過ごしたところで、びくびくものだった。最初は母のほうを向いたのだが、向こうを向いてくれと言われて、父の足首を掴んでぐらぐら体を揺らしたら、床に蹴落とされた。

一八回目の夏が始まったとき、いまだトゥングリアン・コホルスで勤務している友人に宛てた父の紹介状で私は準備を整えていた。父の言語能力はけっして完全なものではなく、先見の明のある母が私をラテン語と算術の師につかせてくれていたので、手紙は私が手助けした。「アンニウスから古い軍隊仲間であるプリスクスへ、ご無沙汰しております。立派な男を推薦いたしたく……」うんぬん。数えきれないほど読み返した。

それから総督の許可のもと行われた面接に出頭した。私には市民権がなかったが、兵役を務めた者の息子ということで例外が認められ、居住場所の砦を指定され、ポーリア・トリブスに登録された。三人の試験官から仮採用承認の署名を貰ったあとで、私は給金の前払いを受け取り、自分の部隊に配属された。私の背の高さ、身体的能力、頭の回転の良さ、そしてとりわけ書くことと計算の技能が注目された。レギオンの多くの執務室で、教育のある人材が求められていた。任務、行軍の様子、支払いの詳細が毎日台帳に記録されるからだ。行政当局の歳入記録と同じくらいの注意が払われている、と聞かされた。

かくして私は自分の百人隊に配属され、名簿に名前が記載された。一夏のあいだ、行軍、体力増強、水泳、武器、戦闘の訓練を受け、終えたときには、自分の腰掛けに座ってパピルスやカバノキの皮を幾山も、狂ったように忙しなく絶えずぴくぴく動いている昆虫のように生み出すことができそうだった。

私は鼻風邪をひいている。

ひどく人員不足なので、さらなる病気が発生しているあいだ、この吹きっさらしの狭い地域の兵力を強化すべく、第九レギオンから分遣隊が短期派遣されている。そして他の外人部隊も壁の両側で配置に就いている。アストゥリアス人、バタヴィア人、サビーニ人は我々の東側、フリジアヴォーン人、ダルマチア人、ネルヴィ人は西側。

父は現役に戻してもらおうと運動している。将校の給金で可能な生活水準と退役軍人の年金によるものとのあいだにかなりの差があることに気づいたのだ。父は小さな農場でイチジクとクリを栽培しようとしているのだが、驚くほどうまくいっていない。相変わらず健康だと父は主張して、それを証明しようと拳や前腕で胸を叩く。父は健康ではない。徴募係の将校は父の面前で笑う。旧友たちは当てにしないでくれと頼む。私にも、お前の仲介をしてやったのだからと仲介を頼んできた。父は私が守備隊の司令官に特別な影響力を持っていると信じているのだ。「まったくもう、入隊させてぶっ倒れるまで行進させときなさい」と母は尖った声で私に言う。

父は毎日小さな荷馬車で片道四哩の距離を書記官用腰掛けに座る私のところまでやってきて、自分の出発命令はどうなっているのかと訊ねる。最後の部分はちょっとした冗談だ。父がいつ諧謔精神を身に着けたのかは定かでない。たとえ天気が荒れ模様でも父はびしょ濡れになって震えながら、いつもと同じ歪んだ笑顔で現れる。父の腕や胸は加齢によって痩せている。「これは俺の息子なんだ」と父は毎日もうひとりの書記官に言う。これまた冗談だ。「誰がです？　この男？」もうひとりの書記官は毎回そう答える。我々の小さな部屋にほかの人間がいることはけっしてない。

ときおり、父の到着時に私が厠へ行っていることがあり、そんな場合は、もうひとりの書記官が仕事をしている傍らで、父は黙って待っている。

私がまだ守備隊の司令官に話していないということを聞いた父は、私たちが仕事を続ける横で、泥炭の火で体を温めながらぼうっと突っ立っている。毎回父はおしゃべりしながら、苛立ちを忍耐へと抑え込む。「お前にサンダルを持ってきたぞ」しばらくするとそんなことを言う。「母さんがよろしくとさ」とか。

「お前の腹はまともに動いたことがないからなあ」私がとりわけ長く姿を消していると父はそう同情を示す。

雨が降って暗い、ことのほかどろどろの春のある日、父はなかなか家に帰ろうとしない。扉の外には濁流が流れている。ときおり伝令が泥をはね上げるが、それ以外は長城の歩哨を除いて誰も姿を見せない。泥炭の炎はほとんど熱を発しない。もうひとりの書記官と私は絶えず両手に息を吹きかけ、パピルスは強く押さえすぎると寒気でひび割れする。私がこっそりと、当方のパピルスの箱を返してほしいと頼む手紙をイスリウムの兵站《へいたん》長に書いているあいだ、父は我々に向かって長城建設に従事した経験談をちょっと物語る。

「仕事がうんと溜まっているんだ」しまいに私は父に注意を促す。

「これが仕事だと思ってるのか？」と父は返す。

「おいおい」もうひとりの書記官が呟く。雨は音をたてて、布が揺らめくように降っている。

「雨が上がるのを待ってるだけだ」父は説明する。照れくさそうに濡れた草ぶき屋根を見つめる。父はかすかに灰汁《あく》のにおいがする。父は腰に巻いている紐を結び直す。指関節には霜焼けの兆候が見えている。父の姿勢は病気や酷使の影響が現れようとしているのが自分でわかっている人のものだ。

「父さんは本当にいちばん初めからいたの？」私は訊ねる。もうひとりの書記官が仕事から目を上げて私を見つめる。口がぽかんと開いている。

父は答えない。外の雨のなかのどこかに漂う大いなる悲しみを見張っているような様子だ。

長城がなければ、まさにこの瞬間、まさにこの場所までブリトン人が来ているだろうと私が指摘すると、もうひとりの書記官は視線を巡らせる。二つの隅から水が入ってきて水溜りができている。誰かの黴の生えたレンズ豆の桶が棚に置いてある。「そして歓迎されていただろうな」と彼。

長城建設は兵役に就いて二年目の春に始まったのだ、と父は語る。まえの季節にまたも起こった反乱に皇帝が反応したのだ。ブリトン人を押さえつけておけないことに皇帝は苛立っていた。ドミティウス・コルブロの金言で、つるはしとシャベルは敵を打ち負かす武器だというのがあるだろうと、父は私たちに思い出させる。

「なんと賢い、賢い人物でありましょう」もうひとりの書記官が物憂げに言う。

ネポスはゲルマニア・インフェリオルの総督だった。三つのレギオン——第二軍団アウグスタ、第六軍団ウィクトリクス・ピア・フィデリス、そして第二〇軍団ヴァレリア・ウィクトリクス——が基地から呼び集められて作業部隊が組織された。それぞれの人員のなかには測量技師、溝掘り人、建築士、屋根瓦職人、配管工、石工、石灰作り、木こりが含まれていた。父は石灰作りをやらされた。三〇〇〇人の男たちが好天時に一日一〇時間働くと、長城は六分の一哩延びる。父は五年働いた。建設時期は四月から一〇月、霜が降りるとモルタルが固まらなくなるからだ。

もうひとりの書記官がため息をつき、父はその音の発生源はどこかとあたりを見回す。

すべて現地で調達されたが、かすがいや接続金具用の鉄と鉛は例外だった。石灰は現地で、炉で石灰岩を高温で熱して作られた。よいモルタルにするには、砂と石灰の比率を山砂なら三対一、川砂なら二対一にする。

「ところで私は二対一の割合で書いているぞ」ともうひとりの書記官がぶつくさ言う。彼は腰掛けから立ち上がって、書いていたものをぎゅっと押さえる。

「石灰とモルタルのための水が、実際のところ最大の問題だったな」と父は続ける。「樽に詰めたのを巨大な牛車に山積みにして、絶えず運び込まれてきた。丸二つのコホルスが、水の運搬だけにかかりきりになったんだ」

もうひとりの書記官と私は、書字板に書きに書く。

材木については、オークが手に入らない場合は、ハンノキ、カバノキ、ニレ、ハシバミが使われた。

仕事をしながら、私の脳裏には兄が死んだあとの記憶が蘇る。母が言ったことを説明させようと、父が母の手首を踏みつけている姿だ。

重労働や運搬のために現地人が徴用されていた、と父は語る。だが問題が起きると、皆が力を合わせた。漂礫土に溝を掘る大変さを父はざっくりと説明する。百人隊長たちは、怠けて割り当て分まで掘り進めていなかったり線からずれていたりする者がいないよう、一〇呎《フィート》の棒で作業を確認していた。

ついに雨がちょっとやむ。部屋が明るくなる。湿気のなかに多少爽やかな風が吹き込む。父は前腕をさすり、私たちのもてなしに礼を言う。もうひとりの書記官と私は父に向かって頷き、すると父も頷き返す。良い一日を、と父は別れの挨拶をする。「あなたもご同様に」ともうひとりの書記官は答える。父はその応答に礼を言い、はためくマントを首のところで合わせてしっかり握ると、雨のなかへ出ていく。父が去って一、二分すると、雨は倍の激しさになる。

半休の日、徒歩で両親の小さな農場へ出かける。たどり着くと、父は私に会いに出かけてしまっている。父は私の休日を把握していたためしがない。冷たい太陽が昇っていて、母は小さな庭で私をもてなしてくれる。母はガーリックペーストとラディッシュ、ダムソンスモモ、ディルを並べる。父はブドウ蔓を巻きつくものならなんでも巻きつかせている。新しいものも加わっている。祭壇の上にトゥングリ女神の小さな廟がある。荒削りの大理石のミネルヴァで、父はそれにトゥングリの頭飾りのミニチュアをかぶらせていた。

父は今では教団に入っているのかと私は訊ねる。母は肩をすくめて、このくらいならまだましだ、と答える。旅から帰った近所の家の息子は、キリスト教徒になっていた。魚を崇めるのだ。

母は私の体調を訊ね、粥に山羊のチーズを入れると腹に良いと勧める。噂話を聞かせてくれとせがまれるが、私はほとんど知らないので、いつも母をがっかりさせる。あの気性の荒い神童がいったいどういうわけでこんな青白いニシンになってしまったのだろう。

母は微笑んで、私の膝に片手を置く。「お前は良い仕事に就いているものねえ」母は誇らしげにそう言う。私もそう思う。

父の持ち物を見たら、すぐにも戦が始まると思ってしまいそうだ。研磨剤の缶の横に鞘に収まった刀剣がきちんと並べてある。残りの装具はベンチの上に広げて日に干してある。行軍用サンダルは鉄の鋲を打ち直すために置いてある。アブが一匹、鋲を乗り越える。

父は周期的に、ガリア・ベルギカへ帰ると言い出すのだと、母は話す。あそこなら、イチジクにとっても体の痛みにとっても天候がここほど厳しくないから、と。ブリタンニアで兵役を務めて退役した百人隊長として帰れば、かの地ならば池の大魚となれる。だが父にはかの地に友人がひとりもいないし、身内は死んでしまったし、こき使われたのと厳しい気候のせいとで死んでしまった前妻の一族は、きっと良い感情は抱いていないだろう。

それに、部隊には古参兵の使い道はたくさんあると父からいつも聞かされるのだと母は愚痴る。歩哨の任務だけとっても。交代で長城の見張りをしているぼんくらどもが、やってくる補給部隊を丸ごと見逃すかもしれない。

母はいつものように、私の毎日の務めのことを訊ねる。私の特免のことを聞くのが嬉しいのだ。兵士の毎日の務めには点呼、訓練、行進、点検、歩哨任務、百人隊長の装具の手入れ、厠と浴場の清掃任務、薪と飼い葉集めがある。私は技能のおかげで後ろの四つを免除されている。まだ軍隊仲間からいたずらを仕掛けられているのかと母は訊ねる。もうそんなことはない、もうずいぶんそんなことはされていないと、私は答える。そもそも母に話してしまったことが悔やまれる。帰り際に、母は飾りを織り込んだウールのチュニカをくれる。私はそれを纏って歩いて帰る。

訓練期間中、個々の武器の扱いがじゅうぶんな水準に満たない新兵は糧食として小麦ではなく大麦を与えられる。熟達したことを示すまで小麦には戻らない。私は、剣はたちまちじゅうぶんに扱えるようになったが、投げ槍は駄目で、いくら的に近づいてもまったく当たらなかった。父は訓練にひと役買って出ようとさえした。教官は私のことを、飛び道具となるとこれまで見たなかでもっとも見込みのないスズメだと言った。私は三週間大麦だけを食べ続け、それ以来腹を下している。参加したただ一度の討伐のときは、さっさと済ませてしまおうと、すぐさま投げ槍を投げた。槍は牛小屋に刺さった。

兵舎まで長い道のりを歩いて帰るうちに、日が暮れる。田園地帯を、街道ではなく川伝いに横切っていく。まばらに生える草が足首に軽く当たる。湾曲部で足を止め、犬のように四つん這いになって水を飲んでいると、父の小さなオンボロ荷馬車が頭上の橋目指してガタガタやってくるのが聞こえる。橋を渡りながら、父の頭が夜空にひょこひょこ上下する。父は昔の部隊の歌を歌っている。月明かりに導かれて、父は進んでいく。父の姿が道の向こうへ消えるまで、ずいぶんかかる。

いかなる基準に照らしても、我が軍は、これまで考案されたなかでもっとも効率的な組織のひとつだ。わずか数千の人員で広大な辺境を効果的に征服、支配するには、街道と砦の網の目における要衝の戦略的占拠を可能にする伝達能力が必要となる。伝令がいなければ、我々にはかがり火信号しかなく、書記官がいなければ、伝令もいない。

孤独と悲しみのなかで、私はこの地のこの時代における自分史を綴ってきた。子孫をもまた友として迎えるために。

さらに雨。我々の足はもう二週間温まったことがない。ひとり残らず食べ物のことで頭がいっぱいだ。我々はベーコンの脂身や堅パン、酸っぱいブドウ酒、小麦を物々交換する。手に入れば肉も交換する。雄ウシ、ヒツジ、ブタ、ヤギ、ノロジカ、イノシシ、野ウサギ、家禽。地元の果物や野菜も交換する。大麦、豆、ディル、コリアンダー、ケシ、ハシバミの実、ラズベリー、キイチゴ、コケモモ、セロリ。リンゴ、ナシ、サクランボ、ブドウ、ニワトコ、ダムソンスモモ、ザクロ、クリ、クルミ、ブナの実。キャベツ、ソラ豆、ノラ豆、ラディッシュ、ニンニク、レンズ豆。食事グループにはそれぞれ共有の塩と酢と蜂蜜と魚醤がある。ひとつの食卓に八人、うち一名が全員の食事を作る。私が料理する日には、話しかけられる。料理しない日は、話しかけられない。もうひとりの書記官は賭場を開いているので、もっと重んじられている。

雨のせいで点呼の記録は芳しくない。新たに一一名が回虫による病気になっている。貯蔵庫のひとつにゾウムシが湧いているのがわかった。

二晩にわたって、とある小塔——この世界の果ての荒涼としたむき出しの大地の、長城が両側の闇に消えていくなかにただひとつ、ぽつんと存在している——には、歩哨がひとりしか配置されていない。ほかにひとりも人員を割けないのだ。歩哨は松明《たいまつ》を燃やし、上下階の床をガンガン叩き、ときおり会話しているかのようにしゃべれと指示されている。

なぜ我々はかくも少ない軍隊でかくも上首尾に占領地を支配することができるのかという不可解な問題には、この状況を基に答えられるかもしれない。駐留軍はかような方法によって、実際よりも強力かつ広範囲に広がっているように見せかけられるのだ。我が軍の分遣隊は素早く現れることができるし、騎兵隊砦はけっして遠くはないのだと、我々は自分に言い聞かせる。

この戦術はまた、帝国の中心部と周縁部との関係を明らかにするものと解釈することも可能であろう。ローマは兄を弟と、父を息子と敵対させることで世界を征服してきた。帝国の外縁部分は、それ自体周縁である地域で育った軍団を使って支配し、組織すればいいのだ。国境は吸収され、それから外側の新たな国境に向かってぶつけられる。スペイン人はガリアを征服するのに使われ、ガリア人はトゥングリ人を征服するのに使われ、トゥングリ人はブリタンニアを征服するのに使われる。最初からずっと、それがローマの巧みなやり口なのだ。兄を弟と、父を息子と敵対させる。なにしろ、こんな簡単なことはないのだから。


国境の平和は常に相対的なものではないかと、私は思うようになっている。私が軍務に就いているここ二年間、我が軍の部隊は小規模討伐の合間の時間を、家畜泥棒を防ぐことと国威発揚とに注いできた。だがここ数日、斥候兵たち——軽装備の外人部隊員による俊足の馬に乗った小さな分遣隊——が四六時中出撃路を出入りしていることに我々は気づいている。兵舎には噂が飛び交い始めた。友人がいないので、私の耳には何も入ってこない。料理当番だった夕食時に訊ねると、ブリトン人たちが我々の粥を狙っているのだという答えが返ってくる。

私の夜間歩哨勤務が巡ってくる。誰かが不当に負担過重になったり義務を免れたりといったことがないよう、もうひとりの書記官といっしょに毎朝更新する任務表で、それがこちらに向かって忍び寄ってくるのを私はじっと見つめている。私の番が回ってくる夜は、月が出ない。私といっしょに任務に就くことになっている仲間三名は、全員鞭虫で倒れている。

指定の時間になると、私は兵舎に戻って鎖帷子《かたびら》と剣を身に着ける。兜を小脇に抱えて外に出ようとすると、兵舎仲間のひとりが部屋の向こうから疲れた声を張り上げる。「それは俺のだ」当直受付で、足元をかろうじて照らせるランタンと急を知らせる火を起こす小さな薪束を渡される。これらすべてを袋に入れて短い棒で肩に担ぎ、闇のなかを長城に沿って一哩半、小塔まで歩くのだ。出かけるまえに、当直士官が私の剣の後ろに、鋲を打った古いサンダルが先端に二つくっついた生皮の紐を結わえ付ける。これで私はたったひとりの歩哨ではなく安心できる集団のように聞こえるだろう。

「しゃべれ」夜の闇に歩み出す私に、士官は助言してくれる。「何かを打ち鳴らせ」

長城の狭間胸壁に沿って敷かれている敷石が、星明かりで銀色に光る。余分なサンダルと装備を入れた袋のせいで、闇のなかを屑物商がガチャガチャ進んでいくみたいだ。ときおり足を止めて耳を澄ませる。夜の音が丘陵にこだまする。

私は二人の男を任務から解放することになるが、私を見ても、どちらも嬉しそうな顔はしない。二人は松明で照らされた上階の部屋を私に明け渡す。錆びた刃が目立つ投げ槍が二本、片隅に立てかけてある。でこぼこになった楕円形の盾が幾つか並んだ上に、古いマントが数枚、掛け釘からぶら下がっている。ひとつの盾から反対側の戸口へとネズミが走る。下の階には暖を取るために囲炉裏が切ってあり、荒野からは見えない。この上の階では二つの窓から外が眺められるが、松明が眩しくて、外からのほうが見やすい。月が出ていないので、どれだけ時間が経ったかあまりよく確かめられない。

二、三分すると、騒ぎ立てたりガチャガチャ鳴り響かせたりする気にはとてもなれないのがわかる。

生皮の紐をほどいて、サンダルを下に投げ出す。囲炉裏をほうっておいたら、すぐに下の階は暗くな

る。上にはまだ松明が二本あり、快適にからっとしているが、窓からは冷たい微風が吹き込んでく

る。一定時間なかにいたら、つぎは長城の上に出ることにする。外に出ると、星明かりで物が見える

ようになるまで数分かかる。

どこか遠くのほうで石が幾つか落ちて転がる。その方角で何か動きがないか、数分間じっと目を凝

らすが、何も見えない。

父は自分のことを、雄鹿の心臓を持っていると好んで言いたがった。父の話は歩くときの自分の体

力と女を相手にする精力のことが多かった。「兄貴が死んで寂しいか?」家でぶらぶらしている冬の

あいだのあるとき、父は私にそう訊ねた。兄が死んでまだほんの数年しか経っていなかった。私はま

だ父の剣を持って腕を伸ばすことはできない体格だった。

首を振ったのを覚えている。父が驚かなかったのも覚えている。すこし経って母が部屋に入ってき

て、今度はいったいどうしたというのだ、と私たちに訊ねたのも覚えている。

「俺たちはこいつの兄貴の死を悼んでるんだ」父はしまいに母にそう答えた。

驚くべき兄貴だったと、いつも思う。あの奇妙な性分や、天才的な残酷さ、木彫の才能、そして予

言への強い興味。兄は動かせる錨の付いた木彫りの装甲ガレー船を私に作ってくれた。自分の死を予

言し、間近に迫ったら、私にも自分の死の予兆がわかるだろうと言った。兄に殴られてもたいして腹

を立てたことはなかったが、一度、なんだったか今でははっきり思い出せない、兄が母についた嘘に関係することでひどくかっとなり、兄が病気になればいいと祈ったことがあり、のちにそれが本当になって兄の命を奪ってしまった。

「兄さんが病気になればいいと祈ったんだ」死の床の兄に、私はそう話した。その場には私たち二人だけで、兄の目は爛《ただ》れてほとんど見えていなかった。藁布団の頭の下の部分は膿で黄色くなっていた。兄は面白そうな顔で私を見つめ返した。なるほどね、とでも言いたげに。

夜が半分ほど過ぎた頃、鳥の甲高い声にぎょっとする。気が緩まないよう、堅パンを齧る。雨は軽い霧雨となり、何か新鮮なにおいがする。鎖帷子の下で母のくれたウールのチュニカが湿ってずっしり重い。

上の階へ入って喉を潤しているとき、水汲み柄杓《ひしゃく》がたてたと思った音が、まだ柄杓をブリキのバケツに突っ込んだままにしているのにちょっとのあいだ続いている。音は外から聞こえているのだ。数秒待ってから、そっと扉の外へ出て狭間の陰に身を屈めて聞き耳をたて、闇に目を慣らす。片手を突き出して、震えていないかどうか確かめる。いちばん近い哩砦は広がる丘陵の彼方の光の点だ。私の心臓は、小さな籠のなかでガタガタ揺れている。

かろうじて聞き取れる、石に金属が当たる音楽的なチリチリいう音が、左下で響く。ほかに音はしない。

合図のかがり火用の薪束は湿気ないよう部屋のなかにある。危険が迫った折にはそれを、小塔の外壁に取り付けられている、哩砦に向かって口の開いた屋根付き多孔鉄壺のなかに投げ込むことになっている。薪束はすぐに火がつくよう、タールに浸してある。かがり火の合図は、ただの偵察ではなく実際に襲撃してくるのが確実な場合でなくてはならない。男の子が二、三人、遊び半分で度胸試しをしているからといって、真夜中に騎兵部隊を呼び寄せるわけにはいかない。

小塔の向こうの闇のなかで登攀《とうはん》用ロープの鞭のようなかすかな音がする。徐々に頭を上げて狭間の石の縁の向こうを眺めると、連なって動いていたものがぴたっと止まったような気がする。目を細め、それから見開く。石に私の息が吹きかかっている。一瞬ののち、闇がばらばらになり、前へと動く。

振り向いて小塔の扉をぐっと押し開けると、目を剝いた、歯はガタガタで黒や茶色や青で塗った顔が、私に突進してきて捕らえ損ね、男の子が長城から下の闇のなかへと悲鳴をあげながら落ちていく。

その子の背後の小塔のなかで、影が幾つか、私と私のかがり火用の薪束とのあいだのマントの掛け釘のそばをさっとすり抜ける。手が私の剣を引っ摑む。

私は跳び、着地の衝撃で歯がカタカタ鳴る。立ち上がると、何かにガツンと顔を打たれる。地面に倒れると、さらに二度、くぐもった打撃音が響くが、体には感じられない気がする。俯せの状態だ。口をちょっとでも動かすと痛みが内側に走り、ぐらついたり抜けたりした歯が舌に当たる。さんざん蹴飛ばされる。鼻中隔に芝が触れると、朦朧としたなかで激痛が両耳のあいだを走る。

それが後退していくと、耳障りで低い音がする。片方の耳は液体が充満している。しばらくのあいだ騒ぎが続いて、それから消える。続く静寂のなかで、興奮した小声で囁き交わしながら部隊が集まり、それから出発するのを、私は聞き取る。

体をいろいろに動かしてどんな痛みがあるか調べてみる。頭を上げると渦巻き状のものが現れたり消えたりする。目に液体が流れ込む。ある時点で、声を出さずに泣きながら、自分が感じているものを心に刻むのをやめる。

朝になると、彼らが長城を乗り越えて私の両側に押し寄せていたのがわかる。結び目のあるロープが蔓のように垂れ下がっている。皆いなくなっている。哩砦からも砦からもすでに煙が空高く上がっている。立ち上がるとよろめく。周囲を見回すと、目が片方しか見えない。小塔の扉から飛び出した男の子は私からさほど離れていないところで死んでいる。岩の上に落ちたのだ。武器がまだ横にあるところを見ると、見過ごされたのだろう。

雨が上がって、日が出ている。母のウールのチュニカは泥まみれでごわごわだ。長城に沿って歩いて、私の小塔近くのロープを投げ返し、なんとか自分の職務怠慢があまり無様に見えないようにする。荒野を突っ切って哩砦を通り過ぎ、砦へ行くには数時間かかる。顎が動かせないから、おそらく折れているのだろう。砦の壁は二面が破壊されているが、どうやら襲撃は撃退できたようだ。レギオンの兵士たちや外人部隊の兵士たちがすでに材木で臨時の城壁を築こうとしている。下級士官たちが怒鳴ったり罵ったりしている。ブリタンキュリの死体は引きずられて山に積まれている。トゥングリ人の遺体はおそらくすでに荷台に乗せて砦のなかへ運び込まれたのだろう。

私の頭には包帯が巻かれている。痛むので頭を上げることができない。最初の二日は医務室で過ごす。顎についての推測は正しかったと判明する。片目は助かるかと訊ねると、良い質問だと言われる。酢とマスタードの湿布が塗布される。二人の仲間が、腹部の傷で死にかけている三人目を見舞いにやってくる。彼らは私に憐れみの混じった軽蔑の視線を投げる。一日のあいだで、口にするのは水を少しだけ。眠っているあいだに一度、父が見舞いに来たと知らされる。知り合いのことを訊ねる。あの小さな部屋でいっしょに仕事していた書記官は、兵舎の火事による火傷で死んだ。その夜は生き延びたのだが、朝は乗り切れなかった。いろいろ噂があったにもかかわらず、なぜか襲撃の場所はまったく意外なところだった。

報復の準備には、第九レギオンの四つのコホルスが軽騎兵、重騎兵の分遣隊とともに、ずたずたにされたトゥングリ人コホルス二つの手も借りて、丸六日かかる。ローマ人は犠牲者が出たことを、ほかでは見られないような態度で耐え忍ぶ。レギオンでも外人部隊でも、会話も激励の言葉も聞かれない。兵舎では作業の音が響くだけだ。急遽我が軍の城壁の内側に野営しているローマ人たちは、沈黙の誓いを立てているかのように黙々となすべきことをしている。虐殺のあとようやく、しゃべることが許されるのだ。

私は麦藁でほんのちょっと吸い込む粥で命を繋いでいる。からかう者は誰もいない。五日目に私は点呼係の将校に、任務に戻れると報告する。将校は私を頭のてっぺんからつま先まで見てから、ほかの用事に注意を向ける。「ならば結構」と将校は言う。

六日目の点呼のときに、私の藁布団の向こうに父が現れる、兵舎で目覚めた私の目に最初に映るのが父の姿だ。父は鎖帷子の上に勲章を付けた帯をし、兜の馬の毛の飾りが垂木《たるき》からぶら下がっていた台所用具を揺らす。自分は現役で務まると父は申し出て、誰も反論する気になれなかったのだ。

やっと空が白んできたところだ。父は、お前が元気で嬉しい、母さんが無事を祈ると言っていたぞ、外で会おう、と言う。

三度目の喇叭《らっぱ》を合図に、敗残兵たちが隊列の自分の位置に駆けつける。集まった各部隊全体がしんと静まり返り、東の胸壁の上から太陽が顔を覗かせる。我々がこれまで見たことのなかった将軍の右に立つ伝令官が、型どおり三度にわたって戦う覚悟はできているかと訊ねる。我々は三度、「できているぞ」と叫ぶ。

我々は一日じゅう行軍する、先を進むのは騎兵隊だ。太陽が我々の右肩あたりから左肩のあたりへ移動していく。日が暮れる頃には、奥行きのない土手とガタガタの柵に囲まれた大きな集落に着いている。ここにいるのはあの襲撃を行った男たちあるいはその家族なのだろうか？　誰も気にかけない。

集落の男たちは、包囲されるのを待っていられるかとばかり、さっと集落の前に集まって戦闘態勢に入っている。長ズボンを穿いて、裸の胸に動物を描いている。カレドニ族だ。ここはあの部族の領土なのだろうか？　私にはまったくわからない。

我々はレギオンの左側へ配される。ここぞというときに騎兵隊が集落の後ろから現れて封鎖するのを、皆知っている。今日のこの日、私の右側のごった返しているなかに姿が見えなくなっている父ともども、我々皆がひとつにまとまり、帝国の復讐を果たす右腕となるのだ。属州の州都に上首尾の討伐として報告されることになる作戦を実行するのだ。私自身もこの片方だけ使える目でそれを歴史に記録する。私はこう書くだろう。「囲いを破って集落に乗り込んだ我が軍は、生きているものはすべて殺した。女も子供も犬も山羊も、二つに断ち割り、手足を切断した。殺戮がたけなわのあいだは、略奪は禁じられた。殺戮が終わると、喇叭が召還を告げた。各歩兵中隊から略奪品を運ぶ人員が選ばれた。残りの部隊は集落の外からの反撃を警戒していた。集落には火が放たれた。集落は完全に壊滅した。建物の石材は撒き散らされた。田畑には塩が撒かれた」軍隊仲間たちが私を見る目は以前と変わらないだろう。父と私は相変わらずすり切れた親子の絆を探り、危うくし続けるだろう。そして、ひと夏が去り、母が霞んだ太陽の光に包まれて苦い涙を流しながら自分の結婚生活について語る言葉は、第二〇トゥングリ人コホルスと第九レギオンが任務を終えたあとのあの場所で目にした最後の光景、あちこちでカラスがついばみ、ところどころに砕けた投げ槍の散るあの様子を、私の脳裏に蘇らせることだろう。「我々のこのような有様によって尊重されるものは一切ない。我々は廃墟を作り出し、そしてそれを平和と呼ぶ」

死者を踏みつけろ、弱者を乗り越えろ

　怪我したって？　クソッタレ。起き上がれないまま、試合が続いてる？　死ぬ気で走れ。ホイッスルが鳴った？　担架のお出まし時間だ。ガツンとぶつかって、シスターズ・オブ・マーシーに救護してもらえ。

「オカマどもめ」誰かの応急処置にトレーナーたちが出てくるといつも、ウエインライトはこう言う。トレーナーたちのことを言ってるんだ。

　ここで言ってるのは試合のことじゃない。夏の練習のこと、一日に二回、熱気のなかでみんなバタバタ倒れるやつだ。二人以上のヤツが空《から》えずきを始めると、俺たちはそれをヒーホーと呼ぶ、そんな音がするからだ。

「あのキツさは笑いごとじゃないんだぞ」俺たちが笑ってるのを見ると、誰かが言う。どこかのクソが膝抱えてゲーゲーゲロってる。「ヴァイキングズ用のヤツが死んだぞ」

　それは消されないよう黒板の隅にチョークで書いて四角く囲ってある。TRAMPLE THE DEAD, HURDLE THE WEAK（死者を踏みつけろ、弱者を乗り越えろ）コーチたちが最初に書いたとき、動詞の語尾を二つともＥＬと綴っていた。「クソバカども」それを見たウエインライトは言った。彼は腕でこすって消して正しく書き直した。

「俺の激励スローガンに勝手なことしてるのは誰だ?」俺たちのディフェンシブ・コーディネーターが訊ねた。

「俺っす」とウエインライトが答えた。一日二回の練習の午後の部のあとで、水分しか口に入らないってこともなく、ゲロってもいない者は、敷物の上に脚を広げて座り込んでいた。ベンチより冷やっこかったか、あるいはベンチまで行けなかったかで。「綴りをちょっとすっきりさせただけっす、コーチ」

「俺のリストに載らないよう気をつけたほうがいいぞ、ウエインライト」とコーチは言った。

「俺は誰のリストにも載ってます、コーチ」ウエインライトは言い返した。

ウエインライトは一流中の一流だ。レギュラー全員のなかでいちばん有望、オンライン・レーティング・サービスに出るのはいつだって、クォーターバックかランニングバックかワイドレシーバーだけだ。ストリート&スミスの選手名鑑のハイスクール版に二年連続でラインバッカーとして表紙に出た。「L・T（ニューヨーク・ジャイアンツのローレンス・テイラー）は一度も表紙になんか出たことないぞ」と俺はあいつに言う。

「あの頃はハイスクール版なんかなかったんじゃないか」とあいつは答える。

練習を終えて家に帰る道々、L・Tはほんとにフィールドで誰かを殺そうと思っていたんだろうかと二人で議論を戦わせる。

気温は三八度で湿度八〇パーセントだ。ウエインライトは胸の真ん中に汗が染みて、太いストライプの服を着てるみたいだ。家に帰る道には女の子たちが並んでる、ウエインライトに会ったって言うために。

俺たちとしてはフィールドで常にパニックを引き起こしたい。俺たちの知るかぎりじゃ、それについてはL・Tがいちばん近いところまで行ってた。俺たちは彼を九〇パーセントの位置に置く。

「ほら、リコリスを一度に口に入れようとして半分に折るだろ?」とあいつは言う。「L・Tはそれをサイズマンの腿でやったんだ」

L・Tは鼻ちょうちん男でもあった。本人いわく、ボールキャリアーの鼻から鼻ちょうちんが出てくるようなやつがお気に入りのヒットなんだ。

俺がウエインライトに会ったのはレギュラーチームの練習に初めて出た日だった。ロッカールームから出てきた俺がまだ顎のストラップも留めないうちに、もう口論が起こっていた。ウエインライトと馬鹿でかいヤツとががっぷり組み合って、お互いのフェイスマスクを引っ張っていた。馬鹿でかいヤツのことは知っていた、誰でも知っていた。ジュニア・クーリー、我が校の、州代表オフェンシブタックルだ。三五〇ポンドのベンチプレスを持ち上げていた。頭のヘルメットが、茂みにバケツをのっけたみたいに見えた。

二人は一プレーか二プレーのあいだお互いを避けていたが、それから、スクリーンパスが投げられ、ジュニアが誰かをブロックしようとアップフィールドへ走ると、ウエインライトがすでにその走路で宙に飛び上がっていた。二人はあまりに激しくぶつかったので、俺にも感じられるほどだった。ジュニアのヘルメットから小さなイヤーパッドが飛び出した。ボールキャリアーと追いかけていたヤツが何人か、いっしょくたに重なった。皆がおおーっ、と言った。

重なりのなかから身を起こしたウエインライトは、ヘルメットがちょっと斜めになっていた。ジュニアのフェイスマスクはボルトが折れ、鼻血が上へ広がって額を染めていた。ウエインライトはジュニアのヘルメットを両手で挟み、顔を近づけてジュニアの目の焦点が合うのを待ってから言った。「いいか。つぎの試合がお前の最後の試合になることだってあるけどな、お前が学んだことはぜったい奪われない」

あいつに言わせると、脅しと正の強化によって意欲を起こさせるんだそうだ。

あいつは全力で走り、全力でアジャストし、全力で到着する。あいつは、エレベーター・シャフトを落ちていくみたいにぶつかる。「まるで地震だぜ」とディフェンシブライン・コーチが呟くのを聞いたことがあった。コーチたちが気に入っているのは、何があろうと、あいつは行く必要のある場所へ行くというところだ。しかも必ず間に合う。クソ面白くもなさそうな顔で、さっと。

試合がないとき、あいつは好んで普通の学生たちとつるんでる。雑魚《ざこ》、あいつは普通の学生たちをそう呼ぶ。

俺たちの大半は真剣なユース・フットボールやポップ・ワーナー・プログラム（子供たちにアメリカンフットボールを教える全米組織）でプレーしていたが、それでさえ、これには目を見張った、こんなレベルのヒットには。フィールドでバンと音がしたり本物の衝突音が聞こえたりするといつも、コーチが呟く。「一流の世界へようこそ」見ている必要もないのだった。

「プレーしたいヤツは、帽子をしっかり留めておけよ」ビッグコーチは初日のチーム・ミーティングでそう言った。俺たちはディフェンシブ・コーディネーターをコーチ、ヘッド・コーチをビッグコーチと呼んでいる。「飛び回っちゃあ頭をカチ割ることになるんだからな」

ジュニアの再教育の一時間かそこらあと、ウエインライトと俺は一点に収束してヒットし、あいつのアームシーバーがボールキャリアーのヘルメットをかすめて、俺のを強打した。俺のヘルメットは額の部分がへこんだ。俺は誰かに頭から水をぶっかけられたみたいに血を流していた。

　そのあと縫われることになった俺の傷を、ウエインライトは気に入った。あいつは俺のことを「蓋」と呼んだ。俺の頭皮がそんなふうに見えたからだ。

　お袋の生理用ナプキンを傷口に当ててヘアバンドで留めることを思いつくまで、練習を二、三回休まなくちゃならなかった。

　じつは。ウエインライトと俺は、ボーモント近郊のポート・ネチズ＝グローヴズの州代表ランニングバックは俺の親父の息子にまず間違いないと考えている。俺たちは去年、ストリート&スミスの名鑑でそいつの写真を見たんだけど、俺にそっくりだった。ウェブサイトで調べてみたら、そいつの顔が現れると、ウエインライトはきゃあきゃあ大笑いって感じだった。「ま、お前のほうが賢そうだけどな」というのがあいつの感想だった。それに、いつだったか、俺のおばさんがボーモントって言っただけでお袋は泣いてた。それに、そのことについて訊ねたら、お袋は答えようとしなかった。「馬鹿なこと言わないで」ってお袋は言った。「こういうことしか言えないんでね」と俺は言い返した。

　州のトーナメントで両方ともかなり上位まで進まないかぎり、俺たちがボーモントの学校と試合することはない。だけど、可能性はある。向こうは地区で一位だし、俺たちもそうだ。

　ウエインライトも俺も兄弟問題を抱えている。俺がそのことを言うと、あいつは「そうだな、ただし、お前のはつまらんけどな」と答える。あいつの兄貴は今じゃジャガーズにいて、毎週日曜に人を痛めつけることで高給を貰ってる。デプス・チャート（選手の先発・控え情報）では三番手なんだけど、それでもだ。ポート・ネチズ＝グローヴズの「謎の少年」を数に入れなければ、俺の家族はたいしたことはない。俺の正規の兄弟は五歳上の兄貴で、自慢できることと言ったらフィールドのあちこちで俺のケツを蹴飛ばしてプレーのやり方を教えてくれたことくらいだ。わあわあ泣き泣きボールがやっと見えるような状態で、よく兄貴とプレーしたものだ。「スパルタ精神を持て」俺がお袋のところへ逃げ帰らないようぶちのめしておいてから、兄貴は友人たちの前でそう言った。「スパルタ精神を持て」。「ぶっ殺してやる」やっと声を出せるようになると俺はいつもそう叫び、それから実行に移そうとした。「触るな」喉ぼとけとか目を狙って飛びつこうとすると、兄貴はそう言った。

親父は俺が二歳で兄貴が七歳だったときに出ていった。以来音信不通だとお袋は言うけど、嘘をついていると俺たちは思ってる。親父はどんな人だったかと兄貴に訊ねると、「どんなだったと思う？ろくでなしだったよ」と返事が返ってくる。

しつこく訊き続けると、兄貴はお袋に問いかける。「お袋。親父はろくでなしだったよな？」「やめなさい」とお袋は兄貴を叱る。

親父の名前をグーグル検索してみたら、ＳＦ小説を書いてる男の人が出てきたけど、住んでる場所はわからなかったし、ミシガンでボートを売ってる男の人も出てきた。どっちも親父じゃなさそうだ。

電話帳を見ると、ボーモント地区には親父と同じ名前の人はいない。だけど、聞いてくれ。例の子の苗字はCorey《コーリー》。うちの苗字はRoyce《ロイス》だ。

「これを見ろよ。なんと、反意語《アントニム》だぜ」気がついたとき、俺は言った。

「アナグラムだろ、このオフザケ野郎め」とウエインライトに言われた。

だけど、そうだったんだ。俺はオペレーターが教えてくれた三家族のコーリーぜんぶに電話した。

もちろん、番号を載せていないのも二軒あった。もしかしたらそのうちの一軒だったのかもしれない。

うちは地域の公立校なので、あちこちから才能のあるヤツが入ってくる。ビッグコーチは、俺たちの名前を覚えていない場合は出身町で呼ぶ。俺はパデューカ。ウエインライトの横のウィークサイドのヤツはシー・ヴィー。ウエインライトはウエインライトだ。

うちのウェブサイトもあって、ホームページには俺たち八人がうちの大きなライバルであるチルドレスの選手に群がるイラストが掲載されてる。ウェブサイトはハムダック・ランドと呼ばれていて、上部には「ハムダック魂を見せてやれ」と書いてある。

サイドバーにはニュース、チーム情報、スピリット・グループ、ヒストリー、グッズ、チケットの項目がある。スピリット・グループをクリックすると、チアリーダー、ペペッツ（応援ガールズ）、LHSバンド、バトンガールというカテゴリーが出てくる。ヒストリーのところを見れば、ハムダックの起源、チーム記録、歴代コーチ、伝統、歴代全選手がわかる。

「あの子に会いたいなら、なんで車でひとっ走りしてボーモントまで行かないんだ？」練習からの帰り道、ウエインライトにこう訊かれた。スズメバチが何匹か、あいつの頭上で8の字を描く。あいつのシャンプーが好きなんだ。

「フィールドで会いたいんだ」と俺は答える。とはいえ、じつのところ車で行くことは考えた。そうすべきならやってみようかと。だけど、ウエインライトもあいつと一戦交えたがってる。ひとつには、俺の親父がやったことは、もし本当にそうしたのだとしたら、冷酷だと思ってるからだ。そしてひとつには、あいつを止めるのは無理だって聞かされるのにうんざりしてるからだ。「止めるのは無理だとさ」初めて聞かされたとき、ウエインライトはそう言った。バーベキューのにおいを嗅ぎつけたみたいに。

主にあいつのおかげで、あのチームは八勝〇敗だ。だからもしかしたらあいつらも俺たちが行く場所まで進めるかもしれない。あいつらにとってそれは、俺たちにとって以上にたいしたことだろう。俺たちは毎年、かなりのものなのだ。州決勝戦出場、地方大会決勝戦出場、地方大会準決勝出場、地区対抗決勝戦出場。うちの一九九六年度チームはテキサス州で優勝した。うちの二軍チームは白チームと青チームに分けられていて、登録された三〇人がそれぞれ違うスケジュールでプレーするようになっているので、うちの坊やたちと呼ばれる連中もそこそこできるというわけだ。白は五時に、青は七時に、レギュラーは九時にプレーする。うちのスタジアムは一万八四〇〇人入れるが、改修中だ。二軍はほとんどが二年だ。でもウエインライトとか俺みたいにさっさと上へあがるヤツがちょこちょこいる。誰もが自分以外の者に目を光らせている。

メディア・デーは八月の第二金曜日だ。白いTシャツに青の短パン姿のコーチたちが突っ立って、番記者が全員来てるので、さも優しげな顔をしながら俺たちをつらい目にあわせる。

うちのホーム用ユニフォームはダークブルーだ――ジャージー、パンツ、ヘルメット。灼熱のなかでそれを着て練習していたら対戦相手はびびると、コーチたちは考えている。「俺たちが白を着て練習してないって、どうやって相手にわかるんですか?」ウエインライトが一度訊ねたことがある。コーチたちは答えなかった。その同じ日、あいつは突っ立って、四〇度という過酷な状況のスクリメージの端にいるコーチたちを見つめながら言った。「あいつらはこれがどれだけ深刻か、まるでわかってないんだ」俺が見ているのに気がつくと、あいつは付け足した。「それに、お前もな」

ホームカミングのときは、我が校のキングとクイーンは皆チームと写真を撮る。二人はチームカラーのタキシードとドレスを着ている。「あのコーリーって子はホームカミング・キングだと思う？」その同じスクリメージのあとで、俺はウエインライトに訊ねた。

「お前、俺が誰だかまるでわかってないだろ？」とあいつは問い返した。

「じゃあ、お前は誰なんだよ？」と俺は訊いた。でもあいつはシャワーを浴びに行ってしまった。俺たちの会話はよくこんなふうに終わった。


初めてのとき、俺は完全にびびってたけど、コーチには怯えてなかった。新入生はみんなそうだが、俺は二軍の白チームに入れられ、初日は緊張のあまり下痢で三〇分もトイレにこもり、初めての実地練習に遅刻してしまった。トイレの個室で前屈みになりながら、惨めな気持ちで考えた。こんなレベルで競い合うなんて無理だ。俺は顎を膝にのっけていた。ドアの下の部分に小さな文字で誰かが書き殴っていた。クソ。クソ。クソ。

ボイラー室の近くの公衆電話から兄貴に電話した。兄貴はＬＨＳでの四年間の三年目が始まったところだった。ここじゃちょっと歯が立たないかもしれない、みたいなことを言ったのを覚えている。泣きだすまいと苦労していた。今からそんなに心配するな、と兄貴は答えた。そのうちいいこともある、と。「なあ、やめたきゃやめろよ」俺が黙ったままでいると、兄貴はしまいにそう言った。「ここへ戻って何やるんだ？」つまり、俺たちが住んでるお袋の家でってことだ。兄貴に返す答えはなかった。俺はまだ親父の道具をぜんぶ自分の部屋に置いていた。ほとんどはどうやって使うのかわからないし、俺の部屋に置いておく必要なんかなかった。「なんでソケットレンチが？」一度やってきたウエインライトが、俺にそう訊ねた。

最初の練習のビッグコーチは俺を見て、このレベルでやるにはお前は首が細すぎるんじゃないかと言った。それから一年かそこらすると、「おい、お前は足がでかいな」と言った。そのせいで俺をまえより気に入ったみたいだった。夏の練習のあいだは、馬鹿げたタワゴトがさんざん耳に入ってくる。

入ってから俺はたいていディフェンスへやられた。俺は足のスピードがなかった。どうやら心臓は関係ないらしい。だから俺はフィールドで、どのランニングバックでもいいから追いかけた。ランニングバックにしてもらえないなら、してもらってるヤツらを懲らしめようとしたんだ。それはあのコーリーって子のことに気がつくまえのことだ。コーチたちはそれを喜んだが、そのうち喜ばなくなった。「おい、あいつは俺たちの側だぞ」練習で猛烈なヒットをやってのけたあと、ビッグコーチからそう怒鳴られた。ほかのコーチたちからは笑い声があがった

初日は写真撮影の日だった。俺は47番を貰った。こりゃあすごい、と思いながら座っていた。それからあたりを見回すと、47番がほかに二人いた。

俺は六三キロで入って、しっかり食って七〇キロになった。二年のときに二軍から抜け出した。クアナとの練習試合の途中のことだ。後半のキックオフで、ウェッジである相手の花形選手に地対空ミサイルみたいに突っ込み、相手のボールキャリアーのほうへぶっとばしたら、そいつはひっくり返ってボールを落とした。俺が目を開けると、ボールがある。そこでそっちへ転がって引き寄せた。俺はウェブサイトで「今週のヒット」と「今週のハムダック」の両方に出た。俺のヘルメットの顔面には

ハムダックの顔が重ねられていた。まるで、ドナルド・ダック風の異常者が誰かを殺そうとしているみたいに見えた。

つぎの練習はレギュラーに混じってやった。有難いことに、オフェンスはオプションの練習をしていた。なにしろあのときの俺はうちのカバレッジがどうなってるのかまるでわかってなかったのだ。レギュラーは全員最上級生ってところもある。つまり、どれほど珍しいかってことだ。

ウエインライトはすでに上へあがってた。うちの練習試合では観客の半分はあいつを見に来ていた。俺は後れを取るんじゃないかと不安でたまらなかった。

ここじゃあな、とビッグコーチは俺たちに念を押したがる。お前たちは自分たちで植えたわけじゃない木の陰で暮らして、自分たちで掘ったわけじゃない井戸の水を飲んでる。クソの山ほどの伝統がある、とコーチは言いたいんだ。

ウエインライトはその伝統を支える中心だ、というのがほかのみんなの考えだ。べつのチームの選手。連中はべつの色を身に着けて、あいつのフィールドにいる。あいつはそれを自分個人に対する攻撃と受け取る。

俺もその波に乗ろうと努めるんだけど、卑劣なイヌや怒り狂ったイヌがいるし、躍進を遂げるのはそんなに簡単じゃない。

二年のとき、俺たちは最初チルドレスにリードされていて、向こうのハーフバックはすでに俺たちに対して四、五回、一〇ヤードランを決めていた。「お前ら、タ、ッ、ク、ルがあんまりうまくないな」重なったなかからみんなが立ち上がっていると、向こうのセンターがそう言った。そのあと、そいつは意表を突いたプルでブロックしようとしたが、俺がヤツを止め、ウエインライトが顔を横に向けて全速力でぶつかった。トレーナーがそいつの手当てをするあいだ、俺たちは見下ろしていた。「お前ら、気絶しないようにしてるのがあんまりうまくないな」そいつが意識を取り戻すと、ウエインライトは言った。

今ではウエインライトと俺は三年なので、使命を負っている。あいつは、誰であろうと目の前にいるヤツを手始めに、視野に入る全員をぶっ殺したいと思ってるし、俺はあのコーリーって子を手始めに、視野に入る全員をぶっ殺したいと思ってる。誰も俺たちと練習したがらない。二人ともうちのフルバックが大好きだ。あいつの父親はどの練習も欠かさず、息子がでかいケツを宙へ突き上げて頭を下げ、それから駆け出すのを見に来る。だから、ウエインライトと俺は守備陣のあいだにできた空間であいつを出迎えてはぶっとばす、何度も何度も。俺たちはとにかくあいつを打ち倒す。みんなまた立ち上がり、あいつはまた靴を履く。

あるとき練習のあとであいつの父親が俺たちと話をしようとしたけど、コーチたちに止められた。俺たちにはほかにも時間を潰す方法がある、たとえば五〇ヤードラインに立っているときにスタジアムの外へゴルフボールを投げるとか。

ボーモントまでは五〇〇マイルに達する。ずっと向こうのルイジアナの隣なんだ。

二年生のシーズン半ば、俺の内側側副靱帯が裂けた。誰かが俺の膝でクルミを割ったような音がした。ちょうどそのとき横をすっ飛んでいったウエインライトは、その後何週間も俺の声を真似した。なんとかこらえられるようになるまで、めそめそ泣き声をあげてたんだ。「ううう、いてぇよぉ」俺が足を引きずっているのを見るたびに、あいつは裏声で言った。たぶん詳しく調べてくれたんだろうとは思うけど、何かが駄目になってってずっと引っかかって動かず、腫れていた。一週間か二週間、同情を求めてひょこひょこ歩き回ったあげく、ある氷雨混じりの暴風雨の午後遅くに――外はまるで真っ暗だった――ロッカールームで所在なさそうにしているところをコーチに見つかって、来週はプレーしたいかと訊ねられた。そりゃあ、モチ、と俺は答えた。俺はひょこひょこ行ったり来たりして、「やる気満々」なところを見せた。「じゃあ、走るところを見せてくれ」とコーチは言った。俺はロッカールームを見回した。「外でだ」とコーチは言った。俺は短パンと、氷で滑らないよう六ミリのスパイクの付いたシューズで外に出た。いったんみぞれのなかへ出た俺は、また頭を室内に突っ込んだ。「クソみたくつるつるですよ、コーチ」と俺は言った。スパイクが付いているにもかかわらず、スケートみたいに滑ってみせられた。コンクリートの階段はホッケーリンクみたいだった。

「ふざけるんじゃない」とコーチは言った。「それと、言葉遣いに気をつけろ」

くたばれ、と俺は思った。俺はクソったれガゼルのように走った。それまであんなに寒かったことはなかった。顔の、風が吹きつける側に、氷が張り付いた。

俺はチームのたいていの連中よりも悪態をつく。このあたりはクリスチャンが多い。うちは俺が七年生のときに、ニュージャージー州ローウェーから越してきたんだ。

ともかく、そのあと俺の膝はなんともなかった。

「いつでもポート・ネチズ゠グローヴズと戦えるぞ」リハビリしながら俺はウエインライトに言った。

「お前が戦えるんなら」とあいつは答えた。「相手が誰だろうが俺にはどうでもいいね」

俺は家で何時間も、砂を詰めた一ガロン容器を足首の両側に付けて脚を持ち上げた。

「仕事しなくちゃな」兄貴がべつの部屋でふふっと笑う。

「なんで？」と俺は訊ねる。「兄貴は仕事しないじゃないか」

兄貴はこの返事も面白がった。社会保障制度がどんなものか経験してみたいんだ、と兄貴は言った。まだ何も見つからないのか、と親戚から訊かれるときの兄貴の答えもこれだ。

訊くのは、お袋の兄弟姉妹だ。親父には弟がひとりいるだけだが、その弟がどこにいるのかも、俺たちは知らない。

「ウォルマートは？」とお袋は言う。「あそこは募集してるわよ」

「出迎え係なんかどうかな」と兄貴は答える。「ファッキン・ウォルマートへようこそ」

お袋は兄貴がウォルマートで働くべきだとは思っていない。ほかの州の、たぶん北部の大学へ行くべきだと思ってる。兄貴には神から与えられた頭脳がある、とお袋は言う。兄貴はケント州立大学やユタ州立大学の奨学金が貰えていたはずだったのに、四年のときに成績が急降下したんだ。兄貴は前半の途中で試合にやってきて、対戦相手側に座る。俺が州代表なのを自分の手柄にする。たぶん兄貴が正しいんだろう。ポップ・ワーナーに入る頃には、同じ年頃の子にヒットされても、俺は、どうぞ、みたいな感じだった。

一方、ウエインライトの兄貴は開幕日にレイヴンズとの試合で大きなファンブルをリカバーした。あいつの家族はＮＦＬのシーズンチケットを持っているから、兄貴の試合を観られるんだ。ウエインライトがまた何か賞を貰うたびに、あいつの親父は「あのな、お前が兄貴の一〇分の一の選手になってくれれば、父さんは満足だ」って言う。

「お前はもう一〇分の一にはなってるんじゃないか」俺たち二人だけのときに一度、あいつの親父がそう言うって話を初めて聞いたときに俺は言った。あいつは何も答えなかった。そのあと夜になってから、あいつは両親の飼ってる熱帯魚を二匹私道に持ち出して、古いプラスチックのバットで隣の家の庭めがけてノックした。

去年うちの学校がカンファレンス選手権でチルドレスに負けたとき、俺は後半の途中でひどく殴られ、どちらのチームもそのまま点を入れられなかった。俺はただ、2ディープカバーの手伝いをしただけだったが、それにしても。あいつらは5Aの決勝戦に進出した。今年、あいつらのスタジアムカップには、ワイドレシーバーが47番に追いかけられながらサイドラインを走っている写真が麗々しく付いている。47番は俺だ。

ポート・ネチズ＝グローヴズはどのみち地区対抗で負けたので、俺の気分はちょっと良くなった。ビッグコーチとチルドレスのコーチは毎年賭けをしていて、勝ったほうは、片側がうちのカラーの青と白で反対側が向こうのカラーのオレンジと茶色の、見るに堪えない醜悪なクッションを貰う。両方の後援会が合同で作ったものだ。秋になってからずっとビッグコーチは俺たちに向かって、灼熱のなかでどうしようもないグズどもを鼓舞してきたつらい日々のあとで、また足を上げてくつろがせてくれよと叫んでいる。

そしてウエインライトと俺は、三年じゃあ負けないと決めている。それに協力しないヤツは誰であろうと——練習で怠けたり、真ん中でボールに食らいつかずに尻込みしたり、痛い思いをすることに弱腰になったりするヤツは誰であろうと——俺たちからひと言聞かされる。俺たちはある男をシャワー室で追いつめた。そいつはずっとわめきながら俺たちをオカマと呼んだが、メッセージは伝わった。

うちのオフェンスはしくじるが、ディフェンスはますます素晴らしくなる。

最初の九試合で、俺たちは五五点を与えてしまった——一試合につき六点をちょっと上回る——が、それは初戦相手のビッグ・スプリングがターンオーバーで一八点入れたせいだ。それに、ウエインライトと俺以外にもうちにはヌーニェズとスウェリントンとストリブリングがいて、それもフロントの七人のなかだけのことなんだ。そして俺たちはみんなアタマがおかしい。うちのニッケルバックは五歳のときに大おばさんにタックルした。甥っ子をハグしようと玄関から入ってきた大おばさんをあいつはやっつけたんだ。大おばさんは強烈に跳ね返ったらしい。

だけど、じつを言うと、俺はだんだん眠れなくなってる。じっと座っていられない。何かが俺を内側から駄目にしてる。

「どういうこと?」なんだか変なんだと俺が言ったら、お袋が訊く。

「さあ」と俺は答える。

「体のことなの?」とお袋。「お医者へ行く?」

「精神的なもんだな」兄貴がテレビの部屋から声をあげる。

「よけいなこと言わないの」お袋が叫び返す。

「あんたの父親がどこにいるか、あたしはぜんぜん知らないのよ」とお袋は俺に言う。「知ってたら教えるわよ」

早めに緊張してるだけだ、というのがウエインライトの意見だ。とはいっても、あいつが俺に向ける表情は、シャワー室で俺たちが追いつめたヤツの目に映ったのがあれだったんじゃないかと思えるようなものだ。

フロイダダとの試合では、あいつがパイルアップでやったことについて、気は確かかとフィールドを離れながら訊ねてしまったが、そのあと試合のあいだずっとあいつに無視された。それ以来、俺は付き合いを避けていた。俺はあいつに連絡しないし、あいつも俺に連絡してこない。お前なんかもういい、いい、いい、たくさんだ、と俺は思った。ところが、それから、今まで嵌まってたタガが外れてしまったみたいになった。

俺はミシガンでボートを売ってる男にメールする。「これが僕の名前です。あなたは僕の父さんですか?」

「冗談じゃない」、とかメールが返ってこないうちに、またメールしなくちゃならない。

「あの人、ボーモントで暮らしてるんじゃないかとか思わない?」俺は兄貴に訊ねる。

「俺がどんな話を聞いたか知ってるか?」と兄貴は返事する。「あの子があれほど素晴らしいランニングバックなのはどうしてかというと、父親にものすごく可愛がられてるからだとさ」

俺たちは毎回練習のまえに、ビッグコーチの言う「歴史的事実」あるいは「科学的事実」を用意してくることになっている。コーチの父親は教育長で、コーチは何か知ってる人間が大好きなんだ。チルドレスの週のまえの週の木曜の練習のときに俺が見つけてきたのは、調査によると、頭がおかしくなりそうだと感じているアメリカの若者は一〇年まえより一〇パーセント増えている、というものだ。

「どこで見つけてきたんだ?」ビッグコーチは俺のメモをいじくりながら訊ねる。

俺はコーチに見せる。『健康プログラム大全』の著者ジョゼフ・マーコーラ博士。

ポート・ネチズ＝グローヴズのウェブサイトのコメント欄は一週間ずっと、蜂の巣をつついたような騒ぎになっている。というのも、スターティング・バックフィールド全員――コーリーとクォーターバックのコーディ・クラーク、フルバックのマイケル・シボドー――がみんな怪我をして、クラークとシボドーは少なくとも一週間出られない、そして、情報通に言わせると、強豪のポート・アーサーが出てきたらそれで一巻の終わりだ。

「お前、いったいどうしたんだよ?」兄貴の部屋で床にしゃがみ込んでる俺を見つけて兄貴は訊く。

俺は裸だ。時刻は午前三時。

眠れないんだ、と俺は答える。

「なんだと、お前まで俺よりイカレちまうつもりかよ?」と兄貴は言う。お前を殺せるもんなら殺してやりたいよ、みたいな口調だ。

俺は兄貴の口調にぎょっとして、ただしゃがみ込んでる。

「誰かを気の毒だと思いたいのか? 俺を気の毒だと思えよ」と兄貴は言う。兄貴の顔を見ると、目が涙でいっぱいだ。

「どうかしたの?」コーヒーを淹れに下へ降りてきたお袋が訊く。俺たちは二人ともキッチンにいる。あまりに寒くなってきたんで、俺はスウェットパンツとシャツを着ていた。日が昇って、犬が外へ出てきてる。

俺が震えてるのを見て、お袋は室温を上げる。「もう誰も返事しないわけ?」とお袋は訊く。「もしかして、いつも怒鳴らなくちゃならないの?」誰も何も言わないのを見てお袋は問いかける。

お袋は出ていくと、机の引き出しを持ってきて、俺の皿の上で逆さまにする。ちびた鉛筆に昔の写真に輪ゴムに画鋲。「あんたの父親の物よ」お袋は苛立った口調だ。「好きにしなさい」

写真に写ってるのはどれも親父じゃない。一九八七年の何かのドライクリーニングの請求書がある。

俺は保健の先生のところへまで行ってみる。「気分がその――」俺の番が来ると、先生にそう言う。そこまでしか言えない。親父を見つけたら何かがましになるってわけでもなさそうだ。

「練習から逃げようとしてるのか?」そのあと廊下でウエインライトに訊かれる。あいつは頭の後ろに目があるんだ。あいつが片方の肩をこっちへ向かって下げるので、俺は後ずさる。

その午後の練習で、俺がブリッツから自由になってうちのスターティングQBの首をもぎ取りかけていたときに、フルバックのヘルメットが俺の胸骨に突っ込んできた。「誰が胸に一発食らわされて気絶してんだよ?」意識を取り戻すとウエインライトに訊かれる。俺は何もかも真っ白なところにいる。喉元から腹まで打撲で青黒くなっているぞ、とあいつは言う。あいつは上掛けのシーツと病院の寝間着をひっぺがすと、手鏡で見せてくれる。

「ああよかった」俺を見てお袋はひとり言を言う。職場から飛んでこなくちゃならなかったんだ。兄貴はいっしょじゃない。お袋がそのことを苦にしているのがわかる。

胸骨をひどく打っていても俺はプレーして構わないのだろうか? 医者はそれについてはどっちつかずの態度だ。まあ様子を見てみましょう、と医者は言う。決めるのはお前だ、とビッグコーチは言う。週末はずっと休養して、月曜と火曜も練習には出ない。水曜にはともかく見に行くことはできる。すでになんだかチームの一員でさえないみたいだ。一時間のあいだ、みんなてんでばらばらで、コーチはその場に立ってしだいに怒りを募らせ、しまいに、頭を使っていないのはひょっとしたら頭にじゅうぶんな血が巡っていないんじゃないかとディフェンスに言う。コーチは全員に、いいと言うまで逆立ちさせる。ウエインライトは銅像みたいだ。つま先をぴんと立ててる。

これは五分間続き、みんなの足と脚がふらふらする。見物しようと、リヴァー通りの路肩に車が停まる。逆立ちの姿勢を保とうとしながら、何人もが笑う。笑うと、コーチはそこへ行って、足で押し倒す。

練習が終わっても、俺は相変わらずフェンスの横にいる。ウエインライトはほかのラインバッカー二人といっしょに行ってしまう。俺はメディア・デーの観客みたいに、金網フェンスのところでぐずぐずしている。

木曜日、誰かが小便器のなかにチルドレスのオフェンスとディフェンスのスターたちの写真を貼り付ける。

金曜の朝、俺は泣きながら目が覚める。いよいよだ、と自分に言い聞かせるが、だから泣いているわけじゃない。お袋がコーヒーを淹れ、誰も何もしゃべらないまま、俺は学校へ出かける。兄貴は、家が丸ごと吹っ飛んだってそれもまたいいじゃないか、みたいな顔してる。手がやたらぴくぴく動くので、一度だけコーヒーを飲もうとやってみてから、マグカップを流しにドスンと置く。

学校の廊下にはどこも青と白のバナーが下がっている。コンクリートブロックからテープが剥がれて、最初の文字が垂れ下がり、BEAT CHILDRESS（チルドレスを打ち負かせ）ではなくEAT CHILDRESS（チルドレスを食え）と読める。用務員が梯子を持って、横を通り過ぎる。

全員が参加することになっている激励会があるんだけど、俺はサボって図書室に身を隠す。マーチングバンドの打楽器チームがガンガン打ち鳴らしているのが聞こえる。

「今夜は頑張ってね」司書のひとりが言う。俺が激励会に出ていないことに驚いてはいないみたいだ。

俺は書架のところへ行って、同じ本をあちこちめくる。大きな試合のある日の朝に泣くだなんて。膝で両手をぎゅっと握りしめる。

俺が六つか七つの頃、兄貴に家の裏の林へ連れていかれた。あの林はもうなくなってるんじゃないかと思うけど、確かめに行ったことはない。兄貴はつぎつぎと木の枝を折り取った。どの枝も折れるまで幹に打ちつけた。しばらくかかることもあった。破片が俺の顔の横を飛んでいくこともあった。俺たちは午後の半分歩いてから、立ち止まった。俺はスニーカーを脱いだ、片方に石が一個入ったからだ。どこからか幹線道路を車が通る音が聞こえた。兄貴はさらに枝を何本か木に叩きつけ、俺はそこで腰を下ろしていた。「もう俺とお前だけだ」しまいに兄貴はそう言った。俺にもわかっていたことだったが。兄貴が言ってるのは親父のことだった。兄貴はまだ一一か一二だった。「ここに置き去りにしたりしないよね？」と俺は訊ねた。そんなことを訊いたのは兄貴の話し方のせいだった。

あの頃でさえ、兄貴には俺を助けられないし、俺には兄貴を助けられないってわかってた。そして、俺が何を考えているか兄貴にはわかっているみたいに見えた。「置き去りにはしないよね？」俺はもう一度訊ねたが、兄貴はただ立ち上がって、家へ向かって歩き出した。

ついていくには足を速めなければならなかった。「兄弟で団結しなくちゃいけないって言いたいの？」と訊いたのを覚えている。「いや。何もする必要はない」と兄貴は答えた。そしてそのあとで見た悪夢のなかでは、兄貴に桟橋へ連れていかれると、桟橋はラグマットになって、遠くで鐘が鳴り出すのだった。

図書室のコンピューターのディスプレイには、気概を示すためにうちのチームのウェブサイトが表示されている。いちばん上の今年のスローガンは、「０４年宣戦布告」。ネットでポート・ネチズ＝グローヴズのサイトを見てみる。向こうのニュースのヘッドラインは「今年最大の試合でインディアンズ人手不足」。

入場のときは、マイラーテントみたいなやつというか、トンネルが、北側の観客席のそばを通ってエンドゾーンへ続いている。スターティングメンバーじゃない連中がそこへ繋がるように二列になっていて、俺たちはそこを駆け抜ける。まるで人間漏斗《じょうご》を通ってフィールドへ排出されるみたいな感じだ。最後には、俺たちは五〇ヤードラインで大きな山のなかにどんどん飛び込む。みんなてっぺんへ身を躍らせて、ひっくり返り、結局真ん中のいちばん下になってしまう。トーナメント表からすると、明らかに、俺たちはこの試合も含めて四回連続して勝たなくてはならない、５Ａの準決勝戦で俺があのコーリーって子と顔を合わせるためには。チルドレスはコイントスで勝ち、ディフェンス側はコーチの周りに集まり、コーチは芝生の上で四つん這いになって俺たちの靴を両手で引っかいたり叩いたりする。コーチはハドル（陣円）をぐるっと回って皆にこれをやる。「準備ができているかどうか足を確かめろ」コーチがみんなに叫ぶ声が響く。ウエインライトはハドルの外側に立っている。すでに、自分の足は準備できてると思ってるんだ。

最初のシリーズでチルドレスは一一プレーで七三ヤード進み、三ヤードラインでファーストダウン、ゴールを狙う。俺たちはあいつらを二回止め、向こうはタイトエンドへのパスをオーバースロー、その直後にスリリングな「ゴールライン・スタンド（ゴールラインでの抵抗）」の時間だ。フォースダウンでゴールまであとわずか、相手は突進してくる。

ウエインライトがそこにいる、片脚に体重をかけて、両手を腰に当てて、太った男がバスを捕まえようとしているのを待ってるみたいな格好だ。俺たちの東のメキシコ湾近くのどこかで、コーリーがとても完璧とは言えないスリーポイントスタンスに構えようとしている。ラインの向こう側では皆が待ち構えていて、まるで出走ゲートに馬が並んでトラックの真ん中には赤ん坊がいるような具合だ。テキサス全土で、若者たちが相手を痛めつけるか痛めつけられるかしようとしていて、そして親たちは親としての務めを果たすとか、一杯やるとか、あるいは、自分たちの用事にかまけて完全に見逃すとかしている。

チルドレスはよりにもよってフランカーを逆に走らせ、俺は間違った方向へ向かうところを捕まり、誰かから足首に一撃を加えられる。地面に倒れると、何かが突き刺さってから背中を離れ、息ができなくなる。ウエインライトのスパイクだ。あいつはフランカーをがっちり捕まえてクローズラインする。

やらないならば、それをやりたいって言うことになんの意味があるんだ？　ニュージャージーから家族でここへ来るのに車で二日かかった。最初の夜、後ろに荷物をぜんぶ積み込んで、俺が寝てると思ったんだろう、また親父のことを話し始めた。お袋は弁護する口調になった。親父はいつだってよかれと思っていたのだとお袋は言った。

「僕たちにとってどうよかったって言うんだよ？」俺は訊ねた。

「ほら、誰か起きたぞ」兄貴が言った。

「みんな、あの人があたしたちにしてくれなかったことばかり気にするのね」とお袋は答えた。「あたしたちが自分たちのためにやらなかったことはどうなのよ？」

俺たちはしばらく何も言えなかった。「なら、結局俺たちにはいい親父がいたってことになるみたいだな」しまいに兄貴が言った。そしてその話はそれっきりになった。

スタンドは熱狂する。うちのディフェンスはもみくちゃになって喜び合ってる。俺はまだ息ができない。肋骨が何本かひびが入っているに違いない。胸骨は入院していたときみたいな感じだ。両腕と両脚と頭は無事だが、ほかはどこも死にたがってる。ウエインライトが横でしゃがみ込んで、褒め称えようと寄ってくる連中を無視している。ヘルメットの陰になって、目の表情は見えない。シスターズ・オブ・マーシーが担架を持って俺のほうへ駆けつけてくる。自分で歩けるか運んでもらえるかしたら、四週間後にはコーリーを見に行くつもりだ。行って、あいつの父親に俺の姿を見せるんだ。行って、俺を見たあいつの父親に、「あの子は誰だ？　あの子はすごいなあ。あの子は凄まじいぞ」とか言わせるんだ。

先祖《アーネンエルベ》から受け継いだもの

これは世界の屋根だ。人里離れた広大な場所、高原のなかでももっとも高く、帝国の何倍もの広さだ。私はまだ体調がすぐれない。ポーターたちは相変わらず身振りで話し、私の注意がよそへ行っていると見るや自分たちのあいだだけでのジョークを交わしている。ベガーの痛めた足首はまだ腫れている。私は確信をどこかに置き忘れてきてしまった。

日中は容赦なく暑かったのに今は誰も暖かさを感じられない。我々は寒さに驚いたアジサシのように火を囲んで座っている。前方には硬盤層が広がり、二〇〇〇キロ先まで木は一本もない。あの世の片隅、噂も届かない場所のように思える。旅に出て二週目、周囲の光景はすべてなんの特徴もない。

ベガーは横向きに体を横たえて毛布にくるまっている。ブーツを履いた良いほうの足が火に近づきすぎている。我々はブーツの靴底がシュウシュウ音をたてるのを、唖然として言葉が出ないかのように見つめている。頭上では星のない夜が巡っていく。風がやむと、なんの音もしない。荷運び用動物の一頭が、咳をした拍子に、耳障りな汁混じりの鼻息とともに何か吐き出す。

火にはヤクの糞を平らにしたものをくべている。だから、それさえも音をたてていないのだ。頼りない、悪臭を放つ暖かさだ。

我々には情報もなければ好奇心もない。我々のどちらも考え込んだりはしない。周囲のこんな状況と向き合って、我々の想像力は消え失せてしまった。

世界は空っぽだ。どっちを向いても、世界は空っぽだ。太陽が昇ると、空が布告の如くするする降りてくる。空の青さはあまりに強烈で、鳥は怯えて地表に近い低いところを飛ぶ。

ラリゴで、私は遊牧民の野営地から追い払われた。子供たちに石を投げられた。犬どもは胡散臭げに私の足元で飛び跳ねた。女たちは私の邪悪な霊気を祓い清めようと粉を入れた小さな陶器の壺を振った。

ベガーも一時間かそこらあとにぶらぶら入っていって、同じ扱いを受けた。「イエティのことは訊かないほうがいいんじゃないかな」前腕を見て顔をしかめながら彼は言った。犬に袖をずたずたにされていたのだ。


私の名前はエルンスト・シェーファー、助手のベガーとよくわからない業務習慣を持つ七人のシェルパたちとともに、トランスヒマラヤ山脈と崑崙《こんろん》山脈とのあいだの凍った砂漠チャンタンを横切る道をほんの少し進んだところにいる。

すでに我々のことを頭が悪いと確信しているシェルパたちは、イエティの話をする――イエティにさらわれた女たちのこと、一撃で殺されたヤクのこと、粉々になった羊用囲いのこと、そして必ず、どこにでも現れる足跡のこと。ヤクが一撃で殺されたというのはどうやってわかるのだ？　ベガーは知りたがる。これに対し、彼らはせせら笑って、乾燥チーズの小さな壺と彼らがツァンパと呼ぶ煎った大麦粉の袋を回す。ベガーにはどちらも差し出されない。彼らはじつになんとも汚らしい人間だ。シェルパのリーダー、ガラムは、子供相手に怪談を聞かせるような口調でしゃべる。「あいつらは村へやってきて、欲しいものを取っていくんだ」ほかのポーターたちは目撃者の怯えた表情を真似てみせる。

「あの連中は、事実が枯渇するとでっち上げ始める」ベガーは慎重にブーツの紐を緩めながらそう文句を言う。「あいつら、原則として僕たちには嘘をつくんだ」

彼の足は芳しくなさそうだ。この旅の始めに、ヒルから感染したんじゃないかと思う。

ベガーと私は二人で「チベット作戦」を担っている。この作戦は我々が始めたときには極秘の事案だった。そして今や我々は月の裏側の暗闇の小さなシミなので、きっとなおさらそうなっていることだろう。我々は、本国の親衛隊全国指導者のオフィスでは「シェーファー部隊」として知られている。これはベガーにとっては非常に苦々しい面白さを感じる種となっている。思わぬ困難にぶつかったり、原住民の頑なさの前でなすすべがなかったり、山羊の群れが頑として道をあけてくれず、半分凍えて震えながら惨めに氷の断崖を見下ろしたりしているといつも、ベガーは言う。「あいつら、我々がシェーファー部隊だってことがわからないのかな?」

「わかっていると思うが」と私は答える。

我々の目的は、総統官邸の理解しているところでは二つある。まず、我々は北方アーリア人種の遺産の核心がどこにあるかということに関連する、先史時代の言語学的問題を調査することになっている。この言葉遣いは親衛隊全国指導者のものだ。そして二番目、我々二人はチベットの軍隊を煽動してイギリス軍と対立させなければならない。この計画には我らの新しい同盟相手であるボリシェビキのスパイと会うことも含まれている。彼らの助けを借りて、私はドイツ版ヒマラヤのロレンスになるのだ。ボリシェビキのスパイはどこにも見つからない。チベットの軍隊もいないし、それにイギリス軍もいない。

この種の馬鹿馬鹿しさは私にはどうでもいいことだ。私がアーネンエルベ（太古の昔、北方人種が世界を支配していたと証明するための研究を行っていたナチスの公的機関）に配属されるまえに、官僚機構の奇妙な戻り水によって最近資金がばらまかれており、私は国際的に名高い鳥類学者であり、また動物学、植物学、農業、民族学の権威でもある。現代における最高のチベット学専門家のひとりであることは言うまでもない。そこで、ベガーにも話したのだが、親衛隊全国指導者ヒムラーの政治的な才能には常に感銘を受けつつも、彼の科学的理論となると、私の畏敬の念は抑え込まれる。彼の理論というロバの荷馬車を使って、我々は目指すところへ来ることができたのだ。この高原へ、なんの監視もなく、潤沢な資金を得て、イエティを探しに。

イエティに対するベガーの関心は、彼が人種分析における額の重要性について早熟な研究論文をものして名を挙げたというところにあった。彼はベルリン＝ダーレムの研究機関でフィッシャーやアーベルとともに人類学の研究をしていて、イエティは初期のヒト科動物であると確信している。自分の研究にイエティの頭蓋骨がどんな役に立つか、目に浮かぶのだ。それにもちろん、彼は科学に身を捧げており、ゆえに通常はたいていの現象に対して有益な好奇心を抱くことができる。加えて、シェーファー部隊で働けば実際の兵役を免れられるという嬉しい事実がある。我々が集めようとしているチベットの研究材料を継続して鑑定することが、彼の祖国への貢献となるのだ。

あまり集まってはいない。ラリゴを離れるまえに、彼は通訳代わりにシェルパをひとり連れてあちこち散発的に回ってみた。だが、大部分において私は、チベット人の尺度からでさえ荒廃した地域へと一行を導いている。イエティのいる地域、というか、まったく何もない地域へ。

こういった遠征に赴くのに最適な年齢は三一から三五のあいだだ。私は三七歳。もっとずっと若い、二五歳のベガーのような人間は、必要とされる活力はたっぷりあるが、忍耐強い探究には不可欠な自制心や集中力は持ち合わせない。

それに、最近彼の観察力は、思春期直後の自己耽溺により急激に低下している。彼は足のことで惨めな気持ちになり、我々が世界からまったく隔絶していることで惨めになっている。彼にはポーランドとの戦いに従軍している兄弟が二人いて、一週間まえのイタリアの新聞にちょっとしたニュースが出ていた。

もちろん、出発するまえに、何か起こっているのは知っていた。兄弟のひとりは急降下爆撃機シュトゥーカのパイロットで、もうひとりはドイツ国防軍の工兵だ。どちらがどちらなのかどうも覚えていられない。

チャンタンのこのあたりは滅多に使われない通商路からさえも遠く離れている。ガラムが我々をここへ連れてきたのは、彼のおじと兄が、イエティが夜になると食べ物を探してこのあたりをうろつくと主張するからだ。どの方角でもなんの動きも見られない日中は、こんな考えは馬鹿げているように思えるが、チベット人は何世紀ものあいだ、外部の人間に頑強な石の顔を向ける環境のなかで生き延びてきたのだということを、我々は肝に銘じておくべきだろう。

決定の根拠は、ガラムの主張以外にもある。旅に出て二日目、水源に近い、以前はぬかるんでいた窪地で、紛れもない、スクエアダンスをしていたような足跡がくっきり残っているのに出くわしたのだ。足跡は深さ一五センチで、長さが七六センチだった。どれも、巨大な親指が分かれているのがはっきりとわかった。
「ここはなんだったんだろう、集会場？」巻尺での計測をどこから始めたらいいのかわからないという顔で、ベガーが言った。

ほかの者たちが眠っているあいだ、シェルパがひとり見張りに立っている。ベガーは頭から毛布をかぶっていて、愚痴がやんだところを見ると彼も眠ったのだろう。彼はようやくブーツを履いた足を火から引き寄せる。

毎晩、体が震えるせいで思うような集中力で耳を澄ませることができない。この問題の解決法はまだ見つからない。前夜は、ゆらめく焚火の明かりを目印にしながら、暗闇のなかへと五〇メートルばかり歩いてみた。体を動かすとちょっと暖かくなり、そして歩みを止めるや否や、小さな乾いた音が周囲から聞こえてきた。たぶん夜行性の齧歯動物か昆虫が、なすべきことをやっていたのだろう。遠くの暖かい小さな輝きを見つめる。きっとこういうことをイエティはやっているのだ、と私は思った。

目が覚めると、火は消えている。見張りをしていたシェルパは仰向けになっていびきをかいている。口笛が聞こえる――うんと甲高い音だ――ひどく遠くのほうから。

アレクサンドロス大王が知られている世界のすべてを征服したとき――ついにインダス川流域までも支配下に置き、密集方陣を組んだ重装歩兵隊をカシミールの断崖や峡谷にまで押し進めたとき――腹立たしくなるほどこれ見よがしに高いところに姿を現していたイエティと戦わせるために、小さな遠征隊を送り出したと言われている。遠征隊は壊滅し、イエティは大王の手から逃げおおせた。のちにヴェスヴィオ山噴火の際に自然現象の記録を試み、自分の知識欲の犠牲となったプリニウスは、サテュロスの土地——インドの東に横たわる山脈——に、非常に敏捷で二本足でも四足でも走ることのできる生き物が住んでいると主張していた。人間の姿をしていて、すばしっこく力が強いので、弱ったのや老いたのでなければ捕らえられない、と。

セプティミウス帝の歴史学者アエリアヌスは、同じサテュロスに対する彼の部隊の苛立ちについて記している。彼によると、サテュロスは髪がぼさぼさで驚くほど正確に石を的に当てるということだ。一八三二年まで下って、最初にネパールへ行ったイギリス代表は、直立歩行し、黒っぽい長い毛で覆われ、尻尾のない未知の生き物について記している。

だがもちろん、欧米での関心が高まったのは、科学者——高名なチベット学の専門家L・A・ワデル——が目撃を報告してからだった。そして一九二一年、ハワード゠バリーがエベレストの北側五七九〇メートルのところにいた動物について報告した際に、あるジャーナリストがイエティのチベット名を「忌まわしい雪男」と翻訳した。今日まで我々を苦しめる誤訳だ。出発まえ、最後に個人的に会った際、親衛隊全国指導者は「忌まわしい雪男を無駄に追い求めてはならないぞ」と私に警告したのだった。

「あいつら、何を食べてるんだろう?」翌朝、また進み始めるとベガーが訊ねる。彼は足を休めるために、一日の一部は連れている動物のどれかに乗せられる。一様の平らな地面が、見渡すかぎり広がっている。ときおり乾いた黄色い草がちょろちょろ生えている。そして今は晩夏、草木がもっとも生い茂る時期なのだ。

「クマネズミだ」二頭先の列の先頭から、ガラムが声をあげる。「ウサギが何羽か。たぶんマーモットも」

午前のあいだずっと列は停止。まだ何時間もかかる向こうから、風が近づいてくるのが聞こえたからだ。最後の数百メートルまで近づいてくると、硬盤層が列になって活気づくのが見えた。ついにやってくると、風に向かって前のめりになっても倒れない。荷物のひとつから布が剝がれて遠くへ持ち去られる。しまいに動物たちを円形に集めて座らせ、我々はその真ん中へ隠れる。ベガーと私は砂粒が飛ぶので顔をくるむ。ポーターたちがドミノのようなゲーム、バクチェンをやっているのが聞こえる。

我々の計画はチャンタンの中心部へ向かって少なくとも一七〇〇キロは踏み込むことだ。チャンタンというこのチベット名は、困難及び荒地と同意語だ。高原全域にわたって、生えているのはヨモギ、イラクサ、まだ一〇〇〇キロは先にあるに違いない矮性の柳が少し、それに今や強風に舞っているこの乾ききって焦げているように見えるハネガヤだけだ。なかなか姿を見ることができない遊牧民の二部族だけが周辺で暮らしている。ガラムの副官は呪術を使ってあられを防ぐのが主な役目だ。ここでは数分のうちに晴れ渡った空が曇って、生きた心地がしないような壊滅的なあられを伴う嵐となることがある。ヨーロッパにおけるこの高原についての最初の記述のひとつには、五人の死亡を記載した項目があり、それぞれの名前の後には「あられにより死亡」という言葉がある。

風はやってきたかと思うと去っていく。我々はまた立ち上がり、体から払い落とされたものが陽光にきらめく。地面は凍っているように感じられる——永久凍土の上にカラカラに乾いた硬盤層が載っている——それなのに太陽は暑く、雪の痕跡はまったくない。我々の見積もりだと高度四九〇〇メートルだ。心臓は当然のことながら、希薄な空気と興奮のせいで毎日激しく鼓動している。

我々はまた進み始める。一時間も経たないうちに、ポーターたちのあいだで問題が持ち上がる。茶を淹れる道具をなくしたのだ。だが私は取りに戻ることは許可しない。

ベガーは徒歩に戻り、自分で編み出したぴょんぴょん跳びをしながらちゃんとついてくる。彼はポーランド空軍について私の意見を訊ねる。

「エーヴァルトのことを考えているのか?」と私は訊く。

「アルフレートですよ」と彼は答える。「エーヴァルトは工兵だ」

「もちろんそうだ」と私。「エーヴァルトは工兵だ」その件について考えてみてから、私は彼の心配を退ける。イタリアのニュース記事からわかった幾つかの詳細のひとつは、我が国がポーランドの飛行場に対して当初行った攻撃の規模の大きさに関するものだった。「それに私はポーランドの飛行場を見ている」と私は彼に思い出させる。「彼らはヨーロッパのチベット人だよ」

彼は嬉しそうに笑って、そのフレーズを繰り返す。

出発の前夜、大学の近くのワイン酒場で、彼が仲間たちの何人かと話しているのを小耳に挟んでしまった。私が隣の背もたれの高いボックス席にいることに、彼は気づいていなかったのだ。「彼は君にとって父親みたいなもんだな」仲間のひとりがそう冗談を言った。

「ああ、なんなく追い越せるような類のね」と彼は答えた。笑いがおさまると、彼は前年に出版された私の本のことに触れ、冒頭の一文を引用した。

「はいはい、あんたたち、ちょっと静かにしなさい」店の女の子がカウンターの奥の持ち場から、さも厳しそうな口調を装ってグループを叱りつけた。

国家社会主義者のイデオロギーについてなんと言われようと、あれは本質的にすべて人間の不平等性についてのイデオロギーだ。それについては、どのチベットの村でもいいから半時間過ごせば、たっぷり証拠が得られる。どの中庭でも塀と薪の山のあいだにあるのは、でんと誇らしげに鎮座する胸の高さほどある馬糞の山だ。積肥の横には必ず、見たところオツムが弱そうな年老いた人物がいて、膝までの高さの円筒形の容器のなかでバター茶を撹拌している。そのあと何日ものあいだ、凍ったニンニクと饐《す》えた脂肪のにおいが消えないだろう。

家族は、退行性の症例的特徴についての役立つ一覧であり、科学者に精査してもらうために並べられているかの如くだ。ここに連れてきているポーターのうちのもっとも男らしい者でさえ、ときおり子供のような、あるいは女性的な、あるいは耄碌《もうろく》した白色人種のような性格を示す。たとえば、この旅を計画する際、私の万年筆の使い方をガラムに教えることはできなかった。彼は代わりに万年筆を拳のなかに握りしめ、鑿《のみ》を扱っているかのように紙の上をとんとん叩いて形を記していった。

ここにいるのは、一日の過ごし方が石器時代以来変わっていない人々なのだ。しかしながら古代世界では、彼らは一時張り合える者のいない中央アジアの支配者だった。

私の見るところ、高度と強烈な紫外線、それに寒さが加わって、バクテリア繁殖の可能性が大幅に減少しているのではないだろうか。でなければ、もっとも基本的な衛生管理さえなされていないことを考えると、ここの人々は疾うの昔に死に絶えていることだろう。

またも歩いたり動物に乗ったりの長い一週間。ベガーはときおり、ブーツのなかで足を動かしては叫び声をあげる。ポーターたちは違う処方の湿布を試している。

黄昏どきに、大きな塩水湖の端にやってくる、眩いばかりの陽光の下で、息を呑むようなコマドリの卵の青色だ。水際には乾いた塩がさまざまな幅で帯状になっている。ガラムと三人のポーターが探索に出かけ、ほかの者たちは火を起こし、共用のテントを張る。動物の腱のようなものが張り綱として使われている。

標高の高いところのほうがイエティが見つかる可能性はずっと大きい、目撃が記録されているのはたいてい高地だから、とベガーは言う。

「通説ではね」と私は答える。

彼は嫌な笑いを浮かべてから、そっぽを向く。毛皮の帽子の下の彼の耳たぶは太陽に照らされて陽気に赤くなっている。「ここでは、何キロも何キロも向こうから我々がやってくるのが遮る物なく見えてしまうでしょう?」と彼は問いかける。

「どの話を聞いても、やつらは人間をまったく怖がっていないぞ」私は彼に思い出させる。「それにもちろん、山のなかだってここと同じく気がつくだろうしね」

彼はむっつりとその話題を打ち切る。

「我々の唯一の選択肢は、信頼できる相手を選んで、そしてその相手を信頼することだ」と私は言う。

彼はふんと鼻を鳴らす。

ガラムが嬉しそうに戻ってくる。水際をちょっと歩いたところに、真新しい足跡と、砕かれた何かの骨があるという。

「たぶん、ここを塩舐め場にしているんじゃないかな」ベガーがテントのなかから言う。

暗くなってから、ヤクを一頭おとりにする。キャンプから五〇メートルほど離れたところで地面の杭に繋ぐと、ヤクは仲間から引き離されたのを嫌がって鳴いたり唸ったりする。私はライフルを掃除して準備する。手入れしないでいると多少言うことを聞かなくなるとはいえ、威嚇的で、ずっしりした重みは頼もしい。ヤクはひと晩じゅう鳴いている。翌日、我々は水際に沿って二〇キロばかり進み、同じことを繰り返す。

銃は砂から守るため、特別誂えの油布の袋に入れて携行している。いっしょに日が沈むのを眺めながら、ベガーは足を塩水に浸してみる。現時点では、鳥については小さなユキスズメを数羽と、ときおりサケイを一羽見かけただけだ。

太陽光線は、途方もなく遠いままの山の尾根の向こうまで伸びている。我々の周囲では、夕日に照らされて塩がオレンジ色に染まっている。

子供の頃、我が家の窓台の向こうが初めて見えるようになったあのときから、私は遠い地平線を夢見ていた。七歳のときに、サー・チャールズ・ベルの『口語チベット語文法』の翻訳に出会った。私が最初に覚えた二つのフレーズは「象撃ち銃はヤクに積んであります」と「僧は皆、とても怠惰です」だった。私ほど包括的にチベットを調査した外国人はほとんどいない。私は植物学的及び動物学的調査のために一万一〇〇〇キロを横断してきた。宣教師や英国植民地の官僚、不潔な賢人に耐え、原住民たち自身の無機物のような恩を知らない性質に耐えてきた。チベットについて、誰もがさまざまな面を把握しているが、誰も全体を理解してはいない。チベットは国を超えたものなのだ。この惑星の他の部分を見下ろしている島なのだ。

湖での三度目の朝、ヤクは相変わらず鳴いており、風もまだ吹いている。テントの外は非常に寒い。二人のポーターが食糧調達用に見事な小型の投石器をさっと作り上げるのを眺める。

創作力の人種的起源には興味をそそられる。遊牧生活の遺伝子は明らかに先祖代々のものだ、コマンチ、ジプシー、それにチベット人といった人種集団がすべて遊牧民だということを考えれば。ならば、ある種の機知や発明工夫の才はどうなのだろう？　その分野においては、あれら遊牧民たちはもしかして、勝っているとは言えなくとも我々と同等なのではないだろうか？

その考えを口にすると、ベガーはそこそこ興味を示す。

今は人類学者にとって黄金時代だ、とりわけ帝国内においては。我々は現在、政治の中心目標は民族衛生であるという認識に立つ、最初の広範な影響力を持つ指導者に統べられているとレンツが述べたのは、まったく正しい。科学界にいる我々は全員そのような政治体制によって利益を得ている。もっとも一方で、多大なる愚かしさや無教養に順応してこなければならなかったが。社会階級や人種のあいだの階層的境界をはっきりと客観的に示すのは非常に重要なことであるということについては、我々全員が同感である。なぜなら、科学的な正確さにより、法によって自身の安全が守られているという安心感を一般市民が得られるからだ。

我々は皆本分を尽くしてきた。アーネンエルベは多大な時間と労力を優生婚姻法の起草に、とりわけ遺伝的退行のさまざまな兆候の定義に費やした。そして、この任務のまえには、私自身優生学のより積極的な面へと手を広げ始めていた。優れた人間の出生率を上げる新しい方法の考案である。国家にとっての好機だ。しかも、なにしろ資金が無視できない額なのだ。

新しい湿布薬のせいでベガーの具合はいっそう悪化したようだ。頑張り続けてはいるが、一度ならず、おずおずした微笑を浮かべながら、ちょっと気分が悪いと口にする。我々は昼食のために停止し、私は自分で彼の足の世話をする。ブーツを脱がせると、涙が出るほどの悪臭だ。

「引き返したほうがいいかもしれないな」ぐちょぐちょの包帯をほどきながら彼に言う。

彼は反対する気力すらないが、皆を意気阻喪させてしまったのではないかと打ちひしがれる。

医術も手掛けるガラムのあられの呪術師が、足の診察に呼ばれる。彼は傷を目にしても快活な落ち着いた様子で、半時間後に、木のボウルにペーストのようなものを入れて戻ってくる。呪術師はそのペーストを指で塗り付け、足にまた包帯を巻くのは私に任せる。

翌朝、繋がれていたヤクはいなくなっている。綱は切られている。周囲には足跡が残り、塩水湖のほうへと向かっていて、そこで消えている。誰が見張り番だったのか訊ねてみるが、ポーターたちは私の非難がましい質問にそ知らぬ顔だ。イエティは、結局のところ、摩訶不思議な動物なのだ。

だが、この事件は確かに士気には影響を及ぼしたようだ。一同が荷造りして先へ進む支度をする様子に、明らかにある種気乗りしないところというか警戒心が見受けられる。「俺たちはみんな殺されるぞ」ポーターのひとりがガラムにひそひそと囁く。私には聞こえないと思っているのだ。ポーターの口調は淡々としている。

雪を伴うちょっとした突風がすぐそばに迫るのをいいことに、一隊を足止めしてポーターたちを集め、吹雪がどうやって起こるかということについて科学的な話を聞かせる。白人の合理性は、彼らの頭のなかで渦巻いている山の精霊をぜんぶ合わせたよりも強い力を持ち得るということを、肝に銘じておいてもらいたいのだ。彼らは聞かされたことにじゅうぶん感銘を受けたように見える。質問はないかと訊ねると、皆黙って私を見つめ返す。私は行列に進めと命じる。

我々はついに湖の岸から離れ、また果てしない平原へと向かう。この変化はベガーの気持ちをいっそう落ち込ませる。「いったいあとどのくらいこんな調子なんだ?」動物の背に跨る彼は、いちばん手近にいるポーターに訊ねる。

「岩に髭が生えるまで」とポーターは冗談を言う。

二、三人はまだ茶を淹れる道具をなくしたことでときおりぶつくさ言っている。だが彼らは、幾らでもやりくりできる民族なのだ、と私は自分に言い聞かせる。羊の糞を燃やして金属を溶かせるほどの高温を得られる人々なのだ。

じつを言うと、我らが友人ヒムラー親衛隊全国指導者は、非常に奇妙な考えを抱いている。北方人種は空から直接降りてきたということを証明したがっているのだ。彼の氷宇宙論によると、すべての宇宙エネルギーは氷と火の衝突から噴出しており、その衝突がもっとも早く起こったのがもちろんここ、大地が空にもっとも近いこの土地なのだ。かくして、アーネンエルベ全体が、インド゠ゲルマン語族の起源である地域、精神、行動、ずっと引き継がれているものについて研究するよう命じられることとなった。全体として大部分が非科学的だ。ヒムラーは我々を太古のガンジス流域の印欧語を探し求めるべく送り出した。見つかれば、かつてはチベットに白色人種が、おそらくはスキタイ人の祖先が住んでいたという証拠になるだろう。私はヒムラーと何度も話し、もっと堅固な理論的基盤へと引き戻そうとしたが、すべて無駄に終わった。親衛隊全国指導者の持論に抵抗するのは虚しいものがある。

夜半、このまえと同じ甲高い口笛で目が覚める。周囲からいびきが聞こえるなかで、なんとか急いで外衣を身に着け、テントを出て懐中電灯であたりを照らす。見張り番のポーターは無関心な表情で闇を見つめている。繋いであるヤクのほうへ光を向けると、ヤクの姿は闇に呑み込まれている。調べてみる。繋いであったヤクはいなくなっている。見張りのポーターは何も聞こえなかったと断言する。

つぎの日ずっと、ベガーは半分眠っているように思える。ときおりポーターの手で無造作に小突かれては、動物の背でまた背筋を伸ばす。

その夜の夕食の際、彼らの大麦のビールはちょっと変な味がする。ベガーはすでに寝てしまい、私も目を開けておくのがやっとのようだ。つぎのヤクをもっとキャンプの近くに繋いでおくようガラムに指示しておいて、少しだけ眠ろうと目を閉じる。つぎの朝、私はずいぶん遅くなってから目を覚まし、口の中は日の経ったシチュー鍋のよう。テントの外は眩いばかりの日差しだ。ヤクは頼んだとおりすぐ近くに繋がれている。ポーターたちと他の動物は消えている。

ベガーはこのニュースに驚くほど反応を示さない。彼らは水と食料、それに銃も置いていった。私は自分のコンパスを持っている。だが、我々二人だけでは、助けを求めに行くのに少なくとも三週間はかかるだろう、と私は彼に告げる。

「少なくともね」顔をテントの壁面に向けたまま、彼は同意する。

どうもさっさと起き上がれず、したがってこの日の出発はどうしようもなく遅くなる。ヤクは背に乗られるのをしばしば嫌がり、おかげで数キロ進んだだけで夜営のために停止しなくてはならない。なんとか三日間これを続けたあげく、このヤクも消えてしまう。今回は綱までなくなっている。

「どこかでイエティたちがご馳走を食べてるってわけだ」ベガーに知らせると、そうひとり言を言う。彼はこの日、日差しを避けて、しょぼくれた半分しかないテントで過ごしている。手助けなしで私ひとりでは、半分潰れたように張ることしかできなかったのだ。

いいいい、なんて生き物だ、私は心底驚嘆しながら思う。テントの入口に座って、地平線の砂塵嵐やぐるぐる回るものを追いながら、やろうと思っていたことはやったではないかと自分に言い聞かせる。自らの信念の正当性を、満足のいくまで立証したのだ。私以前、科学は同じ三点セットの慰めで妥協しなければならなかった。足跡、棲みか、糞便。私は初めてゴリラを撃ったフランス人であるデュ・シャイユのようになるのだ。ゴリラは二〇〇〇年のあいだヨーロッパでは伝説上の生き物だと思われていた。そして、私はただ単にまたべつの動物を発見しようとしているだけではない。僧院で瞑想の助けとされている巻物では、イエティは動物と人間のあいだに置かれている。私は人生を伝説に捧げていると嘲られてきた。だが、伝説がすべての国々を動かし、ひとつにまとめてきたのだ。

ベガーは夜になると発熱する。私は水と冷たい湿布とで彼の世話をする。彼は声を忍んで泣き、抱きかかえてもらいたがる。下着が汗でびしょびしょになり、脱がせると、足首から鼠蹊部のリンパ節まで赤い筋が走っているのが本人の目にも映る。

　彼にまた服を着せて寝かせる。足首はそっとしておく。

　私は彼の隣でうとうとし、川を渡る夢を見る。凍りつくような水が、うねり、どっと流れ、しぶきは鉱物の味がする。シガツェでは、そよ風はビャクシンのにおいがし、埃の味がした。ぶちのある白い雄牛が通りの真ん中でのらくらしていた。我々を歓迎してくれたある村では、子供たちは我々を迎えるために湯浴みした。我々は地面に毛皮を敷いたなかで寝たが、蚤と、翌日ガソリンがじゅうぶん見つからないんじゃないかという心配のせいで、私は眠れなかった。あの日、高い山道で、八〇〇メートルの渓谷の向こうに、我々はターキンと呼ばれる巨大な山羊を見かけた。獅子鼻で、両肩が恐ろしく巨大で、狭く急勾配の道から旅人を押し出すと思われていた。だがその毛皮は、陽光に照らされてはっとするような金色だった。「金羊毛（ギリシア神話に出てくる秘宝のひとつ）」だ、と私は思った。「金羊毛」


　暗闇で目が覚め、片手で懐中電灯を探る。我々は二人とも薄い空気にぜいぜいいっている。自分の息を止めながら、ベガーの口と鼻を掌で押さえて耳を澄ませる。強い風が吹いている。その下から、遠くで口笛が聞こえる。何かがにおう。ベガーを揺するが、起きない。昨夜外で見たヤクの姿を思い浮かべる。風に目を閉じ、黒い毛皮には雪が点々と付いていた。

　六月に、シェルパたちはマニリムドゥ――「すべてがうまくいきますように」――を祝う。彼らの自然神を崇める祭りだ。祭りの山場で、気味の悪い衣装のイエティの人形が現れる。調査に訪れた際、庭をめちゃめちゃにされた宣教師はこう語った。「この生き物は神の子供です、私たちと同じですよ」

口笛が、テントの外から聞こえる。ちゃんと張れているほうの面が振動し、支柱に打ちつけられる。

私は聞き取ろうとする。ベガーはぜいぜいいっている。毛布のせいでなおさら息苦しいのだ。ブルーノ。ベガーの名はブルーノだ。

最初に会った際、ガラムはおじの家畜囲いのそばで直接向き合ったときのことを話してくれた。そいつの顔も掌も真っ黒だった。鼻孔は、彼がはっきり説明できないほどぎょっとするようなものだった。黄色い目で睨まれて彼はすくんでしまった。そいつは甲高い声をあげると、子供のヤクを小脇に抱えてさっといなくなった。

甲高い叫びが、吠え声が、テントの上から響く。懐中電灯のスイッチを入れ、開口部にさっと光を向ける。闇に浮かんだ顔は歯をむき出している。その背後の幾つかの顔が前へ押し寄せてくる。

リツヤ湾のレジャーボート・クルージング

僕が生まれた二週間半あとの一九五八年七月九日、アラスカ南東部の細長い部分にあるフェアウェザー連山を構成するプレートが、どうやら、北アメリカを走る最大級の不安定部分であるフェアウェザー断層の両側で六メートルずれたようだ。今考えると、リツヤ湾の奥の入江の南西側と底は上向きかつ北西方向に、北東の海岸と湾頭は下向きかつ南東方向へ揺れたのだろう。どちらにしろ、結果はマグニチュード8・3と記録された。

湾はTの形で、縦棒の部分は長さが一一キロ、幅が三キロなのだが、その場に居合わせた人々によると、ガラスのように滑らかだった水面が巨人のジャグジーのように激しく波打ったのだという。その横では、三七〇〇から四六〇〇メートルの山々が捻れ、反対の方角へ傾いていた。南東へ一九六キロ行ったジュノーでは、早くに床に就いた人々がベッドから投げ出されていた。南東部の細長い部分全体で、海の底で暮らす生物が衝撃波により壊滅した。一六〇〇キロ向こうのシアトルでは、ワシントン大学の地震計の針がグラフから完全にはみ出してしまった。一方、湾頭のほうでは、山の尾根の麓へせり出した部分と幅八〇〇メートルの市の公園くらいある氷河――三〇六〇万立法メートル――

が裂け、北東の九〇〇メートルの断崖を滑って水のなかへ落ちた。

こういうことをあれこれ記すのは、これまでの歴史における破壊的エネルギーの放出ということを考えると、これは最大級の揺れのひとつだったと言いたいがためだ。起こったのは午後一〇時一六分頃だった。あの時期のあの緯度では、まだ外は明るかった。湾の南端には小さな船が三艘係留されていた。

轟く地震が発生させた振動は、ボートに乗っていた人々には肌に電撃が走ったように感じられた。続く落石の衝撃で、カナダが爆発したかと思える音がした。三艘のボートには女性二人、男性三人、そして七歳の少年が乗っていた。彼らは五二〇メートルの高さがあるギルバート入江の南西の岸に波が押し寄せて向こう側の傾斜へ向かうのを見上げた。彼らが目にしていたのは人類の記録に残る最大の津波だった。津波は、五二〇メートルの高さに沿って、なかには直径一メートルから一・二メートルある樹齢三〇〇年のマツやシーダーやトウヒをなぎ倒した。頂点がエンパイアステートビルより一五二メートル高い波だ。

浴槽に水を満たす。フットボールを肩の高さに持って、それを水に投げ込む。湯船の水位線から上の部分の高さが六〇〇メートルあると想像する。当初、水がどのくらいの高さまで跳ね上がったか、比例で見積もってもらいたい。

僕が二歳のとき、父と暮らすのはもうたくさんだと心を決めた母は、昔の高校時代の女友だちを訪ねていった。彼女はうんと西のほうまでさまよったあげく、ハワイのグラマー・スクールで教師をしていた。学校はペペエケオという小さな町にあった。こういったことはすべて、のちになって母の姉から聞かされた。母と僕はその友人のところに落ち着いた。彼女が住んでいたのは島の北岸の小さなビーチ・コテージで、古い砂糖工場、ペペエケオ工場の近くだった。ヒロからは約一九キロ北だった。これは一九六〇年のことだ。

母の友人の名前はチャック。本名はシャーロットなんとかだったが、どうやら皆からチャックと呼ばれていたらしい。伯母は白波を背景に砂浜で遊んでいる僕の写真を一枚持っていて、見せてくれた。僕はオーバーオールを後ろ前にしたようなものを着ている。チャックは缶からビールを飲んでいる。

そしてある朝、チャックは母と僕を起こし、高潮を見に行かないかと言った。僕はこういったことを何も覚えていない。パジャマ姿の僕に母はガウンを羽織らせ、そして僕たちは浜辺を下って北を向いた岬のあたりを眺めた。怖い、と母に言うと、水があまり高くまで来たら家に戻ればいいから、と母は答えた。僕たちの目の前で、海は滑らかに静かに引いていき、どろどろした砂と白い腹を見せて跳ね回る魚があとに残された。それから、海が戻ってきた。打ち寄せる波も実際の音もなく、潮が満ちてくるタイムラプス写真の映像のように。水は満潮線を越え、僕たちのつま先まで来た。それからまた引いていった。「なかなかなものね」と母は僕に言った。波の終わりが見えるように、母は僕を抱き上げてくれた。ママラホア・ハイウェイに住んでいる年長の男の子が何人か、僕たちの横を走り抜けて水を追いかけていった。踵の後ろへ泥をはね散らしながら、うんと遠くまで行ってしまった。すると、水がまた戻ってきた、今回はさらに少なかった。うんと遠くまで行っていた男の子たちは、まだ腰まで浸かっているだけだった。彼らの楽しそうな声が聞こえてきた。ショーはおしまいね、とチャックは僕たちに言い、皆で浜を家へと向かった。母は歩かせようとしたが、僕は抱いていってもらいたがった。物音が聞こえ、振り向くと、三度目の波が見えた。それはすでにワイレアの灯台くらいの大きさだった。僕はコテージへ連れ込まれ、二階への階段を半分上がったところで、壁が内側に向かって壊れた。母はなんとか僕を、水面から一五センチほど突き出してぐるぐる回っていた屋根の隅に押し上げた。チャックは水中に沈み、二度と浮かび上がってこなかった。母は相変わらず僕と屋根の塊にしがみついたまま海に流された。母は腰を骨折し、下唇を嚙み切っていた。僕たちはその日遅く、ホノヒナの近くで小さなボートに拾い上げられた。

そのあと母はすっかり別人になってしまった、と伯母は語った。たぶんこの話は、僕がなぜその数か月後に養子に出されたのかという説明のつもりだったのだろう。母はアラスカのどこかで教職に就くために行ってしまった。海岸からは離れたところだと、伯母はにやっとしながら付け加えた。正確な場所は知らないようなふりをしていた。僕はカヒリにあるカトリック教会の孤児院の、フランシスコ修道会のシスターたちの手に託された。卒業の日、僕に関心を持ってくれていたシスターのひとりが僕の両肩を摑んで揺すぶりながら言った。「いったいあなたは何が望みなの？　あなたはどうしちゃったの？」僕にとって、それは悪い質問じゃなかった。

僕が伯母に会ったのはあれ一回きりだ、大学に入る前年だった。何年も経ってから、婚約者が僕に、結婚式には伯母を招待するのかと訊ね、そしてその夜遅く「きっと返事しないつもりね、でしょ？」と言った。

そろそろ子供を作る頃合いだと決めるのは誰だ？　子供を何人作るかって誰が決める？　どんなふうに育てるか決めるのは誰？　両親がいつセックスするのをやめて、お互いの言うことを聞くのもやめるか、決めるのは？　いつになったら相手のもとからすっと去っていったりしなくなるって決めるのは、誰だ？　こういうことはすべてグループで決めることだ。お互いに決めることだ。夫婦が相手と話し合って決めることだ。

そこを強調するのは、常にそんな具合にいくとはかぎらないからだ。

僕の妻は目標指向だ。彼女が僕を見るとき、その表情に「やるべきこと」リストが読み取れることがある。すると、彼女はもう僕なんか要らないんじゃないかと思えてきて、その思いに身がすくむやら腹立たしいやらで自分が何をやっているのかわからなくなってしまう。足を踏み入れておいて、一、二分、自分がどこにいるのか忘れてしまう。「何やってるのよ？」レストランの外で一度、妻にそう訊ねられたことがある。

そしてもちろん、彼女には話せない。だって、そんなことしたら、続いて起こる事態にどう対処したらいい？

僕たちには子供がひとりいる。ドナルドという名前で、妻の知っている唯一最高の男にちなんだものだ。それは彼女の父親だ。ドナルドは七歳になる。機嫌のいいときは、僕が家にいるのを見つけると腕を巻きつけてきて、顎を僕の腰にのっける。機嫌が悪いと、返事させるために僕はテレビを消さなくちゃならない。息子はいい腕といい反射神経を持っているのだが、すぐ挫折する。「それって誰に似てるのかしらね？」僕がそう指摘するといつも妻はこう言う。

息子はなんでもなくす。家に帰るときにちゃんと手に持たせておいてさえ、ものをなくしてしまう。手袋、帽子、ナップザック、昼食のお金、自転車、宿題、鉛筆、ペン、自分の犬、自分の友だち、自分の道。息子は気に病まないこともある。動揺することもある。最初は気に病んでいないのに、僕が動揺させることもある。この手の話になると、僕は「グラスに半分しか入っていない」ニンゲンだ。そしてそういう言及はすべて、妻の言う中心テーマにたどり着くためなのだ、つまり、僕には有難いと思う気持ちがないということに。僕って人間はいつも否定から始めなくてはならないのだろうか？　息子についてそんなふうに話すときに、息子にはわかってると思わないのか？

「君は厳しすぎると娘は言ってるぞ」義理の父はそんなふうに言う。僕の家の正面ポーチに座って、僕のビールを飲みながら。そういうのは一種の心の狭さではないかと彼は言った。

僕はそのとき何も言い返せなかった。「わたしの両親に、あんまりいい態度じゃなかったわね」彼らが帰ると、妻はそう言った。

友人たちは、電話で妻に同情する。

義理の父は巡回裁判所判事だ。僕はケチカンまで水上飛行機のチャーター便を飛ばしている。ワイルド・ウィング航空だ。僕が電話でそう名乗ると、妻は鼻先で笑う。わからないじゃないか、もしかしたら成功するかもしれないぞ、と義理の父は妻に言う。それに、もしも事業には失敗しても、どこかのエネルギー関連会社のために地質学者を乗せて飛び回る仕事はいつだってあるんだからな。

僕の事業がどんな具合か知っていながら、彼はそう言うのだ。

妻の「やるべきこと」リストの一番目はつぎの子供だ。ドナルドは弟をとても欲しがっていると妻は言う。僕は本当のところ息子がそんな話題を口にするのを聞いたことはない。僕はどうしたいのか妻は知りたがる。妻は訊ねながらも口をしっかり結んで、すでに僕の答えにがっかりさせられるだろうと予期しているみたいだ。それで僕は彼女の言う無反応状態になる。

妻はかれこれ一年のあいだそのことを僕に言い立てている。そして二か月まえ、三日間続けてお互いに丁寧な口のきき方――おはようございます、よく眠れましたか?――をして、出入口を通り抜ける際に肩が触れ合うのすら避けていたあげく、僕はバーレット・リージョナル病院のカルヴィン医師にパイプカットの件で予約を入れた。「通常はご夫婦でいっしょにいらっしゃいますがね」最初の面談で医師からそう言われた。

「妻にはいろいろとつらいことだったので」と僕は答えた。

どうやら外来で済むらしく、簡単な手術のほうを選べば、四五分後には病院を出て家に帰れる。医師は一〇〇〇ドルという料金を提示したが、自費での支払いはたいしたことはない、大部分は健康保険から出るはずだから。帰ってしばらく考えて、決心がついたらいつがいいかまた連絡してくれと言われた。僕は二日後に電話をかけ、戦没者追悼記念日のまえの土曜日に予約を入れた。「それなら術後ちょっと休む時間がありますね」予約を受け付けてくれた女の子はそう言った。

「なにしろあの人、小さな頃にすごく大きなトラウマを負ってるでしょ」妻は数週間まえ、自分の母親にそのことを思い出させた。僕がキッチンの窓のところにいることに、二人とも気づいていなかったのだ。「複数のトラウマをね、実際のところ」妻の口ぶりは、それが自分の「やるべきこと」リストに永続的に載ることになるのはわかっていると言いたげだった。

そこで、ここ二か月間というもの、僕は家で、建物全体を吹き飛ばす配線はすでに終え、爆薬や接続を再点検し続けている爆破解体の専門家みたいな気分で暮らしている。

じつを言えば、そもそも地質学者を何人か乗せて飛び回ったおかげで、リツヤ湾についてこうして話し続けることになったのだ。エクソンモービルの関係者を何人か乗せたところ、第三紀の岩について、そして石油探しとなるとなぜいつもそういう岩に皆涎《よだれ》を垂らさんばかりになるのかということについて、知りたい以上のことを教えられた。ところがひとりが一九五八年にそこで何が起こったかということも話してくれた。彼はひとりだけ、湾でキャンプしたがらなかった。仲間からは手ひどくからかわれていた。つぎに彼らを乗せて飛んだときには、僕も自分なりに調べていて、なんてとんでもない場所なんだろうと皆で話した。僕も彼らと一泊した。彼らにはそれだけの金が払えたし、翌朝は夜明け頃に出発しなければならなかったからだ。

そういったことをどう測定するのかは知らないが、あそこは地上でもっとも危険な水域のひとつに違いない。初めて目にしてさえ、奇妙に感じられる。潮流口の大部分はそうたいして深くはないのだが――中央部分は二一〇メートルくらいだと思う――湾口では小さなボートならかろうじてじゅうぶんなくらいの水深だ。そこで潮の満ち引きの際、水は狭くなった部分を消防ホースから噴射されるように通り抜ける。その黄昏どき、僕たちは一本の流木が風に乗って滑空するアジサシの先を行くのを眺めた。湾全体は広大だが、湾口の幅は七〇メートルほどしかなく、礫岩が散らばっている。満ち潮とともに入ってくるものは世界最大のウォータースライドに乗っているようなものだ。そして、外へ出ていく水が大洋のうねりにぶつかるときには、あたかもハワイの北岸へ両方向から一時に波が寄せてくるかの如くだ。一八〇メートル離れているのに、水の音に負けないよう声を張り上げなくてはならなかった。この湾を発見したフランス人は、湾口で二一人の乗組員と三艘の船を失った。トリンギット族はここに住みついていたあいだにあまりに多くの者を失ったので、ここを「水眼の水道」と呼んだ。「水眼」とは彼らの言葉で溺死者のことだった。

ところが、例の怖がりやの男は僕に湾頭まで操縦させて、もうひとつの問題を見せてくれた。僕もすでに読んでいたものだ。仰天するほど大きくてひび割れだらけの岩が、活断層帯の深い水の上に眩暈《めまい》のするような角度で突き出している、と彼は表現した。それに加えて、それらは大雨を吸収し、絶えず凍ったり溶けたりを繰り返している。この断層で起きる地震は世界の他のどの地域にも負けないほど激しく、そしてその地震は、しっかり囲い込まれた深い水域にそびえる不安定な崖を揺すぶることになるのだ。

「わかった、わかった」彼の仲間はそう言いながら、後部座席からビーフジャーキーを回してよこした。僕は水上飛行機のエンジンをポンポンいわせながら前後に飛んだ。我々の水上タクシーはT字形の湾の最奥部にいたからだ。一五〇〇メートルから一八〇〇メートルの、森林に覆われた直立した崖が四方を取り囲んでいた。あんな大きさの木がどうやってあんなふうに生えたりするのか、僕にはわからない。

「君、子供はいるの?」怖がりやの男が出し抜けに訊ねた。僕はいると答えた。彼もいるのだと言って、写真を探し始めた。

「だけど、どっとなだれ込んできたら、この水域はどうなるんだ?」後部座席の相棒が訊ねた。怖がりやの男は写真を見つけられなかった。またかという顔で、彼は自分の財布を見た。「波が発生する」と彼は答えた。「とてつもなくデカい波が」

岸から岸へ飛ぶ途中で、彼らは僕もそれについて読んでいたトリムラインを指し示した。専門家は木を切って年輪を調べてその年代を推測するのだが、ラインのなかには一八〇〇年代の中頃まで遡るものもある。まるで、畑の作物の列のように見えるが、ここで話しているのはおよそ五〇度の斜面と二五メートルから三〇メートルの高さの木々のことなのだ。ラインは五本あって、その高さが波の高さだ。ひとつは一八五四年で一二〇メートル、ひとつはその二〇年後で二四メートル、ひとつはその二五年後で六一メートル、ひとつは一九三六年で一四九メートル、そしてひとつは一九五八年で五二四メートル。

過去一〇〇年で五回、二〇年ごとに一回だ。湾が現在どれほど危うい状況にあるか計算するのは簡単だ。

実際、あの夜僕たちは、小さな三人用テントの明かりを消したあとで計算した。怖がりやの男の相棒は懐疑的だった。彼はまだ食べていて、目下ムースマンチとかいう菓子に移っていた。暗闇のなかで、袋がガサガサいう音や噛み砕く音が聞こえた。津波が二〇年ごとに起こるとしたら、と彼は言った、この湾でいつ津波が起こってもおかしくない確率は八〇〇〇対一だな。岸辺近くで何かが跳ねてカタンと落ちる音がした。ちょっとのあいだ皆が黙りこくったあと、彼は冗談を言った。「あれも最初の兆候だ」

オッズの数字はそれよりはずっと小さい、と怖がりやの男がしまいに答えた。彼は相棒に、上空からすでにどれだけの不安定な斜面を見たか考えてみろと言った。それらはすべて前回の津波に晒されている。そして今やほぼ五〇年のあいだ風雨に晒されている、と彼は言った。すでに目に見える亀裂が入っている。

じゃあ、どのくらいだと思うんだ？　相棒が知りたがった。

二桁だな、と怖がりやの男は答えた。二桁台の前半だ。

「僕がもし二桁台だと思っていたら、ここへは来ないな」相棒が言った。

「うん、そうだね」と怖がりやの男。「君はどうなんだ?」彼は僕に訊ねた。自分が訊ねられているのに気がつくまで、ちょっとかかった。なにしろ、僕たちは闇のなかで横になっていたのだから。

「僕はどうかって?」と僕は訊き返した。

「ここで何か気がついたことはない?」と彼は訊ねた。「最近の落石とか地滑りの痕跡は? 氷河の麓の砂利だらけの三角州で変化があったとか?」

「僕がここへ来るのは、年にたったの一回もないから」と僕は答えた。「あんまり人の来たがる場所じゃないからね」僕は何か記憶に残っていることはないか、思い返し始めたが、何もなかった。

「それはみんな賢いからだ」と怖がりやの男が言った。

「ここに何もないからだよ」と相棒が言い返した。

「じつは、それには理由がある」怖がりやの男は言った。この地域がロシア人のものだった時代にこの湾で暮らしていたトリンギット族の二つの人口調査をたまたま見つけたのだと彼は語った。一八五三年には人口は二四一名と記載されており、一年後はゼロだった。

「おやすみ」相棒が彼に言った。

「おやすみ」怖がりやの男が言った。

「あれはなんだ? あれを感じるか?」相棒が彼に訊ねた。

「おい、いいかげんにしろ」と怖がりやの男は返した。

なんだって人に何かさせたがるんだ? いったいどういうつもりだよ? ただ誰かといっしょにいるのを楽しむっていうのはどうなったんだよ? 一度、ドナルドの腰を上げさせていっしょに野球のボールを投げようとした僕は、そう大声で口にした。息子に「わからない」と言われて初めて、自分がそんなことを口走ったのに気がついたのだ。そして息子は、もうやめようよ、と言った。

「あなたがどこか皮肉りたくならない人だっていうんじゃないかと、本当に思ったことないの？」僕たちは愛し合っているんだと二人で確信した夜、妻はそう訊いた。僕は他人のために飛んでいて、僕たちは浜辺に着陸させたパイパーの軽飛行機の翼の下で横になっていた。僕は何年ものあいだ孤独な男だった――孤児院で一二年、高校で四年、大学で四年、そのあと一〇〇年――そして彼女は僕が自分を注ぎ込みたいと思った相手だった。それがどれほど滅多にないことか、僕はちゃんと伝えられなかった。

その朝、彼女は僕が苦手な一家を双発機に乗せるのを見守り、僕は嫌なことを前にしたときの癖で肩を揺すっていた。すると彼女が僕を捕まえ、彼女の表情に元気づけられて、僕はその午後を持ちこたえられた。その夜僕の部屋で、彼女はほかに僕がやったり考えたりすることをリストアップしてみせ、どのひとつをとってもそれは、彼女がこれまでの他の誰よりも関心を持ってくれているという証しだった。彼女は僕の体のあちこちを、こんな美しいものは見たことがない、みたいに触った。明け方の三時か四時、彼女は両腕を立てて僕の体の上で自分の体を浮かして訊ねた。「わたしたち、眠らなくちゃいけないんじゃない？」それから、自分で自分の質問に答えた。

正午頃、僕たちはスプーンのようにぴったり横向きにくっつき合って目を覚まし、バスルームへ行こうとした彼女に僕はすがりつき、二人でシーツから床へ滑り落ちた。しまいに彼女は四つん這いになってドアへと這って僕を振り払った。

「いやあ、娘があんなに幸せそうにしているのは見たことがないよ」結婚式前日のリハーサル・ディナーで、彼女の父親は僕にそう言った。招待されていたのは二三人で、二一人が彼女の身内と友人だった。

「あの子のこんな顔が見られるのは本当に嬉しいわ」そのディナーで、彼女の母親は僕にそう言った。

僕が彼女のために乾杯すると、彼女は目に涙を浮かべた。僕のために乾杯するとき、彼女はただ「こんな気持ちになるだなんて、思いもしませんでした」とだけ言って、腰を下ろした。

僕たちはサンフランシスコへ新婚旅行に行った。僕にとってそれがどのようなものだったかというと。僕はいまだにあそこのチームを応援している。

僕は常に前例のないことに興味を惹かれてきた。ただし、そうしょっちゅう経験するわけにはいかないが。

彼女の一族はジュノーの上流階級だ、そんなものが存在するかぎりにおいてだが。兄弟のひとりはジュノー帝国の芸術担当。もうひとりはバウアー・アンド・ゲイツ不動産で働いていて、自然に囲まれた五〇万ドルの別荘をハリウッドの二流スターに売りつけている。もうひとりは、なんと、弁護士だ。祭日には、彼らは互いにアークティックキャットの製品みたいなものをプレゼントし合う。誕生日おめでとう、ほら、新しい650 4×4バギーだよ。不動産屋をやってる兄弟は、州の決勝戦で優勝した年にジュノー・ダグラス高校のスターターとして一一勝一敗でチーム最優秀選手だった。両親はあらゆる理事会のメンバーだ。娘は一六になるとスプリング・サーモン・ダービー釣り大会の女王に任命された。彼女はまだ、跳ねるベニザケのついたティアラを持っている。

彼らは僕たちのロマンスを邪魔したりはしなかった。彼女の父親は訊ねられると誰にでもそう言っていた。僕たちの結婚告知には、花嫁はドナルド・ベルと妻ニラの娘でアラスカ大学を首席で卒業、シトカ・コミュニケーションズ・システムの顧客担当主任となって一年目であると記されていた。花婿はスーパーベア・スーパーマーケットの肉切り係であると書かれていた。僕はパイロット免許を取得するまえにその仕事をしていた。最初に町にやってきたときのことだが、告知文を書いた男がヘマをやらかしたのだ。

「ああいうことってチェックくらいすべきだと思わない？」新聞を見た妻は僕にそう問いかけた。彼女が僕のためにひどく憤慨するので、僕はあまり文句が言えなかった。

べつに僕にはまった有利な点がなかったというわけではない。オークランド近郊モラガのセント・メアリーズ大学では、全額支給、というかほぼ全額支給の奨学金を貰っていた。僕は科学と自分の取った数学は好きだったが、ある教師の言葉によると、そこでは本当に自分自身を発見することはなかった。三年のときに友人が、夏のアルバイトに彼の実家の家業である定置網漁師として働かないかと声をかけてくれ、僕は気に入ったので、その職場にまた戻った。友人の家族は冬を乗り切るためのスーパーマーケットの仕事を見つけてくれ、するとその肉を切る仕事のほうが魚の骨を抜くよりも報酬がよかった。「あなたは何をやりたいの？」ある日レジの女の子が僕に訊ねた。もう一度僕が愚痴をこぼすのを聞いたら自分の髪の毛をぜんぶ引きむしってやると言わんばかりだった。そこでその午後、僕はフライ・アラスカ・アンド・ビッグフット・エアに申し込み、事業用と多発機の免許を取得し、二年後には水上飛行機の免許を取った。地元のチームに入り、一年後にその事業を買収した。それはつまり、ストーブがひとつ付いた三部屋の小屋とバンと名称と顧客リストということだ。今僕は、セスナ206を二機とセスナ172にEDO2130フロートを付けたものを二機リースしていて、ほかに二人のパイロットを雇っており、この地域を周遊すると一回で一四〇〇から一五〇〇ドルになる。アークティックキャットが欲しい？　僕は手元の現金で買える。少なくとも、繁忙期なら。

「じゃあ、この話はしないでおくわけ？」先週、妻の両親がディナーにやってきたあとで、妻は訊ねた。僕たちはカニを食べ、彼女の父親はその夜の大半、悄然としていた。なぜだかは知らない。おやすみなさいと送り出してから、後片付けをして、そして今や僕は膝立ちであちこち突き進みながら、ナーフ・バスケットボールで息子をマークしようとしていた。寝る時間になると息子はいつも熱狂的スポーツ愛好家になるので、その欲求に対応すべく僕たちはナーフのリングを裏口の内側に取り付けているのだ。息子は僕の注意がそれた隙を狙ってベースラインを突進しようとしたが、僕は息子をドアノブのほうへ追い込んだ。

「僕は話したって構わないよ」と僕は妻に言った。「さあ、話そう」

妻はキッチンの椅子に座って両手を膝で組み合わせ、僕がプレーをやめるのを待つ態勢になった。妻の髪の毛は今日はいまいちで、彼女は気にしていた。しょっちゅう耳の後ろに撫でつけている。

「ずっとゴールの周りにいたらいけないんだよ」ドナルドが文句を言った。僕を誘い出しておいて追い抜こうとしている。息子は思いどおりにいかなくて、ちょっと涙目になっていた。

「父さんと、もうひとり赤ちゃんを作る相談をするつもりだったのよ」妻は息子に話しかけた。息子の心は完全によそを向いていた。

「弟が欲しいでしょ？」と妻は訊いた。

「今は欲しくない」と息子は答えた。

「楽しくないんなら、遊ぶのやめなさい」と妻は言った。

その夜ベッドで、妻は仰向けになって両手を頭の下に敷いた。「あなたのこと、すごく愛してるのよ」やっと僕が掛け布団の下の妻の隣に潜り込むと、彼女は言った。「だけどあなたってときどき、それをすごく難しくしちゃうの」

「僕が何をするっていうんだよ?」と僕は訊ねた。これは、妻に話すことのできた数多い機会のひとつだった。一度医者に行ってみようかと考えているんだ、と言ってみるだけでもよかったのだ。

「僕が何をするっていうんだよ?」僕はもう一度訊ねた。むちゃな言い方だが、知りたかったのだ。

「あなたが何をするか、ねえ」妻は、僕がまさに彼女の主張を裏付けたと言わんばかりだった。

「僕は常に君のことを考えている」と僕は言った。「なんだか、君が僕への関心をなくしかけているような気がするんだ」そこまで言うことでさえ屈辱的だった。こういう場合にはあの予約は、しがみつくことのできる小さいけれど確かなもののように思えた。

妻は咳払いして、頭の下から片手を抜き出して目を拭った。

「君を悲しませるのは嫌だ」と僕は言った。

「わたしだって悲しませられるのは嫌」と妻は答えた。

彼女がそんなことを言って、僕がそれに対処しなければならなくなって初めて、妻を幸せにしたということがどれほど自分の支えになっていたか、僕は気づいた。それに、彼女がそれをぶっ叩いたら、どれほどそのすべてがぐらついたかということにも。言うんだ、と僕は思った。妻に聞こえたかもしれないと思うほどの激しさで。

「もうひとりの子供なんて要らない」ドナルドが自分の部屋から叫んだ。うちの寝室のパネルドアは、プライバシーの観点から言うといまいちなのだ。

「寝なさい」と母親は叫び返した。

僕たちは横になったまま、息子がまた寝入るのを待った。気が変わったって言うんだ、と僕は思った。言うんだ、子供を作りたい、今すぐ、って。態度で示すんだ。僕が片手を妻の腿に置くと、彼女は掌で僕の股の部分を包んだ。少なくともこれはわたしの味方だからね、とでも言いたげに。

「しーっ」と彼女は言い、もう一方の手を僕の額へ伸ばして、僕の髪を撫でつけた。


定置網漁師は、たいていは、取得が容易ではない漁業許可とその賃貸権を持っている一家のもとで働く。そうした一家はシーズン中、浜で魚を仕入れる供給業者に売る。シーズンは六月半ばから七月下旬までだ。僕たちはブリストル湾のコーヒー・ポイントで漁をした。そこには二人の住人がいた。一四〇キロ近い白人男性とそのメールオーダー花嫁だ。嫁はフィリピン出身で、自分が何にぶち当たったのかわかっていないみたいだった。誰も彼女の名前を発音できなかった。コーヒー・ポイントにいちばん近い町の電話帳は一ページだけのガリ版刷りで、三二の名前と電話番号が記載されていた。道路標識は手描きだったが、酒屋と食料品屋と、それにボーイング７４７でも着陸できそうに見えるしっかりした作りの滑走路があった。大量の急速冷凍されたサケを輸送すればどれほどの儲けが得られるか、大手の会社が気づき始めていたのだ。

僕たちは一五メートルの網をキングサーモン川のすぐ南の岸に垂直に固定した。上にはコルクの浮きが、底には鉛の重りが付いている。僕のようなピッカーは、コルクの浮きに沿ってゴムボートで回り、小さな網を手繰り寄せ、引っかかったサケのエラを外してボートの自分たちの足元にあけていく。じゅうぶん獲ると、岸へ漕いでいって、ボートを空にし、また最初から繰り返す。

僕以外は全員、自分が何をやっているのかわかっていた。そしてあんな水域であれだけの安全装備を着けていても、ひとつ間違うと人が溺れた。船上での仕事に慣れるということは、本物の漁師が何を望んでいるかを理解することで、そして本物の漁師は何も言ってくれなかった。僕はまるで聾啞者の国にいて、無数のメッセージが横をすり抜けていくようだった。誰かが僕にちらと目をやる、あるいは目くばせする、そして僕もお返しに目くばせする、するとしまいに誰かほかの男が僕に言うのだ。「それじゃきつすぎる」それは、手助けとして必要不可欠な存在であってもなお邪魔者になり得るという良い教育だった。


彼女をこれほど愛しているのにどうしてそんなことができるんだ？ 僕はベッドに横になっては習慣のように自分に問いかける。だけど、それが問題なんじゃないか？ というのがたいていつぎに来る思いだ。「どうして戦没者追悼記念日のまえの土曜日に丸が付いてるの？」一週間まえ、キッチンのカレンダーのそばに立って妻が訊ねた。そのとき、戦没者追悼記念日は二週間先だった。一族郎党が皆ドンとニラのところに集まって、バーベキューをする予定だった。毎年恒例のバレーボールの試合になったら、僕はたぶんちょっと脚を引きずるだろう。

「子供なんかいなくてもいいんじゃないの？ 妻なんかいなくてもいいんじゃないの？」以前、僕たちの最初の本格的な喧嘩のあとで、妻にそう訊かれたことがある。僕はチャーター機でドライ湾まで行き、電話もしないで二晩ほど余分に泊まった。オフィスにさえ電話を入れなかった。妻は心配と、それから怒りで取り乱した。出発するまえ、僕は妻に電話してくれと言ったのだが、彼女がかけてこなかったので、わかったよ、君が話したくないっていうんなら、話したくないでいいよ、みたいな気分になった。そして携帯の電源を切ってしまった。あれはまずかった。オフィスはエアシー・レスキューへ電話しようかとさえ考えたらしい。

「まずいやり方ですね、チーフ」戻ったときには、うちの電話番の女の子のドリスにまで、そう言われた。

「でね、また仕事に戻ったほうがいいかな、と思ってるの」妻は今日、僕にそう言う。僕たちは妻が新しい中華鍋でさっと作ったものを食べている。今日は休みで——なんのスケジュールも入っておらず、メンテナンスの書類仕事が幾らかあるだけ——家を出るのをぐずぐずしていたら、妻が昼食を食べていけと言ったのだ。野菜を洗う際に妻が上の空だったので、ひと噛みするごとに浜へ行ったときのことが思い浮かぶ。彼女も砂粒に気づいているに違いない。彼女はこういうのを僕以上に嫌っているのだ。

「オンライン・アカウントの手助けができる人材がまだ必要なんだって」と妻は言った。今日はすべてがことごとくうまくいかないって顔をしている。

「君は仕事に戻りたいの?」と僕は訊ねる。「仕事が恋しいの?」

「恋しいのかどうかはわからない」と彼女は答える。低い声で何か付け加えるが、砂を噛むじゃりじゃりいう音のせいで聞こえない。僕が答えないのを彼女は気にしてるみたいだ。

「そういうこと以上にねえ、ほら、わたしたちがべつのことをしないっていうんなら」と彼女は言う。「赤ちゃんを作るってことを」彼女は目をそらすまいとしている、こういう話をするのを屈辱的だと感じているのは僕だけじゃないってことをはっきりさせておきたいと言わんばかりに。

　僕はほうれん草をつつき回し、妻もほうれん草をつつき回す。「まず最初に僕たちのことについて話す必要があるんじゃないかって気がするんだけど」僕はしまいにそう言う。フォークを置くと、妻もフォークを置く。

「いいわよ」と彼女は答える。彼女は、さあどうぞ、と言わんばかりに、両の掌を上に向け、眉を上げる。

　一度、午後の二時に僕が飛行機の格納庫にいるところへやってきた彼女に、肩を摑まれて振り向かされ、彼女のキスでワークステーションに釘付けにされたことがあった。僕たちがキスしているあいだに、格納庫二つ向こうでは飛行機が一機暖機運転をし、滑走路を走行して、離陸した。彼女のキスは、迷える人が砂漠で水を見つけたらきっとこんな具合だろうというようなものだった。

「君は僕のこと、まえに僕のことを思ってくれていたように思ってる？」僕は訊ねる。

　彼女は僕にちらと視線を投げる。「まえはわたし、あなたのことをどんなふうに思ってたの？」

　僕の頭に浮かぶことを説明するこれといった手立てはまったくない。自分が哀れな口調で「あの格納庫でのことを覚えてる？」と言っている姿が脳裏に浮かぶ。

　彼女は僕を見つめながら待っている。最近、あの視線はある特性を帯びるようになってきた。一度ケチカンで、うちのパイロットのひとりといっしょのときに、セブン・アンド・セブンをこぼしてしまった酔っ払いが、こぼれたやつをバーの木のカウンターから舐めているのを見たことがある。あの眼差しだ。あの眼差しを僕たちはお互いに向けていたのだ。

　こんなの馬鹿げている。僕は目をこする。

「あなたにはつらいことなの？」と彼女は訊ねる。そしてそのじれったそうな様子に、僕もいっそう腹が立つ。

「いや、べつにつらいことじゃない」と僕は答える。

彼女は立ち上がると、自分の皿を流しにガチャンと置き、地下室へ降りていく。彼女がうちの大きな肉用冷凍庫をかき回してデザートのアイスキャンディーを探している音がする。

電話が鳴るが、僕は立ち上がらない。留守電が作動して、カルヴィン医師の診療所が僕に土曜日の予約を確認するメッセージを残す。留守電機能が終了する。妻が上がってくるまえにそこへ行くことはしない。

妻はアイスキャンディーの包装をむいて、口に入れる。グレープだ。

「あなたも要る？」妻は問いかける。

「要らない」と僕は答える。僕は両手をテーブルに置いて、また離す。手がじっとしていない。今にもどこかへ行ってしまいそうだ。

「下にいるあいだに訊けばよかったんだけど」と彼女は言う。

彼女はほんのちょっと音をたててキャンディーをしゃぶる。僕は皿を押しやる。

「あなた、お医者へ行くの？」と彼女は訊ねる。

外では僕の見たことのない大きなテリアがうちのバーベキュー用コンロのそばでうんこをしている。うんこしながら、ちょっとずつ前へ進んでいる。「ちくしょう」と僕は自分に言う。一二時間働いて帰ってきてなおも私道の雪かきをしなくてはならない男みたいな口調になってる。

「モーザーのどこがいけないの？」と妻は知りたがる。モーザーというのはうちのかかりつけ医だ。

「さっきのはモーザーだよ」と僕は言う。「モーザーの診療所からだったんだ」

「そうなの?」と彼女は訊ねる。

「ああ、そうだ」と僕は答える。

「お皿は流しに運んでおいてね」妻は念を押す。

僕は皿を流しに置き、居間へ行ってソファに腰を下ろす。

「検診?」妻がキッチンから訊ねる。

「パイロットの健康診断だ」と僕は答える。妻はただ、留守電を再生しさえすればいいんだ。

妻がアイスキャンディーを持たずに、ぶらっと居間へ入ってくる。アイスのせいで唇の色が濃い。ソファのそばでちょっと待ってから、僕の隣に腰掛ける。僕を見つめながら、前へ身を乗り出す。唇が僕の唇に触れ、ぎゅっと押しつけてきて、また離れるが、すごく近いところにあるので、触れているのか触れていないのかわからないくらいだ。僕の唇はまだ彼女の唇のせいで濡れている。

「二階へ来て」と彼女が囁く。「二階へ来て、あなたが何を心配しているのか見せて」彼女は指を三本僕の勃起しているものの上に置き、そのまま撫で上げて腹で止める。

「君のこと、すごく愛してる」と僕は言う。それだけは本当だ。

「二階へ来て、見せてちょうだい」と彼女は返事する。


一九五八年のあの夜、アンカレッジとシアトルを繋ぐ海底通信ケーブルは不通になった。海に出ていた船は船体に凄まじい打撃を受けたということだ。ケチカンとアンカレッジでは人々が通りへ駆け出した。ジュノーでは、街灯が倒れ、両開きの戸棚から中身が飛び出した。ディセンチャントメント湾の東岸では海面が一三メートルも持ち上がった。あそこではいまだに岩肌のとんでもなく高いところにフジツボの死骸が見られる。そしてヤクタトでは、小型ボートに乗っていた郵便局長がたまたま、缶詰工場の経営者が妻と砂地の突端にある港の灯台近くでイチゴを摘んでいるのを眺めていたら、灯台もろとも突端全体が宙へ放り出されたかと思うと、ついで水面下へ突っ込まれたかのように水で洗い流された。郵便局長はなんとかボートから振り落とされずにすみ、そのあと、渦やガラクタの波を漕ぎ回りながら見つけたのは、女物の帽子だけだった。

「あのね、わたしだってここで幾つか犠牲にしてるものがあるのよ」その同じ日のもっとあとで、妻は言う。僕たちは裸で二人とも床に仰向けになって、足はまだベッドの上に置いている。彼女の片足はシーツのなかで捻れている。部屋は暗くなっているようだが、天候の変化のせいなのか僕たちがもうずいぶんここにいるせいなのかわからない。あるキスなど潜水しているようなものだったので、やっとやめたときには、二人とも互いにしがみついたままちょっとのあいだじっと横になって、回復を待たなくてはならなかった。

「僕と結婚したことでって意味?」と僕は訊ねる。僕たちの肌は空気で乾いてきているけれど、まだ大部分がべとべとしている。

「あなたと結婚したことでって意味よ」と彼女は答える。それから足をシーツから抜き取ると、寝返りを打って僕の上に乗る。

彼女は最初僕をベッドに寝かせながら、ピルはやめているけれど、彼女の体がそういう状態になるには少なくとも二、三週間はかかるのだと説明した。「だからね、どうしてわたしがこんなことするのかわかる？」と彼女は問いかけた。彼女は僕に跨り、耳に口を寄せた。「わたしがこんなことするのは、それが素晴らしいからよ」

僕たちはまだべとべとで、彼女はこの上なく真剣な表情で僕を見下ろしている。「つまりね、あなたは肉切り係だってこと」と彼女は言い、また僕を自分のなかに入れる。僕たちがつぎにこうするときには、僕は手術を済ませているだろう。そして、いろんなことがあったって、これはやっぱり、この上なく素晴らしい親密さを感じさせてくれる。

「どうして泣いてるの？」彼女が囁く。それから自分の口を僕の唇に近づけて言う。「よしよし。よしよし」


津波の夜、ハワード・ウルリッチと小さな息子のソニーは八時にリツヤ湾に入り、南岸の湾口付近に錨を下ろした。彼はのちにそのことを書いた。彼らの釣り用ボートは船首が高く一本マストで、仮設トイレ程度の大きさの操舵室があった。彼らが床に就くまえに、ほかにも二艘の船が続いて入ってきて、さらに湾口に近いところに投錨した。完全に静かだった。岸から岸まで、水面はガラス板のようだった。幾つかの小さな氷山はその場でじっとしているように見えた。いつもは湾の真ん中にあるセノタフ島の周りを回っているのが見えるカモメやアジサシは、岸辺でうずくまっていた。まるで何かを待っているみたい、とソニーは言った。父親は日が沈んだ一〇時頃息子をベッドに寝かせた。自分もベッドに入ろうとしたちょうどそのとき、ボートが錨鎖を引っ張りながら揺れ始めた。下着姿で甲板に駆け上がると、山々がうねり、どっと崩れるのが見えた。雪や岩が雲になって空高く噴き上がった。まるで砲弾を浴びせられているかのようだった。ソニーが、馬車の車輪と本結びにしたロープとが交互になっている模様のパジャマ姿で甲板に上がってきた。目をこすっていた。九〇〇〇万トンの石がギルバート入江に一団となって落ちてきた。石が水面に当たる衝撃音を浴びて、二人とも甲板に仰向けに倒れた。

彼らの船までの一一キロを津波が進むには約二分三〇秒かかった。そのときソニーの父親は、錨を揚げようとしたもののしっかり刺さっていて無理だとわかり、鎖をできるだけ伸ばし、ソニーに救命具を着け、そしてなんとか舳先を波に向けた。セノタフ島を通り過ぎたとき、津波はなおも高さ三〇メートルを超えており、岸から岸まで広がるその波面の幅は三キロあまりもあった。

波面は信じられないくらい切り立っていて、衝突すると鎖はたちまち千切れ、操舵室に打ちつけて窓を粉々にした。ボートは二三メートルを急上昇して渦巻く波頭に突っ込んだ。親子はまるでエレベーターで上昇していくようで、背中は操舵室の壁に押しつけられ、床屋の椅子に座って後ろへ傾いていくような具合だった。波面は彼らを上空へと連れていく緑の壁だった。彼らは南岸の上空まで持ち上げられた。下の一八メートルの木々は消え失せていた。それから親子は頂点の向こうへ投げ出され、下り坂を降り、引き波にはじかれてまた湾の真ん中に戻った。

べつのカップル、スワンソン夫妻もまた波に乗り入れ、ボートでサーフィンをするように四〇〇メートル沖合に出て、波頭が砕けると、ボートはとんぼ返りしてから座礁した。夫妻はそのあと、瓦礫のなかからなんとか救命ボートを見つけ出して浮かべた。三番目のカップル、ワグナー夫妻は、港の入口のほうへ船を走らせようとし、その後二度と見つからなかった。

直径一・二メートルの木々が、表土やほかの何もかもといっしょに押し流された。斜面は岩盤のところまでこそげ落とされた。大きな幹が地表面のところでぽっきり折れた。トリムラインの端の木々は水圧で樹皮が剝がれた。

　ソニーの父親はまだ下着のままで、歯をガチガチいわせ、ソニーは船底に横倒しになって氷のような汚水のなかをあちこち押し流されながら、ジャングルの鳥のような声をあげていた。この頃には太陽は沈んでいた。引き波と六メートルの小波が湾で交差しながら、家ほどもある氷河の氷の塊を回転させ、氷は互いにぶつかり合った。絡まったままひっくり返された積み木取り《ピックアップ・スティック》みたいな、きれいにむかれた木々の幹が、前後左右に揺れている。水はまだ湾の両側の斜面に押し寄せていた。引っこ抜かれた木の下の泥のなかで俯せになったようなにおいがした。そしてソニーの父親の言うところによると、そのあと過ごした時間――命は助かったけれど、まだこれから暗闇のなかで、周りの何もかもがピンボールのようにぶつかり合っているあいだを縫って船を進めなくてはならないのだと気がついたとき――のほうが津波そのものに乗っているあいだよりもひどかった。

　一日か二日後に、地質学者たちがやってき始めた。最初は誰もそんな波の高さを信じなかった。斜面のあれほど高いところまで破壊されているのはきっと地滑りのせいに違いないと人々は思っていた。だが、信じるようになったのだった。


　妻は僕の横で、僕を温めようと覆いかぶさったまま眠ってしまった。僕たちは相変わらず床の上で、今や本当に暗くなってきた。友だちのところへ遊びに行っているドナルドを迎えに行く時間に遅れてしまっているはずだが、友だちの親が電話してきたのだとしても、電話の音は聞こえなかった。

　セント・メアリーズで僕が教わっていたなかに、毎回授業を終えるときに四つか五つ質問をする習慣のある教授がいた。どの質問も誰も答えられないものだ。「生きることの哲学」というクラスだった。僕の成績はCだった。もし今あの授業を取ったなら、さらに成績が悪いだろう。僕は教室に座って、教授が僕のほうを見ませんように、質問を浴びせて口をぽかんと開いたままにさせてやろうなんて思ったりしませんように、と願っていることだろう。何が我々に、自分のもっとも望むことを脅《おびや》かすようなことをさせるのだろう？　何が我々を、意図せざる幸せに傾注させるのだろう？　何が我々に、大きな変動を起こさないものには賭けたくないと思わせるのだろう？

ソニーの父親はしばらくのあいだ有名人となり、「私の過ごした恐怖の一夜」といったようなタイトルの手記を『アラスカ・スポーツマン』とか『リーダーズ・ダイジェスト』みたいな雑誌に売り込んでいた。僕はそのひとつ、ふたつをドナルドに読んでやった。妻は嫌な顔をしたが。「こういう話が好きなの？」その夜息子は僕にそう訊ねた。どの手記でも、ソニーの母親のことには一切触れられていない。気が変だったのか、死んでいたのか、離婚していたのか、自慢に思っていたのか、一切話に出てこない。ある手記では、父親は、救命具をソニーの頭からかぶせ、それから息子のことを完全に忘れてしまったと語っている。べつの手記では、すべてが起こる手前のあの一瞬、彼はかつてないほど孤独を感じていた、みたいなことを書いている。それを一年か二年のちに読んで、父さんに感謝するよ、と言うソニーを僕は想像する。あとになってから、息子に見つめられているのを父親が知らないときにときおり父親を見ながら、父親が与えてくれたあらゆるもの、与えてくれなかったあらゆるもののことを考えているソニーを想像する。何が原因で親子の仲が疎遠になったのか本当のところはけっしてわからないでいるソニーを想像する。何年も経ってから、人々がソニーについて、あれがあいつの問題なんだよな、あの子はまるで年寄りみたいなんだ、と言っているのを想像する。

最初のオーストラリア中南部探検隊

一八四〇年四月一日

長い陸路輸送のあいだ、我々三人はクリスマスの話を互いに聞かせ合った。ヒルとブラウンは二人とも私の話は衝撃的だったと断言した。私には少しも衝撃的には思えないのだが。私の記憶では悲しげな目つきだったものの母も支持した上で、父が毎年のクリスマスにどんなやり方で我らが主の生誕を祝ったかを話したのだ。

私を長子として三人の息子がいた父は、本人いわく、この特定の時期には普段の生活でしているよりもいっそう多くのものをプレゼントという形で家族に与えるという義務をクリスチャンとして負っている、などという見解にはもはや屈服しないと決めたのだ。それで今後は、毎年ひとりの子供だけが特別にこの日を祝って素敵なプレゼントを貰える。その子の兄弟たちは得るべき喜びを同胞の幸運から得てもらいたいと、父は望んでいた。自然界一般の営為について父が理解しているところに従って、選定はくじで行われることとなる。よって、ひとりの子がたまたま二年あるいは三年続けて貰えるということさえじゅうぶんにあり得るのだった。僕たちは皆、クリスマスの朝階下へ降りてきて初めて、暖炉のあたりに何が置かれているかわかるのだ。

父はこの宣言を、私が五歳になった年のクリスマスイブに、家族を集めて行った。弟たちは当時まだたったの三歳と二歳で、何を言われているのかほとんどわかっていなかった。父の妻である私たちの母親は、皆の話では結婚まえは陽気で社交的だったらしいが、父がその決定についての質問を受け付けているあいだそばに立っていて、そして続くクリスマスの日々、気の抜けた陽気さをある程度かき立てようと全力を尽くした。

私の話は長い沈黙に迎えられた。私たちは目下馬のことで問題を抱えていた。しまいにブラウンが、こいつには頭をこん棒でガツンとやられたな、と言った。私の話に、という意味だ。ヒルは、そんな父親が探検費用の一部を出資しようという姿勢を見せるのは変じゃないかと考えた。「それほど変わっているとも言いきれないと思うけど」ちょっと経ってから、プレゼントを与えるということに関する父の考えについて私は彼らにそう言った。「ぜったい言いきれるよ」とブラウンは答えた。

四月三日
私は父によって、毎日服を着るときと脱ぐときにその日心に決めた約束事を声に出して唱える習慣を身に着けさせられた。今日のはこれだ。「答えを出すまえによく考え、強い確信のあること以外は口にしない」
「ひとり言か?」今朝は小耳に挟んだブラウンに、テントの外側からそう訊ねられた。
ここの石は魚卵状の石灰岩で、全体に空洞があるために崩れやすい。周囲は一二〇から一五〇センチの丈のヤマアラシ草(スピニフェクス)の広大な茂みだ。この国はこれまでのところ仰天するほど一貫している。旅に出てこれで一五週間経ち、ここ六週間というもの、道の前方に何か喜ばしい変化がないものかと待ち望んできた。

湿地の小川で足を止めると、雨が降ってきて、カッペイジが自分を撃ってしまった。サドルを片付けているときに、どういう具合か結合ループが引き金に引っかかったのだ。弾は背中の、肩の下から突き抜けた。

我々の脚はスピニフェクスの鋭い先端に晒されている。夥しい数のカラスが荷駄の列を追ってくる、羊の屑肉を狙っているらしい。

四月五日
サドネス・クリークの巨大なゴムの木のメッセージ用の洞に、我々の進捗状況を記したメモを瓶に入れて置いてきた。専属の原住民が集めてアデレードまで持ち帰ることになっている。瓶には消えないインクで「オーストラリア中南部探検隊、R・M・ビードル」と記してある。
動物たちは水を与えられ、穏やかに晴れ渡った空の下で休んでいる。我々は全速力で進むことを切に願っているので、この探検隊についてここに逐一詳細を書き記すことはしていない。人員については、自由裁量権を与えられ、応募してきた三〇〇名を超える身体壮健な男たちのなかから自身も含めて一二名の隊員を選んだのだと明言できる。孤立した長旅では、どんな集団でもお互いだけが頼りなのであり、我々も例外ではない。この任務で私に同行してくれるのは、

幹部

ジェームズ・A・ブラウン――副隊長
リチャード・スコット・ヒル――探検隊医師
フィリップ・マンダー＝ジョーンズ――探検隊製図及び測量技師

隊員
エドガー・ビール――携行品係
D・K・ハミルトン及びチャールズ・マベルリー――ホエールボート乗員
ジョン・グールド――馬係
ロバート・カッペイジ――火器係
フランシス・パーディー――コック
ジョン・マック及びH・L・ムアハウス――雄牛の御者

我々は五トンにのぼる食料と備品を、雄牛に引かせた三台の荷車と荷馬の引く二台の馬車で運んでいる。馬車のひとつはホエールボートを積んでいる。荷物を満載した荷車はそれぞれ九〇〇キロ以上ある。まず小麦粉だけで一トン、ベーコン一四〇キロ、砂糖二五〇キロ。安全のために六分儀一台、人工水平儀、プリズムコンパス、気圧計も携行している。フールスキャップ紙（イギリス製の筆記用紙）二十帖、日誌をつけるためにこのノート、封蠟、ラクダの毛の筆、インクスタンド、インク、鵞ペン、色鉛筆、スケッチ用パレット。リボルバー五丁にライフル二丁。鳥類標本のためにショットガン一丁。必要なあらゆる弾薬も。それに、取引や贈り物用の品物をトランクいっぱい、先住民向けの、主に帽子とナイフだ。行列の後ろには予備の馬が四頭、食料として羊一〇〇頭、それに羊を追い立てる犬が四匹。我々の行列は四〇〇メートル以上の長さになる。

我々はアーデン山から北へ向かって広大な内陸部を南緯二八度線まで進むことを許可されている。これはそのあたりに山脈その他目立つ高地があるかどうか確認するためだ。総督とスタンリー卿はその目的のために、一二か月は超えない事業として二五〇〇ポンドの予算を承認してくれた。

もしもそのような高地が本当に存在するなら、その北にあるものはすべて必然的にまだ発見されていない流域へ流れ込むに違いない。広大な内陸海へ。

四月七日

今日の標語。「努力せよ、そして負担は軽んぜよ」我々は見張りを立て、一同に警戒の必要性を銘記させた。それに、この旅の前途にある危険のことも。明日、我々は南部の流域を後にして、初の真に手ごわい地域に足を踏み入れる。先住民は我々が休息している場所を「死者の平原」と呼んでいる。一同の士気は高く、動物たちは健康だ。興奮しすぎて眠れず、夜更かししている私の頭のなかには無数のちょっとした用事がひしめき、そしてこのまことに奇妙な国に驚嘆している。ここでは、天球さえもが逆さまなのだ。

四月八日

子供の頃でさえ、私は自分の『子供地図帳』のオーストラリアの地図に、中央の空白部分を覆うように手を置いていた。我々のもっとも大きな都市でさえ、広大な未知の土地の最南端と最東端に位置する小さな点でしかない。忍耐力も才覚もある者たちが、あの人里離れた、ひずんだ形の広大な地域を通り抜けるのに失敗してきた。ストウィッツはパースへ抜けようと考えて北東岸から出発し、探検隊もろとも、二度と消息は知れないままとなった。あの地域全体が砂漠によって頑なに守られているようで、自然が意図的に文明人を入れまいとしていると思いたくなりそうだ。

ブラウンは私のテントのなかでこっそり、総督の命令は内陸海のことには何も触れていない、と指摘した。私の父も経費のリストからボートを外そうとした。ブラウンも同じく、広大な中心部はそっくりそのまま荒涼たる砂漠だとわかる可能性が高いと思っている。だが私はホエールボートの費用を自分の資金から支払った。探検家たちは西へ流れる無数の川を記録しており、そのどれひとつとして南の大洋に流れ込んではいない。船の通れる入口があるに違いない広大な海ないしは湖がなければ、これらの水はどこへ行くのだ？　この大陸はボウルのような形状になっているのではないかと私は思っている。縁が高くて中央がくぼんだ、もっともくぼんだ部分には水が満たされている可能性が高いボウルだ。「ボウルねえ」私の考えのあらましを説明すると、ブラウンはちょっとうんざりした声でそう言った。

それに、考えてみてくれ、もしその海がどこかの海峡を通って北側の海に流れ込んでいたら、と私は彼に気づかせた。「ビードル海」彼は、可愛くてたまらない子供を甘やかしているような顔でにっこりとした。私たちはいっしょに、勅許状や、たいしたものではないさまざまな地図の束をくり直しているところだった。「ブラウン海峡」と私は付け加えた、彼がにっこりするのをもう一度見るために。

四月一〇日

ブラウンもまた、父親との関係はうまくいっていない。ブラウンがまだ子供だった頃、父親が穀物投資でしくじったために、一家は財産をほとんどなくしてしまったのだ。面接の際、彼は心の面でも金銭面でも両親からはほとんど恩恵を受けていないと認めた。それにもかかわらず、彼はけっして取るに足りなくはない青年となった。彼は我々のグループに芸術家の精神とズアーブ兵の機知機略をもたらしてくれる。それに、背教者の懐疑主義をも。幹部が集まっての夕食の席で、我々の持つさまざまな長所が互いに影響し合って全体として良い効果をもたらす例を、私は挙げてみせた。ヒルは、と私は指摘した、治療の技術のほかに、物腰が洗練されていて品格があり、繊細な気質だ。マンダー＝ジョーンズには科学者らしい正確さと秩序への愛がある。我々の長所が集まれば、ひとりの理想的な探検家になる、と私は述べた。「満たされない大望を抱いた」とブラウンが付け加えた。話し合いのちょっとあとで、ひとりが、マンダー＝ジョーンズの報告によると非常に珍しい野生の新種のモズを撃った。

四月一三日

今日の標語。「恋はため息と涙でできている、信じる気持ちと奉仕でできている」そこそこの大きさの干上がった川床を「ビール・クリーク」と命名し、測量の労に報いる。ハマアカザがたっぷり生えていて、馬が喜んで食べる。小型の淡黄褐色のカンガルーがいて、犬どもが四匹殺した。

地平線を遮ったり、前方の低木の海に変化を与える高くなっている部分は一切ない。最初は改善の気配が現れそうなのだが、またも荒野だ。夕食のとき、ブラウンが、総督にしろスタンリー卿にしろ、ホエールボートのことは知っているのかと訊ねた。嬉しいことにお二人は、私自身にも私の決めたことにも全幅の信頼を置くと明言してくれている、と私は答えた。カッペイジは、馬に乗り降りする際に痛みがひどいと言っている。我が隊の火器係が自分を撃つとは好ましくない兆しだとブラウンは考えている。

四月一四日
太陽は一日じゅう、垂れ込める雲の向こうから照りつけ、おかげできつい日差しが幾分遮られた。何匹かの甲虫類の昆虫以外何もいない。「カブトムシ」とブラウンが私の言葉をちょっと不機嫌に訂正する。キャンプ設営のあと、四つか五つののろしを見た。どうやら先住民たちは我々が来るまえに撤退しているようだ。

四月一六日
以前に文明が存在した痕跡はまったくない。矢じりひとつ、石器ひとつ、料理した火の痕さえない。すべてが、遥か昔からの無気力がずっと継続していることを示唆している。一種のトランス状態が漂っている。

四月一七日
この荒野の只中で、我々は異様な集まりのなかへ踏み込んだ。白人の男が五人、地面に座って泣いていた。彼らは必要な物はじゅうぶん持っているようだったし、怪我もしていなかった。彼らに嘆きの原因を説明させることはどうしてもできない。しまいに我々は先へ進むしかなかった。コックのパーディーはとりわけ、この出来事に動揺している。

四月二〇日

進路の状況はこれまでよりましになり、旅程がはかどっている。自生の小麦とライ麦を発見、それに窪地で家畜が非常に好む紫のベッチを見つける。全域が完全に球形の石で覆われた平原を横切る。明らかに水の作用によるものだ。平原がかつて——あるいは今でも——海の底だったときの。

ときおり、前方の土地がテーブルのように平らなことがある。鳥類は素晴らしい。珊瑚のような目のトキ、ぎょっとするような爪を立て、立腹した巨大なニワトリのように大股で歩き回るエミュー。上昇気流に乗って輪を描き、どんどん高度を上げるオリーブグリーンと黄色のモズ。マンダー＝ジョーンズが「ハトの腹話術師」と呼ぶ、喉をまったく動かさずに遠い地平線から聞こえてくるような鳴き声をあげる鳥。我々は可能なかぎりノートを取り、標本を集めている。我々は皆、これまでの人生と決別してきたかのような浮き立った気分を感じている。カッペイジが寝込んでいるなか、マックはハト撃ちで並外れた成功をおさめた。今日の標語。「この世界を見回せ！　何が自分のためになるのかわかっている者がいかに少ないことか、あるいはわかっていても追求する者が」

四月二一日

むっとして湿度が高く、体じゅうが絶えずべとべとし、無数の虫が湧いてくる。マンダー＝ジョーンズは帽子に入っていたムカデに頭皮を咬まれた。犬どもが、我々の後をついてきた何か立派な標本になりそうなものを殺したのだが、続く小競り合いで頭を引きちぎってしまった。午前中は雨がしとしと降っていた。

四月二二日

まだ五歳になっていなかった頃、と聞かされているのだが、私は片時も手放せないほど大好きな脚のない馬を紐で引きずり回していた。哀れな馬は弾んだり転んだり、この上なく痛ましい有様だったと記憶している。馬がどこから来たのか誰も知らなかった。マツ材を彫ったもので、青いサドルが描かれていた。口はあったが目はなかった。眠るときもいっしょで、マイ・キャプテンという、そんなものに多少なりとも気を留める人が困惑するような名前を付けていた。

四月二三日

ハエに悩まされ、それに雨のせいでデスアダーその他の蛇が出てきている。恐ろしい顎を持つ二〇センチのムカデ、恐れ知らずの、ネズミほどもあるサソリ、いたるところにいる人を刺すアリ。一同は移動を続けるのを喜ぶ。

幹部の夕食の折、ブラウンは携行している水の大樽の数（二つ）のことでまた不満を述べた。彼の考えでは甚だしく不十分なのだ。彼は、この国を熟知している人々からしてはならないとはっきり忠告されたことを我々はやっているのだ、ということを一同に思い出させた。後方との連絡手段も、この先の旅路の地図もなしで旅をすること。彼の頼もしい慎重さはしかるべく記録された。この点に関して我々が一致していることを示すために、私は昨日の標語を彼に引用して聞かせた。こういうものだ。「一分一分を大切にせよ、そうすれば、一時間一時間は自ずとなんとかなるものだ」

強い風が吹くあいだ、犬は窪地に避難して、ほとんど意味もなくくんくん鳴いたり吠えたりしている。

四月二四日

ついに数人の原住民。小さなグループだ。男二人、女四人、それに子供数人。彼らは砂丘の上に野営して、我々が近づくのを見守っていた。子供たちはひどく怯えていて、フクロネズミのように母親にしがみついていた。大人たちは細くて非常に強靭で頑丈そうだったが、前歯が欠けているのが見受けられた。我々が眺めるなかで、彼らは熱い砂そのもののなかでネズミを何匹か料理して、それから毛皮も内臓も何もかもぜんぶ、歯で尻尾を食いちぎって貪り食ってしまった。マレー原住民の語彙の知識はあったのだが、そのひと言たりとも彼らには通じなかった。我々が身振りでどこから水を得ているのかと訊ねると、彼らは、雨に頼っているのだと答えた。両手を上げてからさっと下ろし、その間指をひらひらさせて表現したのだ。それから彼らは我々の行く手を指差して、きっぱりと首を振った。

彼らは我々の出現にすっかり魅せられていたが、一部の者は確かに見物なのだ。大きなバカニーア帽をかぶったマベルリー、顔に一風変わった傷のあるビール。汚らしい顎鬚を生やしたマンダー＝ジョーンズ。それにヒルのメガネはひどく小さいので、私はいつもあれでよくちゃんと見えるものだと思う。一同のなかでただひとり以前先住民の本拠地で彼らに会っていたパーディーは、我々がまた動き始めてから、彼らはヨーロッパ人のことを、墓から戻ってきた黒人が幽霊という新たな立場のために白くなっているのだと信じている、と我々に教えた。
彼らの水汲み場の水を調べてみたところ、四二・一度だった。今夜は犬が、風が吹いてくる方角に向かって吠えている。一頭の馬が備品の上にあったムアハウスの銃を蹴飛ばしてばらばらにしてしまった。ヒルは私の時計を壊した。

四月二七日
ひどい道中だ。これで三日間、我々の進む道は、水は明らかに引いてしまい、表面は太陽に照らされて深い亀裂が入った、不快極まるひどい大地に伸びている。荷車の車輪が穴に落ち込むたびに動物たちがひどく動揺する。我々が進む両側には玄武岩と鉄鉱石が大きく隆起している。風雨に晒されて丸くなっているものは何もなさそうだ。角という角はすべてカミソリのように鋭く見える。足元にはユーライトがたくさんある。謎めいた円柱状のものが西に向かって並んでいる。ほとんど見渡すかぎり農耕に適した土地はないようだ。昨日の気温は摂氏四四度まで上がった。今朝は三度まで下がった。我々は、夜はフランネルのズボンと厚手のロングコートを着て身を寄せ合う。日中は暑さに参る。いったい原住民は、あんな暑さにも寒さにもなんの備えもない状態で、どうやってこんな両極端に耐えられるのだろう?
カッペイジは今ではほとんど持ち上げたり運んだりはできない。傷が化膿しているのかもしれないとヒルは心配している。

五月一日

今日は事故ばかりだ。ムアハウスの荷車の車軸が折れ、グールドの荷車は後輪が壊れた。この土地はますますだだっぴろく、その性質は剣呑になっている。亀裂があまりにひどいので、荷車を御している者は座席から放り出される。マベルリーはホエールボートをじつに慎重に扱ってくれている。ボートについては、すぐにでも必要となる可能性のことを考えて、私は当然のことながら神経質だ。北も北西も元気づけられるような見込みはまったくない。

石膏と黒泥からなる、乾いた塩をふいた奇妙なラグーンで、犬が一匹いなくなった——呑み込まれたのだ。仲間の犬たちは悲しみと動揺とでヒステリックになった。この場所に至る道はじつに気持ち悪くふわふわしていた。風が我々の背後の平地にラグーンの塩を煙のように吹きつける。いちばん良い荷馬のオールド・フィッツの後脚近くに、腫れ物ができている。

五月二日

動物たちを一日休ませ、荷車を修理するために停止する。干上がった川床に白いゼニアオイが幾らかあり、グールドが馬に与える。川のもっと近くに縞模様で苦みのある果実の付いた植物がある。おそらくある種のキュウリなのだろう。

ハエには悩まされる。前方の道を望遠鏡を使って検討しようとセイヨウツゲの木に登る。ハエが遮り、接眼レンズを塞ぐ。アリに襲われる。アリに噛まれるとひと晩じゅうひどい日焼けみたいにずきずきする。

五月五日

雄牛の鼻づらを荷車に結わえて早めに出発できるようにしておけと私は指示している。今朝の六時半の温度計は三九度だ。しだいに、我々が遭遇する植物は恐ろしいトゲのある別種のアトリプレクスだけになっている。今日、先発隊が発見できた唯一の水は浅い水溜りで、微小動物がうようよしていて飲むには適さないものだった。

夜には夥しい虫。日中はハエ。外で方角を見定めていようが、溝で水を探していようが、テントのなかにいようが、どこも同じだ。我々の動きを観察していて、こちらの手が塞がったとたん、顔に群がってくる。

五月一二日

新たな苦行。我々はさまざまな低木や岩を後にして、波の列のように互いに連なる膨大な砂の隆起に出くわした。登って降りても、またつぎのやつが待ち構えているだけなのだ。うんと小さな傘の形をした低木だけがそこここで目に入るが、激しい地表熱のために低い枝は枯れ果てている。隆起は一八メートルから二〇メートルくらいの高さで、強風のなかの大波のように切り立っている。どうやら北西の方角に向かって何キロも続いているようだ。万一その方角で水域が見つかるとしたら、ホエールボートを積んだ荷車をどうやってそこまで進ませたものか、途方に暮れてしまう。

とはいえ、その隆起が示している規則性は、波にしか作り出せるはずのないものだ。ということはつまり、我々が苦労させられている土地はそれほど遠くない昔は海底だったということだ。「おいおい、やめてくれよ」私がそう言うと、ブラウンは答えた。まだ一日はこれからだというのに、彼の帽子は汗でぐっしょり濡れていた。

五月一九日

あきれ返るほど苦労の多い一週間。荷物を満載した荷車は砂に深く沈み込み、体が熱くなりすぎた雄牛は、立ち止まってはそのまま何分間も一切の努力をしなくなる。毎日焼けつくように暑く、動物たちはひどく苦しんでいる。今日は羊たちがぴたっと止まって梃でも動かなくなり、犬や馬はなんとか陰になりそうなところを求めて荷車の横や下に群がり、夕方までそのままでいた。

風も旋風もすべてオーブン並みの熱さだ。馬は我々が予想した以上に参っている。ここ二日ばかり隆起を覆い始めたスピニフェクスに、脚をさんざん刺されている。キャプテンも栗毛も二頭とも水洟を垂らしていて、私は馬鼻疽じゃないかと心配したのだが、グールドの報告ではよくなってきているらしい。私は背中と胸に見苦しい発疹ができている。隊員たちは不眠と爛れ目を訴える。今夕の日没時、太陽と反対側の地平線に広がった超自然的な青の靄《もや》のことが話題になった。おそらく屈折の作用だろう。

私は他の幹部たちの幾人かと驚くほど苛烈な論争をしてきた。内陸部には、慎重に計画を立てることによってのみ到達でき、この上軽率に事を運べばさらなる苦境に陥ることになると、私はこれまで以上に確信している。目下、通常ブラウンが指揮する先発隊が、三〇から五〇キロ先を馬で偵察している。ブラウンもマンダー゠ジョーンズも、夏が来るまでにあと四、五か月しかないのに、こんなゆっくりしたペースを維持してはいられないと考えている。

この先の試練に自分が怯《ひる》まないでいられることを私は願っている。よりいっそうの極限状態に直面しなくてはならない日が来るかもしれないが、自分が遭遇しそうなものについてほんのわずかしかわかっていないからといって、ぐらついたりすることなく向き合えるものと信じている。

五月二二日

カッペイジは発熱して寝込んでいる。彼のためにホエールボートのなかに快適な寝床が設えられている。先発隊が水を探しているあいだ、数日間動かずにいる。私はホエールボートに備品を取り付けペンキを塗るよう指示した。

気の毒なカッペイジの苦しみに対して驚異的な治療手腕を発揮しているヒルは、まさに小説に出てくる若きヒーローのようだ。公正で、男らしく、しきりに先へ進みたがる。彼は外科医として働いていたが、あまり意に適った仕事ではなかった。彼の真の情熱は天文学にあり、彼の方向感覚はまさに直観的なもので、北部沿岸のどこかのジャングルで、たったひとりで問題なく切り抜けられたほどだ。それに、彼ほど妬み心のない男はほとんどいない。

アデレードじゅうの人々が、この探検隊にヒルを加えた私の選択に賛成しているように思えた。そしてほぼ同程度にブラウンを選んだことを遺憾に思っているらしかった。奥地の原住民の本能と大胆不敵さと、そして自分の立場を超えた判断力を持つこの男は、アデレードでは悪評ふんぷんたる飲んだくれだ。ヒルは当初こっそりと、私があえてあんな男を隊に加えたことに驚きの念を表明したし、父もまた強い疑念を述べた。だが、この荒野では、これ以上注意深くて役に立つ部下はいない。彼はどうも個人的に私を慕ってくれているようで、この偉業を成し遂げるチャンスが、彼のこれからの人生に決定的な影響を及ぼすことになるのではないかという熱い思いを私は抱いている。

五月二八日

また進み始める。今日の標語は「良識に繋がる経験を求めよ、それが人間にとっては恵みなのだ」登るのは骨が折れ、頂上で見えるものから報いは得られない。

なおも、この季節らしい涼しさはほとんどない。空気が非常に希薄で、ほとんど息ができない。太陽が瞬く間にすべてを乾燥させるので、やっと見つけた幾つかの水溜りの水が減っていくのが観察できそうなくらいだ。あとどのくらいで背後の水溜りがなくなり、先へ進めなくなるのか、知りようがない。動物が一切見当たらないことが、我々の周囲と前方に広がる土地の凄まじい不毛さをはっきりと証明している。我々は今や荒野の只中で孤立している。北西から顔に吹きつけてくる風は鍛冶屋の加熱炉のような熱さだ。奮闘しているにもかかわらず誰の皮膚にも湿り気は一切ない。もしかしたら目下我々をひどく苦しめている激しい頭痛もこれに関連しているのかもしれない。

五月二九日

抜け出そうとしているのかどんどん嵌まり込もうとしているのかもわからずに、一日じゅう進み続ける。我々はどう見ても途方に暮れている。今朝早く、トビが我々の存在に戸惑って頭上を舞っていた。

六月二日

テントで疲れを回復。夕食は干し牛肉を少々。ブラウンは我々に隊が危険な状況にいることを思い出させ、ごく小さな過ちでも命取りになると釘を刺した。ここは立ち止まっている暇のない土地だ。

彼はさらに、もっとも恐ろしいのは前進よりも退却だと指摘する。

六月三日

動かず。オールド・フィッツは今や使い物にならない。何人かがベーコンを調べている。今日の標語。「心地よさについては、誰も口にしてはならない」地上の熱気は凄まじく、拾い上げた石を持っていられない。

六月四日

動かず。

六月五日

また停止。隊員たちは屈むと眩暈がするとこぼす。雄牛は疲れきっている。砂が熱すぎて、哀れな動物たちは土中のひんやり感を求めて表土を払いのける。ヒルの靴は甲の革が焼け落ちてしまった。グールドの背中はひどい火ぶくれだ。犬は足の肉球がなくなっている。原住民だってたぶん真夏にこの砂漠を歩くことはできないだろう。今でさえ、雄牛の軛《くびき》が熱くなりすぎて手で扱えない。足はあぶみから出して乗る、金具が熱すぎるからだ。マンダー＝ジョーンズの高精度時計は止まってしまった。鵞ペンはもはや使えない、インクが瞬く間に乾いてしまうのだ。日の当たるところは五九度だ。

何時間もとぼとぼとなんの変化もない道中、そして常に、翌朝目を覚ましてもさらにまた同じことだとわかっている！　こうして無気力に動きながら、我々はほぼ完全に沈黙している。昏睡状態のように馬に乗っている。たとえ小さな目的でも成し遂げると達成感がある、かくも広大な空間で意識を集中できる対象となる。

六月九日
水を入れる大樽の不足は悔やんでも悔やみきれない。この国を今後探検するすべての隊に、大樽は必要不可欠であると強く提言したい。毎朝地平線が黄色くなっているのだが、今や我々には、それが午後の絶えられない熱気が確実にやってくるしるしだとわかっている。

六月一二日
我々は「礫砂漠」としか呼びようがないところへやってきた。ひと目見るなり、全員が息を呑んだ。これまで通ってきたところ以上に意気消沈させられる。見渡すかぎり草木は一本もない。白い石英の混じった岩の塊が割れて無数のかけらとなっている。荒廃と荒涼が目の届くかぎり果てしのない平原となって広がっている。コックのパーディーはこの光景に荷車の席から聞き取れるほどの泣き声をあげた。隊員の幾人かが笑った。
地表はダイヤのように硬く、馬の蹄鉄の下で音をたてる。地面は石で厚く覆われているので、荷車の轍《わだち》の痕は残らない。移動距離、二三キロ。

六月一四日
まるで地球そのものに鉄板が取り付けられているみたいだ。馬の蹄は生身のところまで切れてしまう。我々は左右の爆裂音に仰天する。巨大な岩の塊が極端な温度のなかで砕けるのだ。暑さで羊が七頭死んだ。移動距離、一八キロ。

今日は酸化鉄の色を帯びた新たな岩の連なりに出くわし、今や前方の平原は黒紫色がかっている。大地は引き続き馬の蹄鉄にひどい被害を及ぼしており、まるで蠟のようにすり減ってしまう。グールドとマックは頭痛がひどくなったと言っている。隊員たちは関節の痛みを訴え、我々のほとんどが股関節に激しい痛みを覚えている。昨夜月の周囲に大きな輪があったから、十中八九風が吹く予兆だろうとヒルは言っている。ホエールボートは今日初めての事故に見舞われた。岩に当たって船尾床板が剝ぎ取られたのだ。御者のせいではなく私が悪かった。岩に近づいているぞと注意しなかったのだから。すでにぎゅう詰めのところへ、毎日さらに新しい心配事が加わる。

六月一五日

馬に負担をかけないよう、我々は皆歩いている。まったく丸みを帯びていない石は、容赦なく足を痛めつける。グールドはひっきりなしに前額部の極度な痛みを訴える。気の毒なカッペイジは何日もしゃべらず、石が落ちたり砕けたりしてホエールボートが揺れると叫び声をあげるだけだ。ブラウンの馬は粘膜が炎症を起こしている。大樽はどれも空だ。最初の水なしでの休止の際、馬は餌を食べようとせず、代わりに私の周りに集まり、哀れなキャプテンは苦しさのあまり私の帽子を歯で引っ張って注意を引こうとした。停止を命じ、ムアハウスに西側の隆起の見晴らしのいい地点から北西の隆起までの一帯を偵察してくれと頼んだ。気の毒なことに、彼は一切遮蔽物なしのところを登ったのだった。彼は戻ってきて、これまででもっとも困難な任務だったと述べた。

六月二〇日

峡谷を東へたった五キロ降りたところに、九メートルから一二メートルの幅でほぼ三メートルの深さの水溜りのある一種の自然のオアシスが、モクマオウとマルガの大きな木立の陰にあった。動物たちにたっぷり食事させる。神意によって我々は、我々の必要とするものがどれだけのあいだでも与えられそうな唯一の場所へ導かれたのだが、また我々はここで前進するよう励まされているのだ、すぐに禁断の大地となってしまうこの地域を。

今日で我々がアデレードを離れてから六か月になる。あとどのくらい離れていることになるのかは、言いようがない。我々はなおも冬の雨を待っている。この遅れには胸が潰れる思いだ。私は相変わらず、ここから八〇キロかそれ以内のところに内陸海があると確信している。唯一の慰めは、現在の状況はやむを得ないということだ。

六月二七日

いつもの標語を怠っていた。今日のは、「幸せな男はその魂のどこかに一滴の忍耐を見出す」。私は隊の位置を地図にまとめようとしてみたが、この過熱状態のテントでは紙に鉛筆で書くことなど無理だとわかった。隊員たちに地面に深い穴を掘らせている、そこでなら、計算ができるかもしれない。

六月三〇日

ビールは肺疾患だ。昨日は出血したが今日はましになった。マベルリーは肺炎を起こしている。ほとんど全員が鼻血が出ると訴えている。我々は皆壊血病の症状に悩まされている。私の歯茎はひどく腫れているのでお粥も食べられず、口のなかで銅のような嫌な味がし、猛烈な頭痛でいっそうひどい気分だ。症状がひどくならなければいいが、と全員が願っている。さまざまな危険があるにもかかわらず、なんとしてもすぐに動かなくてはならないからだ。我々の食事は不健康だ。何か野菜を採集しなければならない。

カッペイジは今や意識がない。彼を送り返すべきかどうか話し合ったのだが、生きて帰り着くことはないだろうと、ヒルはあえて述べた。同行者も同じだ、とブラウンが険しい顔で付け加えた。彼はつい先頃、汗まみれでへばりそうになっている馬で戻ってきて、我々が後にしてきたあの水飲み場、まだ六日も経っていないあのときには有り余るほどの水があったあそこは、今では底に一切湿り気が残っていないと報告したのだ。我々は今や退路を断たれてしまった。あたかも広大な北極海の浮氷の上にいるかの如く、ここにしっかりと縛り付けられているのだ。

七月一日

気圧計は相変わらず動かない。あれが下がるまで、雨の望みはない。私は紅茶と砂糖の割り当てを減らした。隊員たちは先住民並みに先のことを考えなくなっている。何もしていないと、我々のあいだには苛立ちや不安が募る。約三〇頭の羊が残っている。隊員たちに荷造りさせ、ベーコンとビスケットを調べさせている。ベーコンが詰めてあった麩《ふすま》は、今ではすっかり水気が沁みて、肉より重くなっている。蠟燭は溶けている。髪は伸びなくなった。

七月六日

一般には知られていないことだが、私はここオーストラリアで生まれた。一〇歳になった年に、弟たちと一緒に、母の姉に付き添われてイギリスへ送られた。その後一〇年以上、両親に会うことはなかった。さまざまな親戚のところを転々としたが、常に非常に特権的な生活のごく近くで暮らしてきた。一連の学校で教育を受けたが、どの学校も大嫌いだった。友だちはどこへ行ったんだ？　私の幸せを願ってくれていたあの人は？　私は弟たちを、我が家を探す真夜中の逍遥に連れ出した。弟たちは八歳と七歳で、長く歩かされることにも寒さにも文句を言わなかった。年下のほうのハンフリーは靴を履いていなかった。弟たちの剛毅さに胸を打たれた私は、歩きながら涙ぐんでいた。私たちは農夫に牛乳を乞い、つぎの日の午後、警官に捕まった。

ブラウンも学校が大嫌いだった。神は男子の尻を、ラテン語の習得の手助けになるようにとお作りになったのだ、という校長の言葉を、彼は激しい憤りとともに思い出していた。

七月一二日

ブラウンのことがひどく気にかかる。マンダー＝ジョーンズとヒルも、彼の挙動を心配している。彼は水を拒み、陰になっていないところでいつまでも帽子なしでうずくまっている。彼が頭を働かせていなくてはならないような仕事を与えてみた。黄昏どき、アマツバメが上空を南へ向かって飛んでいった。鳥たちは風に逆らって飛んでいた。

七月二四日

朝から夜まで、同じ太陽。測定の手間が省けるかもしれない。日が沈むと寝具の下にアリが群がる。ハエは夜明けに活発になる。這ったり飛んだりするあらゆる虫が服に充満する。こんなに刺されたり、嚙まれたり、チクチク突かれたりする土地はほかにない。

我々の壊血病はひどくなっている。さらに病状が進めば恐ろしいことになるに違いない、今でさえ、我々はほとんど参ってしまっているのだから。「今日の標語を思いついたぞ」と今朝ブラウンが、穴を掘った部屋の床に横になりながら言った。彼が口を開くのは丸一日ぶりだった。彼は頭をヒルの足に乗せていた。「愛は愚者の知恵、そして賢者の狂気であるということを常に銘記しておくこと」と彼は言った。

「いったい今この状況で、何をうだうだ言ってるんだ？」マンダー＝ジョーンズが私の横から叫んだ。私は彼を制止した。「俺は狂人たちと旅をしているんだ」と彼は思い入れたっぷりに言い、再び沈黙に落ち込んでいった。

隊員たちはホエールボートをひっくり返して日よけの差し掛けにしている。今日は、どちらのシェルターにしろ、計測のために離れようという気があるのは私ただひとりだ。気圧計は普通なら雨を意味するところまで下がっているが、ここでは何を予測すべきかまったくわからない。我々のオアシスの水は目に見えて蒸発している。今では水深たった一二〇センチだ。

八月二〇日
八か月目。真冬だ。日陰では四四度、日向では五四度。馬の蹄の保護されていない端のほうが熱で割れて薄片となる。我々の手の爪も今ではライスペーパーのように脆い。鉛筆からは鉛が抜け落ちる。マックとグールドは殴り合いの喧嘩を始め、グールドがマックの頭を叩き潰してやると脅してようやく鎮まった。昨夜穴のなかで、またもブラウンをしゃべらせることはできなかった。ヒルは果敢にしゃがれ声で話した。マンダー＝ジョーンズは無愛想で打ち解けようとせず、ハエが飛び込むせいで目が爛れている。我々の旅がたまたまもっとも不運な旱魃《かんばつ》の時期と重なっただけ、ということだってあり得ると、私は皆に話した。いくらこの土地でも、八か月で雨が記録された日は二日だけなんてこと、あるはずがない。

グールドの報告によると、キャンプの周りでは今や草が非常に不足していて、もはや馬を繋いでおくことができないという。

どんな企てにしろ、成功するか失敗するかはリーダーで決まる、と私は皆に改めて言った。それに応じてブラウンが身を起こした。彼はひどく腹を立てていながらそれをきちんと言葉にできないでいるようだった。どう見ても調子が悪そうだ。じゅうぶんな水の大樽や壊血病のためのレモンやライムジュースではなくボート用の予備のペンキを持ってくるという私の選択が、我々の企ての性質について雄弁に物語っている、と彼はぶち上げた。で、貴殿によれば、我々の企ての性質とはなんなのでしょうか？　と私は訊ねた。馬鹿馬鹿しさでございますよ、と彼は答えた。くだらなさでございます。お笑い草ですよ。

八月二二日

動揺したのと務めを果たせないのとで気分がすぐれない。ヒルは、慎み深く数時間躊躇してから、隊員各々の責務について指揮することを引き受けてくれた。日没時、西の地平線全体が雲と豪雨とで藍色になった。我々の全員が口を開く気にもなれず、その光景に心を奪われてその宵を過ごした。

戻ってきた私をアデレードの桟橋で迎える父の夢を見た。目覚めると、ブラウンがずっしりしたブーツで私の折り畳みベッドの脚を蹴っていた。今日の標語を思いついた、と彼は告げた。彼は「沼地にひとりのおじいさんがおりました、その物腰は、やくざでがさつでした」と言った。「それは標語じゃない」声が出るようになると、私は彼の後ろからそう声をかけた。彼はもういなくなっていた。

我々はできるかぎりの精力を奮い起こし、雨のところまで行ってその幾分かを回収すべく西北西へ向かう小旅行の準備に一日じゅうかかりきりだった。これが我々の探検旅行の運命を決定することになるだろう。我々は六週間分の食料、大樽ひとつ、それに水を持ち帰るために雄牛の皮を四、五枚持っていく。ブラウンと私が先頭に立ち、ビール、グールド、マックが同行、それに馬七頭と荷車一台も。

九月一二日

三週間経過。八月二三日午前四時に出発した。大樽はほぼ空だ。今日、我々は分別が正当と認めるかぎりの水を馬に与えてからテントを張った。かくも苦しい状況下における馬たちの従順さには胸が引き裂かれるようだ。馬たちは眠ることができず、荷車の周りをとぼとぼ歩いたり、樽の注ぎ口に鼻づらを突っ込もうとしたりしながら、なんとか我慢して夜を過ごしている。我々は目を閉じて見ないふりをする。

九月一六日

水溜り。ブラウンの功績だ。水は濁って新鮮ではないが、ここしばらく見たなかではいちばんましだ。大樽をいっぱいにし、お茶を淹れた。地平線には稲妻が光っている。

九月二一日

我々の体力が幾分回復したようなので、もっとも厳しい食料配給に戻る。馬を使わないようにできるだけ歩く。踵と背中がずきずき痛む。横になると、脱穀機にかけられているような気がする。夏が始まりかけている。温度計は、日中は四九度から五六度のあいだだ。手に持ったマッチが発火する。我々はきっと見物だろうなあと私はブラウンに言った。日に焼けて、服はぼろぼろ、帽子は疾うに汗でよれよれになり、虫に覆われ、それぞれがすり切れた靴であれ、開いた傷口であれ、自分だけの惨めさに浸りきっている。そして喧嘩はほとんどない。この延々と続く果てしない熱気の帯の上では。ブラウンは、私の意見を立証するかのように、返事をしない。

九月三〇日

今朝、我々は私の馬キャプテンに朝食を倍量与えた。元気が出るんじゃないかと期待してのことだったが、駄目だった。哀れな動物は、歩くと言うよりはよろめいていた。深夜、キャプテンは倒れた。我々はもう一度立ち上がらせ、鞍を捨てて進んだ。だが一六〇〇メートル行ったところで馬はまた倒れ、進めなくなった。夜の闇のなかで横に座っていると、馬は息を引き取り、そのあと私はなんとも惨めな気持ちになって、しばらく闇のなかにいた。私は探検隊の残余物を売り出すときに、あの馬を買うつもりでいたのだ、たぶん、ブラウンへのプレゼントとして。

一〇月一〇日

泥混じりの細流しか見つからず、あまりにどろどろで私は飲み込めなかった。ブラウンはお茶にしてなんとか多少飲んだ。カップの縁から流れ落ちる様はクロテッドクリームのようで、馬の鼻づらに粘土のようにこびりついた。馬たちは飲むのを拒否した。ブラウンはその翌日一日じゅう気分が悪かった。

一〇月一二日

ある種の巨大な岩の群れが目下眼前にある。馬たちさえもこの眺めに怖気づいている。私は馬を降り、位置を摑もうと最初の岩に登った。我々の状態とこの気温ではけっしてささいな任務というわけではなかった。ビールが計器を持って同行した。「お役所仕事一日分よりきついですね」下へ戻りながら、彼は言った。

私は返事ができなかった。目の前に広がっていたのは、人間がいまだかつて見たことのないほど恐るべき大地だった。まことに無念な光景で、希望のかけらすら残らないものだった。我々は、手近なところにもっとましな地域があるという見込みはまったく潰《つい》えたという知らせを持って戻らなければならない。こうとわかって、我々は全員、殴られて脳震盪を起こしたかのように熱気のなかでしばし無言で佇んでから、やっと荷車の下の日中の避難場所へ引き上げた。マックとグールドは泣いていた。ブラウンは、茂みにいる虫のようにずっと断続的に鼻歌を歌っていた。何も成し遂げないまま諦めるなんてことができるだろうか？　私は声に出して自分に問いかけた。まるで答えるかのように一頭の馬がくっとつんのめって膝をついた。その後もう誰も口を開かないまま、日が沈むと、向きを変えて来た道を戻った。我々は人の身の忍耐力では克服できない障害に打ち負かされたのだ、と私はこの小隊に言い聞かせた。

我々が到達したもっとも遠い位置の記録は、経度138・5・00、緯度24・30・00、そして、私はじつのところ、これほど絶望的で望みのない荒野をさまよった人間はいないと断言する。この地の性質について、ほかに付け加えるべき報告はない。

一一月一七日

昨日は午前六時にキャンプを設営、食料と水の不足でほとんど参っている。七頭の馬のうち三頭を失い、残る四頭はほぼ使い物にならない。我々は全員、とても克服できそうにない疲労に苦しんでいる。午前の半ばにはシャツのボタンが熱くなりすぎて苦痛なほどだ。身を横たえて眠れる者はほとんどいない。今日の私の眠りのようなあんなわずかなものを眠りと呼べるならばだが。

一一月二〇日

ブラウンは我々が引き返す道に水がどのくらい残っているか確かめようと、なるべくくたびれていない馬でなんとかまた南へ調査に出かけた。彼は今朝戻ってきて、もっとも深くて狭い水路でさえ干上がって久しい、と報告した。その水源がなくなったとしたら、一一キロ以内に水はないということだし、おそらくその向こうにもないだろう。

馬たちはどうしようもなくなっている。あるだけの草は足元で粉々になって散っていく。最後の雄羊が暈倒病《うんとう》になり、ビールは殺せと命じた。

午前中ずっと吹いていた北東からの旋風が強まって、炎熱地獄のような強風となった。焼けつくような熱気があまりに破壊的なので、木々そのものが発火するんじゃないかと思えるほどだ。生あるものもないものもすべてが、その前に屈服する。馬は日差しに背を向けて鼻づらを地面に向け、頭を持ち上げる力もない。羊と犬は荷車の下に身を寄せ合っている。温度計の一本が、六九度まで上昇して、破裂した。これまでこの地上でいかなる旅行者も記録する羽目になったことのない状況だと思う。

一一月二四日

私の意図するところに反対の一派が、今や、苦境から救われるのではないかと期待して南へ進もうとしている。ブラウンがこのことを報告してきた。それで、その一派というのはどういうメンバーなんだ？　厳めしい表情に見えることを願いながら彼を見つめつつ、私はしゃがれ声で訊ねた。ビール、と彼は答えた。ハミルトンとマベルリー。グールド。カッペイジ。パーディー。マックとムアハウス。そしてマンダー＝ジョーンズがリーダーだ。

「それじゃ、ヒルと君を除いて全員じゃないか」と私は言った。

彼はそうだと答えた。

「カッペイジは意識がないぞ」と私は彼に思い出させた。

「マックいわく、やつがカッペイジを代弁しているんだそうだ」と彼は告げた。

私は彼自身の立場を訊ねた。君も南へ行くのか？
「僕はそっちへ行ってきたばかりだ」と彼は答えた。
私はその一派を集め、いきり立つことなく皆に話しかけた。私は自分が見たものについて述べることしかできない、と私は語った。そして、私は常に道理を受け入れている、と。だが、目下のところ我々の南側には、少なくとも雨が戻ってくるまではなんの希望もないと確信している、と話したのだ。

彼らは残っている雄牛をぜんぶ殺し、皮をなめして水を運べるよう縫い合わせた。彼らは大樽をひとつ持っていき、ひとつは残してくれる。荷車一台にカッペイジだけ乗せ、それに水と、干し牛肉と粉を積んで。ハエに刺されてほとんど目が見えないマンダー＝ジョーンズが、それにもかかわらず隊長だ。彼は私と話すことを一切拒否した。標本や記録をどうするつもりだ、と彼に訊ねてから、意地の悪い質問だったと後悔した。

一二月一日
彼らは行ってしまった。残された犬たちはキャンプを出て追いかけていった。

一二月二日
ヒルは牛肉でシチューを作った。最後の瞬間に、ブラウンは驚くほどの激情をほとばしらせて反逆者たちの出立を阻止しようとした。今、彼は以前よりもいっそう自分のなかに引きこもってしまったように思える。「彼らにチャンスはあると思うか？」数時間後、彼にシチューを渡しながらヒルが小声で訊ねるのを私は小耳に挟んだ。彼がどんなふうに答えたにしろ、哀れにもヒルは料理の火のほうへ戻ると泣いていた。

一二月五日

突風が残っていたテントを押し潰し、掘ってあった穴を覆う帆布を引き剝がした。私の紙はなくなった。残っていた必需品は散乱している。私は六分儀と鵞ペンを二本見つけた。

天候は相変わらず地獄のようだ。北や東から強風が容赦なく吹きつける。ハエも容赦がない。こんな天候を当てにするとは、人間の洞察力なんてろくなものではない。我々は皆関節のずきずきする痛みに悩んでいる。私の歯茎は今ではひどく腫れている。ヒルは下腿の筋肉が激しく攣《つ》るので立てない。

我々は先住民のように無目的に座り込んで互いの目を見つめ合いながら、最悪に対する心構えをしている。仲間たちのことを考えるときだけ、私は後悔する。父の好きな標語のひとつは常に、人生は無価値だが、善行をなすことは価値がある、だった。「なら、彼にとって人生は無価値だったと結論を下さざるを得ないな」以前、父親について話していたとき、ブラウンはそう言った。

一二月一一日

我々は痛みを感じているが、それがなんなのかわからない。ブラウンはひとりゆったりした気分に浸りきって反応しなくなってきた。彼はヒトデやウミシダのことを話す。もしも彼が倒れたらどうしたらいいだろう。彼は常に、ひとつの場所からべつの場所へと人生に押し流されていくタイプの人間だった。有能な否定派、心優しいオーストラリア人が「負け犬《ノー・ホーパー》」と呼ぶタイプだった。

一二月二三日―二四日

ヒルが歩けなくなった。ブラウンと私は東にあるまだ調べていない小渓谷を調査しようと決めた。彼はそこで起こった大洪水や溺れた家畜のことを口にする。ヒルはあの小さなメガネ越しに憐れみの眼差しを彼に向ける。じっとしていると痛みはまったく感じないとヒルは言う。彼のふくらはぎや腿の皮膚は真っ黒で、変色は上のほうへと広がっている。

馬はひと晩じゅう涸れ谷を先に立って歩き、我々はその後をのろのろついていった。箱のように切り立った崖に挟まれた小さめの峡谷のようなところで夜明けを迎え、少なくとも日差しからは守られていた。それからブラウンは眠り、私はできるかぎり探索してみた。そこはとてつもない場所で、我々の内陸海の存在を明白に示していた。海洋生物の化石やシロアリの塚のように見える礫岩があった。奇妙な海底植物や魚のヒレの名残がはっきり見分けられた。さまざまな奇怪な形状、そして大いなる静けさ。ブラウンに見せてやろうと起こした。二人で、その光景に涙ぐんだ。「ビードル海だ」目を覚ましてそれを見た彼はそう呟いた。「いや、いや、ブラウン海だ」と私は答え、彼の頭を抱きかかえたが、そのときにはもう、彼はまた眠っていた。

私は彼の隣に横になり、彼がいてくれることを有難く思った。彼はいつも私の判断に懐疑的だったが、ヘマをやらかしても私の指導力には価値があると思ってくれた。私たちが数時間後に目を覚ますと、馬はいなくなっていて、黄昏が迫っていた。さらに眠り、ブラウンは半分意識のない状態で、何やらちょっとした仕草をしていた。まるで、心の黄昏に、幼児の諦念に覆い隠されていくかのようだった。夜明け近くに、東から月が昇り、太陽がそれに続き、私たち二人を温めた。友が逝ってどのくらい経っていたのかは、わからなかった。私は彼の体に回していた両腕を外して立ち上がり、それから身を翻して泣いた。彼の横にしゃがみ込んだ。太陽が完全に頭上に姿を現すと、燧石《すいせき》があったので、彼が横たわる傍らの岩の表面に「J・A・ブラウン　S・A・E　一八四〇年一二月二五日」と記した。私は背中を彼の体側にもたせかけて、そのあと丸一日座っていた。日没時に水をちょっと飲んだだけだった。青い月の光のなかで、星々は数が増えてぐるぐる回っているように見えた。不満と自己正当化の気持ちでいっぱいになって上空をじっと見つめた。ちゃんと正当な扱いをしてくれ、と叫んだ。峡谷の崖が返事を返してきた。月光のなかで、崖は青色に輝いていた。大きな湾で水がバシャバシャはねる音が聞こえた。人智を超えた、なんの夢とも言いがたい夢を見ているのはわかっていた。風が強くなってきた。耳には音が満ちていた。砂嵐の闇が峡谷の縁にマントのように覆いかぶさった。風の力で友は横向きになった。風の力で私の顔は岩のほうを向いた。奇妙な幻が見えた。ミミズのように、らせん状になっている。幾つもの恐ろしい顔だ。目が砂で塞がれる。目が、その必要とするあらゆるもので満たされることを私は願った。喉が、峡谷の縁から注ぎ込まれるものでいっぱいになるあいだに。そして心が、そのほかのすべてで満たされるあいだに。

俺のアイスキュロス

私はエレウシスのエウリポリオーンの息子アイスキュロス、兄とともに今日、同胞と肩を並べて侵略者が上陸してくるのを迎え撃ち、海に追い返すべくやってきた。我々は六日間、マラトンの平野のヘラクレス神域で休息をとりながら待ち構えている。湾の海岸線の半分はメディア人の艦隊に埋め尽くされ、彼らの船は八尋《やひろ》の水深に錨を下ろしているのだが。私たちの誰も見たことがないほど大勢の武装兵が大湿地の前にどんどん集結している。指揮官を指す彼らの言葉は「軍勢を率いる者」という意味なのだと我々は教えられている。

湿地の東の端には湖があるので、彼らはそこで馬に水を飲ませることができる。その湖から小川が海に流れ込んでいる。湖を出たあたりではじゅうぶん家畜に飲ませられる真水だが、河口では塩気が混じり、海水魚がたくさんいる。

我が兄キュネゲイロスほど私のことをよくわかっている人間がいるだろうか？　あれ以上私に気を配ってくれる人間がいただろうか？　あれほど激しく私に失望する人間がいただろうか？　家庭内であれ以上恐ろしい存在がいただろうか？

私を仕込んだのは誰だ？　私の独立心を摘み取ったのは誰だ？　私を黙らせたのは誰だ？　私を英知の道に踏み込ませておいて、その知識が苦しみに繋がることを教えたのは誰だ？　ただ単にそうできるからといって、頑丈な手で私の頭皮にこんな傷をつけたのは誰だ？

我々は六日間、装具を点検し、再点検しながら、怠け者や噂話を避けていた。兄は私に、自分の軍医道具に興味を持たせようとした。ほら、こうやって腸線の糸を付けた針を使うんだ。ほら、こうやって細い先端を握って矢じりを引き抜くんだ、刃先とは反対のほうに。戦場における手術で命を救うことができるのだなどと、ことさらに聞かされる必要はない。昨日、私は兄を喜ばせようと、練習として牛皮を縫い合わせた。

我々はパレーネーを夜通し行軍し、ペリコス山の裾を回って南東へ進み、明け方、この平原に着いた。木々はなく、放牧用の休閑地にされているこの平原は、名前の由来となっている野生のフェンネルがにおう。

体じゅうが痛い。一か月まえに捻挫した兄は、急な下り坂でそれが悪化した。私は四四で兄は四九だ。我々はもはや若くはない。二人とも家族持ちだ。

我が国の状況は、我々の理解しているところではつぎのようなものだ。ペルシア軍は、我々がイオニアの反乱を援助したこと、サルディスのペルシア要塞が焼け落ちたことに反応してやってきた。ペルシア軍はメディア、サカイ、エチオピア、エジプト、ダキア、スキュティア、バクトリア、イリュリア、テッサリア、インドの連合軍を引き連れている。軍勢はロードス島、コス島、サモス島、ナクソス島、パロス島、カリストス、エレトリアを、それぞれ征服しながら迫ってきた。艦隊は入港する先々のどこでも人質と重装歩兵を要求しては手に入れてきた。軍勢は夥しい数にのぼるため、地元の農夫たちによると下船するだけで九日かかったという。

我々はエレウシス市区の者で、アイアンティス部族、そして我らが将軍の命により戦闘隊形を組むときには右翼という名誉ある位置に就く。肩の向こうは海だ。他のアッティカ市区や同盟国の者たちと侵略者に向き合う我々の隊列は、長さはじゅうぶんだが厚みは不十分だ。指揮官たちはそれを「スープを引き伸ばす」と称している。我々は皆それを、静かなアイロニーを込めて、「我らが挑戦」と呼んでいる。


私は、覚え込んでしまっている言葉や新しい見たことのない言葉と繋がっている。私の頭は常に恐ろしくごった返した十字路、やってくる嬉しいこと、悲しいことでお祭り騒ぎだ。子供の頃、夜が明けるまでのあいだに、神は私に言葉という来訪者をお遣わしになった。私は兄に話した。あの頃はまだ、私は兄のお気に入りだったのだ。私は鉄筆と蠟板を寝台脇の手の届くところに置いておいた。朝になると、母にも見せた。解き放たれた、とか、翼のある、とかいった言葉を。タルタロスのような、という言葉に母が動揺し、私にはわけがわからなかったのを覚えている。

「こんな言葉、どこから拾ってきたの？」と母は訊ねた。「誰から聞いたの？」

「キュネゲイロス」と私はいつも答えた。それで母は、こういった言葉は兄の口から出たものだと考えた。兄が最初にそれを否定したとき――私は一〇歳、兄は一五歳だった――父は兄を打った。言葉のなかには明らかに不敬なものがあったのだ。

「言葉のことは俺に言え」あとで、背中の処置を手伝っているときに、兄はそう言った。「親には言うな」私たちはキツネノテブクロとギシギシを摘んで擂粉木《すりこぎ》で潰し、私はそれを兄の手の届かないミミズ腫れに塗り付けた。

　私が話すことに兄は懸念を示した。ほかにも何か予兆とかしるしといったことに気づかなかったかと、私に問いただした。私が自分自身とだけしゃべっている場合にどうすればそれがわかるか、教えてくれた。私は兄が新たに責任を負うべき存在となった。兄はそれに打ち込んだ、兄の苛立ちは明らかだった。

　それでも、私はやめなかった。毎朝、我が家の薬草園を散策しては、恥辱とかダイアドといった言葉を走り書きした。兄はその意味を説明してくれた。もうひとりの兄アナクレオンや父が近くにいると、私たちはそれぞれのなすべきことをした。言葉のことは私たちの秘密だった。

「誰がこういう言葉をお前に教えるんだ？」

　だが、また二人だけになると、兄は訊ねるのだった。「誰がこういう言葉をお前に教えるんだ？」わからない、と私は答えた。どこで聞いてくるんだ？　と兄は問いただした。頭のなかで、と私は説明した。すると兄は指で自分の額をぎゅっと押さえた。

　そういう言葉がやってくるときはどんな気分なのかと聞かれたこともある。私にはわからなかった。声が聞こえるのか、それとも頭のなかで言葉が見えるのか？　わからない。

　すると兄は私の蠟板を割り、一週間私に腹を立てていた。私は恐ろしかった。そして嬉しかった。もしかしたら、自分は間違った道を突き進んでいるのかもしれない、と私は思った。今でも、どこから来た言葉は相変わらずずらりと並んで、私に反抗したり従ったりし、その混乱のまま世へ流れ出し、そして私は褒美に月桂冠を貰う。だがあの頃は、私は我が家を見下ろす丘でひとり、ああいったしるしの意味は読み取れないとしても、少なくとも私の世界について何かを学ぶことはできる、と自分に言い聞かせていた。

アナクレオンも私の奇妙なところに目をつけていたが、より敵意を抱いていた。この兄は第一子で、八歳年長だった。私は通常、自分には理解のある兄とそうじゃない兄がいると考えていたのだが、キュネゲイロスが腹を立てていた一週間は、ひとりで歩き回りながら、あとで、兄がまた口をきいてくれるようになったら訊ねてみようと、さまざまなしるしを集めていた。殺到してくる声のような稜線に吹く風や、主根でも繰り返されるポプラの樹皮の模様。やっと兄との仲が元に戻ると、私は訊いてみた。私が人と異なっているのは選ばれた者ということなのだろうか、それともものけ者ということなのだろうか？　思い上がるな、と兄から平手打ちを食わされた。私はしつこく言い募ることはせず、行動しよう、そして内なる精神には外の影を追わせておこうと決めた。兄に髪を、兄の言う古代ドリス風なる形に切ってもらった。額は短く刈り込み、後ろは長い。私はできるだけ兄の振る舞いを真似た。子供たちがきれいな手汚い手を覚えて、それを胸にしまっておくように。兄たちは二人ともすすんでそういう立ち居振る舞いをしており、話しかけられたときだけしゃべった。兄たちは眼差しに敬意を込め、立派な挨拶をした。

母殺し、という言葉にとりわけ動揺を示したあとで、兄は私に、言葉が初めて現れたときのことを思い出せるかと訊ねた。覚えているか？　覚えているように思えた。私が三つか四つのときのある朝、雨のほとんど降らない埃っぽい時期だった。私の手には大麦の粉が付いていた。兄は近くに腰掛けていた。兄は八つか九つだったはずだ。兄は、アナクレオンが投げ槍にするセイヨウトネリコにやすりをかけているのを眺めていた。眺めている兄を眺めながら、私の胸は上がったり下がったり上がったり下がったりし、誰も気づいていなかった。目の前に言葉が現れた。ヒトデ。カラスが一羽地面に降下し、兄たちは二人ともそれに目を留めて、キュネゲイロスが追い払った。

兄は覚えているか訊ねてみた。覚えていなかったが、片方の手を動かなくしようとするかのようにもう片方の手で手首を握った。手を離した兄は、お前の表情を、あの年齢にしては滑稽なほど厳粛だったのを確かに思い出した、と言った。

二人の兄とその友人たちは我が家の小麦畑の端で戦争ごっこをやっていた。私がついていくと、追い払われた。戻ると、また追い払われた。家で、私は麦の構造を描いてみた、葉身が、茎や軽やかで複雑にできている小穂《しょうすい》を包み込んでいる様を。畑にいるだけで、私の胸は膨らんだ。だが私の興奮は度を超し、なぜか家族を動揺させた。キュネゲイロスがひとりのときに捕まえて、兄に秘密を打ち明けようとしたが、私があまりに倦むことを知らず目を向けてもらおうとすると、兄はまるで自分のスープのなかにクモが入っているのを見つけたかのような嫌悪感や警戒心を抱いた。

兄はすでに私の相手をするよう強いられており、私が毎日ちゃんと文字と音楽の教室へ行くよう責任を持たされていた。兄が一六歳になり成人すると、私はひとりで他の少年たちと肩を並べて音楽の先生の家から体操の教官がいる体育場まで歩いた。私は「パラス、都市のなかの恐るべき強者よ」や、「岩の上のアイアス」を歌い、ハリネズミゲームをした。兄が恋しかった。午後は家で、兄が羊の趾骨《しこつ》で遊んだりアナクレオンと格闘したりするのを眺めることができ、私は兄のために繰り返し歌を歌った。自分も一六歳であるかのように振る舞った。

あの年、兄は父のような兜を初めて注文した。コリント風の意匠をちょっと変えたものだった。私は掛け釘から兜を持ち上げて、羽飾りを掌で撫でることを許された。私は口で息をして興奮を抑えた。

そして私の頭は開いた門となっていて、そこから世界が流れ込んできた。兄弟、筋肉、蜂蜜、ブドウ酒、石。蜂蜜、兄弟、筋肉、石、ブドウ酒。

それが原因で、兄はまたも私に我慢ならなくなった。午後になると、兄たちは私を外の中庭に閉じ込めたが、私は門の掛け金のところから兄たちの遊びを覗き見た。兄たちは「ウズラ叩き」をしていた。鳥の頭を叩くと、そのまま怯まないこともあれば、後ずさりしてリングから出てしまうこともある。鳥を励ましたり、ズルをして鳥を脅かしたりして、鳥の行動をもとに硬貨をやり取りするのだ。私は見守りながら戦勝歌を歌い、うんと年少の男子でさえ召集されるような都市の危機を思い描いた。

アナクレオンは海が大好きで、自由時間は漁船団の手伝いをしていた。キュネゲイロスも手伝ったが、自分のやりたいことをやるときもあった。そんなときは私も、ずらりと一団になって兄をかくも動揺させるほかのリストの重圧を追い払ってくれる、イチジク、ライム、アーモンド、オリーブ、レモン、といった心和むリストを暗唱しながら後を追った。私をまこうと、兄は塀を跳び越えたり、砂利だらけの高い丘に駆け登ったりした。兄が成功すると、私の一日は台無しになった。結局は、惨めな気持ちで歩み続ける。熱い空気に乗ってその同じ丘の上へ飛んでいくカブトムシを追いかけたり、うとうとしているスズメバチを観察したりした。

兄をまた見つけると、骨が関節の窪みに嵌まるように互いの視線ががっちりと合った。何が望みなんだ？　と兄は詰問し、また姿を消してしまう。いったいどんな奇跡によって、私の周りの埃や石が言葉に変わるのだろう、と私はいつも訝《いぶか》しんだ。兄が私に話しかけてくれるときは、デュエットのもう片方の声が沈黙しているような感じだった。兄のことを考えると、私にはまだ読めない神の御しるしのように思えた。

だが、あの兄がアナクレオンに私のことを話すときはいつも、俺のアイスキュロスはこうだ、俺のアイスキュロスはああだ、と言うのだった。アナクレオンがあの兄に私のことを話すときも同じだった。お前のアイスキュロスはこうだ、お前のアイスキュロスはああだ。


六日待とうという我々の決断は、全員一致というわけではなかった。市民たちは二、三人ずつ集まって話し合った。ヘレーン（ギリシア人）というのは結局のところ、黒は白だと議論することを娯楽にしてしまっているのだ。兄と私は、訓練に参加していないときには、運動と、他人に聞かれないところでの意見交換を兼ねて、海岸を歩く。明けの明星、光を運んでくるフォスフォラスが、宵の明星、西の星ヘスペラスを置き去りにするまで歩くこともある。我々は都市の城壁の後ろに留まっているべきだったのだろうか？　スパルタ人たちを待ち続けていいのだろうか？　敵がどんどん下船しているあいだに攻撃すべきではなかったのか？　それに、彼らはなぜ待っているのだ？　聖なる森の我らが陣営の壕に対する、騎兵隊の脆弱性を気にしているのだろうか？　それとも、我々をここへ引きつけておいて、我々の都市がエレトリアのように敵の手に落ち、明け渡されるようにしようというのだろうか？

ここ三晩というもの、湾の上には上弦の月が出ている。月が欠け始めると、スパルタのカルネイア祭りが終わり、スパルタ軍は我々のところへ行軍し始める。私たちは毎晩砂浜へ打ち寄せるさざ波を縫って歩く。かがり火が灰で覆われるまで歩く。伸びる海岸線は海の旅人の廃品置き場だ。満潮線に沿って、穴が開いてばらばらになりかけた小さな船が、潮で腐食し粉を吹いた部材をさらけ出している。

アナクレオンは七年まえ、アイギナとの戦いで、折れた槍で負傷したのがもとで不運にも敗血症にかかり、死んだ。兄は我が家で亡くなった。担架で家まで運ばれてきてから一週間後だった。キュネゲイロスは何週間も、私を見るとひどく腹が立つようだった。そして、私の悲しみの表情が、なおさら兄の怒りをかき立てた。

私たちは神の真意という闇のなかを手探りした。私たちが知っているのは、神の命令に説明など必要なく、ただ従わなくてはならないということだけだった。アルテミスはお怒りだ、よって、アガメムノンは自分の娘を生贄にしなくてはならない。メネラオスは好かれている、よって、トロイは陥落しなくてはならない。そして、死すべき運命にある人間が神の信頼を得ると、その人間は皆に不運をもたらす。

私たちは地元の神官に助言を求めた。母は神官たちを、あの言葉によるたぶらかしやからかうような言葉の迷路を嫌っていたのだが。人の一生というのは苗床で、そこにはより大きな図案が現れる、と言われた。これは私たちが自ら招いたことだ、と言われた。もっとも若い者に目を向けるように、と言われた。いちばん若いのは私だ。

父は長年のあいだ、親は子のなかに生き続け、死者は子孫のなかで蘇ると、誇りを持って口にしていた。練兵場のアナクレオンを見るたびに、あの子は有難くも処方された神の薬のようだ、と言っていた。父は兄を、我が家の屋根を支える大黒柱と呼んだ。母はいつも私たちに、我が家が豊かであること、天の恵みが我が家に注がれていることを忘れてはならないと注意した。

私たちは兄の傷の膿を出して洗い、処方された薬草で覆った。外科医が瀉血《しやけつ》を行った。私たちは長い夜々を家族で待機して、海風のときのガレー船の乗組員のようにむっつりと動かずに手をつかねて過ごした。

だが、兄に対する神の判決は苦しんだあげくの死だった。あたかも、私たちが本来置かれている状況は無慈悲な世界なのだと言わんばかりに。私たちの希望は七日のあいだに小さくなり、そして消え去った。残されたのは膝をついた父の姿と、中庭に火葬のために積まれた薪の上の、べとついて臭気を発する、兄の病の衣だった。母は、息子をなくし、ナイチンゲールに姿を変えて永遠に息子の名をさえずるプロクネ王妃のようになった。母は悲嘆の冠をかぶって過ごしていた。

キュネゲイロスもまた、盲人のように過ごしていた。だが、私の感情はチョークで描いた絵のようで、父が知ったら私を鞭で皮がむけるまで打ったことだろう。私は髪を切って兄の墓に載せた。捧げものを注ぐ手伝いをした。だが、私にどんな祈りが捧げられようか？　兄のいなくなったあとに、どんな言葉を注ぎ込むことができよう？　それに、私はどちらの兄から許しを得たかったのだろう？

私の生き残っている兄にはわかっているようだった。私に向ける目は、お前の場合、自惚れと虚栄が影を潜めることがけっしてないのはわかっているぞ、と言わんばかりだった。今ではお前が我が家で育てられたカタストロフィだとわかっているぞ、と言わんばかりだった。

なぜうちの家族はこんなふうなのだろう？　一年ほどまえ、私は兄に苛立って訊ねたことがある。両親はまだ立ち直っていなかった。その頃には、悲しみは冷たい炉床という古いことわざがわかるようになっていた。

ほかの人たちだって、もっとずっと悲しみに満ちた人生を送っている。打撃につぐ打撃、くらくらする頭に雨が降り注ぐ家族がいる。私たちの場合と何が違うのだ？

これは常に、賢明ではない質問だった。

この平原で侵略軍を前にして毎夜、露で湿って冷たいマットを私と分け合って、兄は疲れ果てているのに眠れないまま横になり、今でもなお長兄の死を嘆き、今でもなお私が無事でいることを許そうとしない。

美味し水は一度汚染されると永遠に汚染されたままなのだ。私は兄に考えを訊くことはしない。災厄が私の学び舎で、私はそこで、いつしゃべっていつ口をつぐんでいるかを学んだ。

三更ともなると、目を覚ましているのは私ひとりであるかのように感じられる。外套は、足を覆うと肩には届かない。木の燃える煙の下に、マージョラムと松脂のにおいがする。遠くの闇のなかで見張りがそっと身動きする気配がわかる。

マットの上で目を開けて横たわり、私は創作する。規律と勇気のことを詠うが、それを持ち合わせているのとはまたべつだ。私は二二歳のとき、市のディオニュソス祭で初めて作品を上演したのだが、優勝したのは一五年後だった。

我が家はエウパトリデス、アッティカにまで遡る世襲貴族の家柄だ。兄と私はヒッピアスの暴政を記憶に刻み、クレイステネスの民主的改革に票を投じた年齢だ。私たちはある時期の人間、両方の世界に属している人間だと思われている。近隣の人々は祭りで目にしたものの作者である私を称賛し、そして世に知られた兄の気構えを称賛する。私の子供たちは兄を厳しい自己鍛錬のモデルとしている。兄は彼らを失望させることはない。今夕、私が料理しているあいだ、兄は自分の夕食として、主に冬場の長靴の断熱材向きの固い亜麻仁パンのようなもので満足していた。

「明日は戦になるぞ」隣の闇のなかから、兄がそう言う。なぜかと訊ねると、スパルタ人たちが明日やってくるじゃないかと兄は私に気づかせる。

兄はいつも正しい。朝食の火の向こうに侵略軍が集結しているのを、我々は見つめている。キュネゲイロスは目の前のものにはそ知らぬ顔で準備している。目が離せなくなるような光景で、山から海まで、平原を埋め尽くしている。こんな活動のすべてを支えるだけの土地があるとは思えない。蹴立てられた埃が列の後方に斜めにたなびいている。形成されていく敵軍の列は正面がおよそ一五〇〇人くらいいるように見える。編隊の厚みは、少なくとも一〇人から一五人だ。ペルシア人自身は、サカイ人を側面に配して中央に位置している。そしてこれは、まだ騎兵は影も形もない状態なのだ。

キュネゲイロスはなおも目を向けようとはせず、私相手に強がってみせようとしている少年のよう。ついに、私たちはともに一六歳だ。

我々はどちらにしろ、神の正義に委ねられている。今掲げられた戦いの旗を見ると、将軍たちが日替わりで務める総指揮官は、今日はミルティアデスの番だ。彼は最初から、打って出て侵略軍に立ち向かうべきだともっとも熱心に主張していた。周りにいるのはすべて同族の貴族階級の子息たちで、若者らしく通り名を名乗っている。「聖なる勃起」とか「自瀆者」とか。彼らは互いから、そして私たちから勇気を貰う、船がそれぞれの係留所から勇気を貰うが如く。彼らは狼のようにむき出しでほっそりしたヘラスの民の姿を侵略軍に示すのだ。

我々のなかには、小さな蠟板や樹皮や陶器のかけらに家族や妻へのメッセージを書く者もいる。兄と私もそれぞれ財産の譲渡について一筆《いっぴつ》記した。武器係が袋を持って皆のあいだを回り、書いたものを集めて、捧げものにする山羊と並ぶ武器用荷車に保管する。

従者が市民の足元から武具を着け始める。青銅の脛当てをこじ開けてあてがうと、金属本来の弾力で固定される。

言うまでもなく、私たちだけの神との交わりは兄が執り行う。兄は我が家の蜂蜜とブドウ酒を少量、祖父の素焼きの鉢で混ぜ合わせ、大地のための飲み物を、そして喉を渇かせた死者に飲ませる飲み物を準備をする。死者の心を和らげるため大地の隠れた空間に注がれる神酒だ。葬られた闇のなかで耳を澄ませている私たちの兄のための神酒だ。まもなく兄は、頭上の土の天井が軋み、打ち叩かれ、引っかかれて開く音を耳にすることになるのだ。

キュネゲイロスは混ぜ合わせたものを注ぐ、すると、羽のように軽やかな鎌を持つ薄茶のカマキリが、兄が注ぎ終えた濡れた部分を過《よぎ》る。近くにある軍の臨時祭壇には、山羊がもう二匹、最初に流された血の占いが不吉なものだった場合に備えて取り置かれている。

皮肉屋でさえ、こうした儀式が役に立つことを認めている。戦いのまえに必要な場合は必ず、ワシを目にする者もいる。

都市が陥落するときには、宇宙が逆さまになり、かつては天へ向かって伸びていたものがひっくり返り、自由であるべきものが縛られる。ペルシア人たちは物事本来の秩序を覆した。私と同じように。

最後の献酒が行われ、予兆が丹念に調べられ、引き出された。宴会でテーブルがきれいに片付けられて、床の貝殻や骨が掃き清められたときのようなあの一時が訪れる。我々は列のなかの自分の位置に就き、通り過ぎる隣人たちは、男の子が柵の支柱に掌を滑らせていくように、手を差し出して指を触れ合わせていく。

今や、熱気のなかで男たちが待ち構えているだけだ。従者たちが水を持って回る。兄は私の右に立っている。左側は、ザリガニが好きなのと、目が飛び出してきょときょとしているのとで私たちがザリガニと呼んでいる隣人だ。彼が兜の下にかぶっているフェルトは、すでにぐっしょり濡れている。さすらう島のような雲が通り過ぎていく。

私は祈った。今や私は自分の祈りを花開かせなくてはならない。傍らの兄は、父と母と死んだ長兄のために位置を占めている。私が葬られた死者のために嘆いたら、その涙は私を元気にしてくれるだろうか？　死者の憤りはいつまでも消えない。愛する人々と肩を並べて立ちながら、一方で私の船の舳先はどっと押し寄せる自己嫌悪の波に打ち叩かれる。キュネゲイロスにとって、兄を失い弟は恥であることは耐えられない悲しみ、引っ張られたら千切れてしまう繋ぎ鎖だ。私たちは自分を癒さなくてはならない。血には血をもってするのが私たちの治療法だ。自尊心を保って生きる能力は槍でもって獲得しなくてはならない。私たちは網を持ち上げる浮き、深みから上がってくるロープだ。

私に野営や食料集め、整列や休めの姿勢を教えてくれたのは兄だ。動物に荷を積むときにどうバランスをとればいいか、兄は教えてくれた。ランプは背嚢のどこに入れたらいいか。穀物を粉にするには手回し式の粉挽きが便利だということを。

兄との触れ合いのすべてが恵みだった。母親を殺したあと、オレステスは専用のテーブルを与えられ、彼の口しか触れないカップで、隔離されて飲んだ。

長兄の遺体を町の防壁の外へ運んだあと、火葬に付したあと、灰と骨を遺体をくるんでいた蠟引き布に集め壺に納めたあと、最後の神酒が注がれ私たちの衣服や家が海水とヒソップで清められたあと、葬儀後の三日目、九日目、一三日目に、生贄を捧げて兄の祭儀が執り行われ、その後は毎年命日ごとに行われている。

清めが済んだ夜、酔った父は私たちに、家族についてのヘシオドスの助言を引用して聞かせた。

「家督相続のことを考えて、できれば息子はひとりだけ持つようにしなさい。そうすれば、富はその人の屋敷のなかで増えていく」

父はそれから、たとえ数年間の幸せでも神から与えられたのはじつに素晴らしいことだ、と付け加えた。

数時間後、私はキュネゲイロスが我が家を見下ろす丘にいるのを見つけた。兄は斜面の、枯れたイラクサとミントの茂みの近くにいた。兄は背中を丸めていて、私はぼんやり立っていた。私たちは老人と骨の柔らかい子供のようだった。私は兄に言いたかった。兄さんがそんなでも、落ち込んだりはしないよ。それでもまだ、すべてうまくいく可能性はあるんだ。私は兄に言いたかった。赤ん坊は空腹や喉の渇きや排泄の欲求をどう説明することができる？　赤ん坊の内臓が己のための行動規範なんじゃないのか？　だが、自己憐憫を口に出さないだけの分別は持っていた。

待っているあいだに、過去が私たちの現在にどっと押し寄せてくる。私は苦労してこの丘の頂上まで登ってきた、そしてここまで来るのに人生の半分を費やし、向こう側は下り坂だ。今日、我々は今一度、天の法が強いはするものの必ずしもそれを支持する人間を守ってくれるとはかぎらない道を、信頼しよう。今日、兄は私に、自己と世界とのあいだの闘いについてさらに教えてくれるだろう。自己は魂と身体とに分かれ、身体は通例内部の裏切り者として行動するのだ、と。兄は私をあの夢で覚えのある、眠る人の顔を和らげる魔法へと導いてくれるだろう。どうすれば私の恥が嬉々とした鳥のように上昇していって、丘の肩の向こうに消えてしまうか見せてくれるだろう。どの怪我も癒されて、私たちが親しみと憎しみのなかで結ばれることを、私は願うことができる。なくなったものを取り戻すことができないのはわかっているが。未来がより良くなるように、私たちは行動する。

メディア人、エジプト人、ダキア人、イリュリア人。今や彼らは皆整列している。完全装備で、彼らの陣容はあまりに人数が多すぎて見えない。彼らの後ろの湿地は燃えるような陽光に照らされ、蚊で大気が霞んでいる。我々の左側、彼らの上にそびえる丘の中腹には、何も動くものはない。ずっと向こうの坂を下ったところでは、支えの厚板が土手の崩れを押しとどめている。

彼らはズボンを穿いている。長靴は紫か赤に染められている。リネンの刺し子のチュニカ。網目のような金属細工が施された胴鎧。顔がむき出しの兜と動物の皮の頭飾り。豹皮の弓袋。ほら、彼らがやってくる、闘志満々、隙間なく固まった集団で。槍係、馬係、忍耐と敵意と恐れを顔に浮かべて、地平線までぎっしり列を組んで、あの湾曲したスキタイ風の剣と両端が同じ形のナイフを持って、広い世界の大地からの選りすぐりが進んでくる、そして彼らの親や妻や弟たちは、アジアの故国の冷たい寝床で彼らがいない日々を数えている。

我が軍の将軍たちの合図で、我々は槍の柄を盾の外側の曲面に打ちつける。それをやめると、兜の青銅の顔当てを下ろしてきちんと合わせるよう、そして進むよう命令が下る。

陽光に照らされて、我々は、無数の刃と硬い表面とからなる延々と幅広い脱穀機のように見えることだろう。我々の凱歌は「神ゼウスよ、あなたの炎のなかへ向かう我々を守り給え」だ。どよめきと、風の唸りと、我らの歌声がいっしょになって彼らの耳に届くだろう。魂の震える、あの輝かしい戦《おのの》きが、揺れが、我々にはわかるだろう。我々は敵の射手が矢を射かけるなかを、あられのなかを行く幌馬車のように進むのだ。迫りくる我が軍の最初の四列が槍を振り下ろして水平にするのが彼らの目に映るだろう。我らの盾が、槍の刃が、どれほど遠くまで広がるか、彼らにわかるだろう。我らはどっと走り出す。雄牛のように彼らにぶつかるだろう。彼らの持てるすべてを激しく攻撃するだろう。木と小枝でできた彼らの盾と衝突すると、粗朶《そだ》を踏みにじるような音がするだろう。衝突の衝撃のあと、我が軍の後方の列は盾を我らの背後に据え、上縁の下で肩甲骨を持ち上げ、埃を舞い上げながら懸命に足場を確保して全力で押し出すだろう。侵略軍の枝編み細工は、我が軍の丸みを帯びた青銅の揺るぎない滑らかさに対してはなんの強みもない。敵軍の正面隊列は、虐殺が前進していくにつれて我が軍の背後に伸びてゆく落穂拾い場に踏みにじられて取り残され、そこで我が軍の軽歩兵の釘付きこん棒や腸《わた》抜き用ナイフや骨砕きに迎えられることとなろう。激しく動く我らの足は、子供が川の岩で足を滑らせるように彼らの血で滑ろうとも、前進を続ける。我々は波のように彼らに打ちかかる。海辺の家々に襲いかかる逆巻く荒海だ。我々は彼らを、吹き飛ばされた生き物の叫びが響く嵐のあとの潮溜りのようにしてしまう。

これらすべてが、私に送り込まれる、というか、私のなかに浮かんでくる。言葉の代わりに直観的な影が、私の心象風景のなかへどんどん入ってくる。我々が踏み出すまえの、牛馬が凍りつくような光のなかで、私にはそれが見える、頭の門が開いて。彼らは撫で切りにされ、折り重なるだろう。彼らは戦いにおいて、神に打ち負かされるがままとなるだろう。大殺戮は停泊中の彼らの船に至るまで繰り広げられ、そこで我々、我が軍の右翼アイアンティス部族は、あらゆる痛みの極限を味わおうと、神のように両足揃えて彼らの列に飛び込み、サンダルで浅瀬に、渦巻く白波に踏み込み、砂混じりの激しく泡立つ水のなかで腿を前後に動かし、鎧兜に身を固めた体で打ち寄せる波のなかへ歩み入り、撤退しようと漕ぐオールに、引き波のほうへ滑ろうとする綱に切りつけ、負傷者を魚のように鉤竿で引き上げ、そしてそこには私の兄が、後退していく三段オールのガレー船の甲板に両手を掛けていて、そして私が見つめていると、そこへペルシア人の戦斧《せんぷ》が振り下ろされ、片方の手首を切り落とし、その浜辺で兄の命は体から流れ出し、兄の血の河口のなかで我々を覆い、私への最後の言葉を告げる、敵の船団が去っていく、と。敵の船団が去っていく。

彼らは知ることになるだろう。順調に始まったものがことごとく最悪の結末を迎えることもあるのだ。悪行をなした彼らは、同じだけ苦しむことだろう。将来はさらに。自惚れと自己欺瞞のなかで、彼らは今日のこの日の災厄を、そしてさらに訪れる災厄を、自ら招くこととなる。私は家族にとってそうであるように、友人や隣人にとっても彼らの嘆きの種に、家族に不運をもたらすために、悲嘆の口火を切るために生まれてきた悲しむべき空疎な息子になることだろう。

彼らの骨ばった体のなかに、我々自身の心臓が感じられる。我々は彼らに混乱と克己を学ばせようとしている。彼らの息子や兄弟が死んでしまっているあの世界へ導こうとしている。失われ、そしていつもそこにあるもの。そして彼らは我々のためにあの、ひとりひとりが自分の未来を読み上げる陪審を形成しようとしている。家庭と炉辺か、それとも家も炉辺もないか。苦痛か、それとも苦痛からの解放か。

エロス7

一九六三年六月一四日午前

このコテージに来て一日しか経っていないけれど、わたしは夜明けとともに起きて家の掃除に取り掛かった。ソロウィオワはまだ沈んでいて、わたしが働いているあいだ、ベッドで死人みたいに横になっていた。掃除が終わると、外に出た。冷たい空気のなかで腕に当たる日差しが暖かく、道端の草や砂利を横切って、青い影が長く伸びた。松のあいだを通って小さな川へ出て、つま先を泥に潜らせて座った。ブリームとチョウザメが、ヒレをはためかせながら川底の石を探っていた。

わたしたちはカザフスタンにいる。バイコヌールという名前の町の三七〇キロ北東だ。ソロウィオワとわたしはひとつのコテージ、そしてコロリョフ自身はべつのコテージにいる。これらのコテージはユーリ・ガガーリンの飛行のために接収され、以来使われている。本来の持ち主たちは、わたしたちが到着したときに、任務に敬意を表するために花を持って来てくれた。コテージの正面は蔓植物で覆われ、松林に面している。その背後には広大なコンクリートの広がりを見せて発射台がそびえ立っている。一キロ離れているのだが、手を伸ばせば届きそうだ。ブラストピットの側面はダムの前面に似ている。横の地下司令壕はうずくまったハリネズミのようで、強化された屋根からギザギザのある鋼鉄の円材がさまざまな方向へ突き出していて、一段目が正常に作動せず、上に倒れてきたら、屋根は崩壊し、それによって爆風の集中を拡散させる。

ねえ日記さん！　あなたは歴史的文書よ。わたしの名前はワレンチナ・ヴラディミロヴナ・テレシコワ、ヤロスラヴリ州の生まれで、二四歳、そして明後日のモスクワ時間一二時三〇分にはオレンジの宇宙服を着て、自分の宇宙船、ボストーク6号に乗り込んでいるだろう。同僚の宇宙飛行士ワレリー・フョードロヴィチ・ブィコフスキー中佐と、地上二四〇キロの高さでランデブーすべく。そうしたらわたしは宇宙を飛ぶ一〇番目の人間、六番目のロシア人、そして初めての女性となる。

でも、喜びにしびれるようでじっとしていられない理由は、それだけじゃない。わたしに畏敬の念と感謝の気持ちを抱かせてくれた人――この人のためなら、あげなくちゃならないものはなんでもあげちゃう――はもうすでに自分の夢が叶って、ボストーク5号に乗ってわたしたちの上空を回っている。そしてわたしは、彼と合流するのだ。

もちろん、専門的に言うとそれは正しくない。わたしたちの任務は、我が国の軌道上ランデブー飛行能力開発の第一歩となることだろう。周回軌道に乗っているあいだ、一日に二回、わたしたちは互いに二キロ以下の距離になるところまで近づくのだ。でも、二キロというのは非常に近い。その距離だと、彼のカプセルは腕を伸ばしたところにあるひと粒の乾燥豆の大きさだろう。二キロというのが、軌道のわずかばかりの不正確さを考えると、彼らがわたしたちを近づけられるぎりぎりのところなのだ。コロリョフの言い方だと、二人の宇宙飛行士の軌道を同一にするという偉業が、もしその二人が殺し合うことにでもなったら台無しだ。

それでも、わたしたちはいっしょに宇宙にいられる。つまりソロウィオワが昨夜眠ってしまうまえに指摘したように、ソビエト連邦のもっとも勤勉な人々が協力し合い――約一三〇の局と三〇の工場が、七〇〇〇人を超える科学者や設計者や技師を雇って――長年の労力もいとわず、非の打ちどころのない名声を有するソビエト連邦の英雄に対する、わたしの浅ましく、けしからぬほど無責任な妄執を満足させるために団結してくれたのだ。「じゃあ、それがあんたのためにあの人たちができる最大限のところだってわけね。二キロだっけ？」と、明かりを消そうと手を伸ばしながら彼女は訊ねたのだ。

ブィコフスキーは結婚している、もう何年も妻には手を触れていないと、わたしには言ったけれど。

この、初の女性飛行士を宇宙へ送り出すグループ・ミッションの第二段階を二通りに使おうというのが計画だった。そして、すべて――筆記試験に遠心機にパラシュート降下に圧力室、心のなかをあちこちつつき回され、屈辱的な医療検査を延々と――が終わると、ソロウィオワがリストのトップだと判定された。でもコロリョフは彼女の道徳観念がしっかりしていないのを気にした。どうやら、彼女は最後の面接で不適切なことを言ったようだ。人生に何を求めるかと訊かれて、貰えるものはすべて欲しいと彼女は答えた。女はタバコを吸っても品行方正でいられると主張した。護衛なしで町へ出かけたことを謝らなかった。

何を求めるか訊かれたとき、わたしは、コムソモール（全連邦レーニン共産主義青年同盟）と党を支えたいと答えた。町へは行ったことがない。タバコは吸わない。

結局のところ、教師の娘より農場の女の子を選ぶほうが利点があったのだ。わたしは田舎の女の子だ――ガガーリンやフルシチョフ首相が田舎の男の子だったように――そして我が国は世界に向かって、そんなわたしたちだって最高レベルのことができるのだと告げていた。「従順な者が最後は勝つ」ニュースが発表されたあと、ほかの女性たちが慰めようとすると、ソロウィオワはそう言った。「あんた、そんな激しい情熱をいつ発揮できたのよ?」昨夜わたしが打ち明けると、彼女は知りたがった。「どこでやったわけ?」彼女は「激しい情熱」という言葉を厭味ったらしく強調した。

じつのところ彼は、わたしの彼に対する気持ちをちゃんと受け止めてくれたわけではない。一週間まえ、レクリエーションのハイキングでわたしたちは小道をそれて、一時間ばかり二人きりになることができ、そのときに暗闇のなかで、これだけでわたしたちはひとつになれる、みたいにキスしたのだ。あのキスのまえには、ほかに二人の男の子としかキスしたことはない。抑制と失望が入っている小さな思い出の箱みたいな記憶だ。でも、あの森のなかで、わたしたちは可能性の海に浸るようにひとつになった。頭上の枝からはそよ風に振り落とされた冷たい水滴が降ってきた。彼の口元は太陽と浜辺のにおいと、それにぴりっとハーブの香りがした。

彼は、背は低かったけれど、実際より年上に思え、髪をドイツ人みたいに横分けにしていた。最初のミーティングのとき、彼が自分の意見をじつに巧みに述べるので、わたしは自分が何か間違ったことをやってるみたいに、ずっと彼のほうをちらちら見ていた。これは最終選考に残った者の初めてのミーティングだった。わたしたちはガリ版刷りの地図で自分の身内がいるところに印を付けるよう言われた。わたしは自分の地図を逆さまに持って、ほかの女性たちに笑われた。「あんた、操縦は無理ね」ひとりが小馬鹿にした。でも彼は微笑みながら、自分のも読み取りにくかった、あのガリ版刷りは質が悪かったと言ってくれた。優しい人だとわたしは思った。そして、わたしの心にもそんな優しさが欲しいと思った。
彼はものすごくハンサムというわけじゃない。彼は青野菜を買いだめしていて、何かの迷信からなのかトラウマからなのかは、言おうとしない。ソロウィオワは、彼の手は小さすぎると思っている。彼女の手はわたしのと同じく、男の手だ。

一九六三年六月一四日午後

ソロウィオワはまた昼寝している。午前中、わたしたちは二時間かけてチェックリストのおさらいをし、体調を整えるためにバドミントンを二時間やった。バドミントンは後世のためにフイルムに収められた。ソロウィオワの金色の前腕は汗で輝いていた。ウイニングショットを放つたびに彼女は、甘いものに舌鼓を打っているように唇をぴちゃぴちゃいわせた。コロリョフは鼻高々の父親みたいな顔で眺めていた。そのあと、彼はわたしたちと日陰で腰を下ろした。わたしたちのことを僕のツバメちゃんたち、と呼んだ。わざわざソロウィオワだけを特別に褒め、第一パイロットになるよりも予備でいるほうが大変なんだぞと彼女に言った。彼女が心のなかで泣くまいとしているのがわたしにはわかった。

学科試験では、最終選考に残った者はわたし以外全員、優の成績だった。コロリョフはこれを、わたしが緊張しすぎていたせいだと考えた。そうでなければもっと良い成績をとれたはずなのだから再試験の必要はないということになった。五月一四日、ソロウィオワとわたしは「飛行に最適」との評価を下され、そして一週間後、選考結果が発表された。わたしたちは審査員団の前に立っていて、彼女は振り向くとわたしの手を握った。彼女にはわたしを吟味するようなところがあって、競売を連想させられた。美人で知られるタタール族の女の特質を彼女も持っていて、特に髪がきれいだった。どうして悲しそうな顔をしているのかと訊ねると、彼女は皆に聞こえるように「悲しいんじゃなくて真剣なの、いつもね」と答えた。

人生というレースにおいてわたしが折に触れて一位になってきたとしたら、それはわたしの雄牛のような忍耐強さゆえにほかならない。わたしはいつもせっせと務めに取り組み、それを繰り返してこなければならなかった。学校のテストでは、先生に書くのをやめさせられる頃には、教室はとっくに空っぽになっていた。しまいにわたしは誰でも使い道があるものだという哲学を持つようになった。自分の勤勉さに誇りを持つようになった。そしてブィコフスキーと出会うまえなら、自分のべつの長所として冷静さを挙げていたことだろう。

一九六三年六月一四日夕方

わたしが八歳のとき、三人の命知らずが気球で二〇・八キロまで上昇するという危険なことをやった。彼らは自分たちの偉業を無線で知らせると降下を始めた。連絡はそれっきり途絶えたが、一日経って、ばらばらになったゴンドラの残骸が回収され、あわせて遺体の一部もあったものの見分けがつかない状態だということだった。そんなことまで報道しなくても、と母は憤慨していた。その日はそのあと我が家の鶏小屋で小さな縫いぐるみのクマで遊んだ。そんなに高いところで自分たちだけで、後流が大洋のように唸りをあげて、比類ない寒さに苦しめられるのだろう、と考えたのを覚えている。信じられないほどの速度でばらばらになる彼らの体。わたしの夜は、地上の景観が免れがたく無慈悲に迫ってくるイメージで満たされるようになった。どこでそんなイメージを拾ってきたのだろう？　さっぱりわからない。でも一八のとき、わたしは近くのパラシュート・クラブに参加できることになり、初めての降下を落ち着いてこなしたと言われたときに、「だって、これまでずっと降下してきましたから」と答えたのだった。

「彼ってちょっとイモっぽくない？」と先日ソロウィオワが言った。ブィコフスキーは仲間がラグビーボール相手にふざけているときにトラクターの説明書を読んでいる。でも、わたしが彼に惹かれるのは彼の知性のせいだ。彼を注意深く観察していても、つぎの動きを予測できるのはほんのときたまのような気がする。わたしにしては珍しいことだ。それに、わたしたちは二人とも計算尺を使うのが上手い。

一九六三年六月一四日夜

今日の夕方の映画は『ボストーク1号』だった。ガガーリン役の俳優がとりわけよかった。今夜はもう寝ようと二人でいったんベッドに入ってから、またおしゃべりしたくなった。ソロウィオワは壁のほうを向いて夏毛布を耳元まで引っ張り上げていた。これっぽっちも不安じゃないんだけど、とわたしは彼女に話しかけた。それって普通だと思う？　何が普通かなんてわかんない、と彼女は答えた。コロリョフがお休みを言おうと顔を覗かせた。「それと、幸運を、もね」と彼女が思い出させた。ああ、五年後には国が宇宙で過ごす休暇の補助金を出してくれるようになるよ、と彼は彼女に言った。

わたしたちの睡眠の質を記録するために、マットレスの下にひずみゲージが設置されているとわたしたちは聞かされている。電線がわたしたちのベッドから壁の穴を通ってコテージの外の小さな小屋にある器具に繋がっている。だからわたしたちはひたすらじっと横になっている。今でさえ、わたしたちの役割が逆転することはあり得る。わたしたちの「睡眠」に動揺の気配があれば、医師たちがほかの候補者のほうがじゅうぶんな休息をとっていて任務にはよりふさわしいと宣言する可能性だってあるのだ。誰が夜のあいだ寝返りを打つ回数が少ないかということで決まるかもしれないのだ。

外から差し込む電灯の光に照らされて、毛布にくるまれた彼女の腰は雪の積もった丘だ。髪は艶やかな滝だ。こんなふうにして二時間が過ぎた。彼女が何を考えているか誰にわかる？　わたしが考えているのはこういうこと。もうすぐ、彼といっしょになったり、離れたりするんだ。わたしは何時間も興奮を抑えている。

感情というのは手に負えない。感情に向かって何か言うと、向こうはべつのことを言ってくる。子供の頃、本で子供のことを読んでも自分に出会うことはまったくなかったけれど、大人について読むと、自分がいた。それはいつもわたしを喜ばせてくれた。今はなんだかじっくり考えられない。興奮は消えても、どこかから希望が湧いてきて、どんどん膨らんで胸を支配してしまうんじゃないかな、水平に進んでいたスキーが思いがけなく急な坂と出会うあの瞬間のように。それは喜びだ、でも恐れに薄められた喜びだ。

わたしのような孤独な変人を生み出すのを避けるため、すべての母親は我が子に人生を捧げるのが神聖な義務だと、ときおり思うことがある。

わたしは彼をタカと呼ぶ。彼はわたしをカモメと呼ぶ。どちらもわたしたちのフライトのコールサインとして認められている。ボストーク5号のミッション・パッチには並んで斜めに上昇していく二台のロケットが描かれている。

一九六三年六月一五日午前

医師たちに五時半に起こされた。明日も同じ時間に起こされる。どんなふうに眠ったか訊ねられた。「教えられたとおりに」とソロウィオワが答えた。わたしたちはカロリーと各種ビタミンを濃縮した焦げ茶色のペーストを与えられ、そのあと肉のピューレとブラックカラントのジャム、ブラックコーヒーの朝食を済ませ、それからまた飛行委員会の、緊急回収のための緊急時対応策に関するミーティングに出席した。もしも海に着水したら、わたしたちが生き延びられる現実的な見込みは皆無だ。とはいえ、計画は立てておかなくてはならない。回収を実現可能にするためには二組の運搬グループとTu－114四機が必要となろう。これは無理だ。

わたしたちはブィコフスキーの宇宙飛行がどう進展しているか知りたくてうずうずしていた。万事順調で、一時間後に無線通信を聴けるということだった。そのまえにちょっと覗けないかと訊いてみた。ボストーク5号のことよりも自分の飛行のことを心配しなさいとカマーニンに言われた。「エロス7、ボストーク5」それに応えて、ソロウィオワがフットボールのスコアの話でもするようにわたしに囁いた。

一九六三年六月一五日午前

この飛行には四・六トンの重量を高度二五〇キロの円軌道に打ち上げることができるR－7三段ロケットが必要だ。わたしの高度はたぶん、それよりも若干低いだろうが。降下モジュールと機器モジュールを合わせてたった四・四メートルの長さしかない。降下モジュールの小さな球体は直径がわずか二・三メートルで、ペイロードシュラウド内部の使用可能な体積によって大きさは限定される。わたしの機が飛び立って二分後、ストラップオンブースターが停止し、ブースターの爆発ボルトが点火して分離する。一分後、ノーズシュラウドが開いてボストークがむき出しになる。二段目は燃焼を続け、しまいにこれもまた燃焼し尽くして分離する。すると三段目が同じことを繰り返し、そのうちわたしは軌道に乗る。安定性からこの形が選ばれた球形の降下モジュールは、その重心が後方にあるので、アブレーティブコーティングで保護されたカプセルは再突入のあいだ正しい方向を向き、弾道軌道に沿って下降していく。「つまり、弾丸のように、なんの姿勢制御もなしにね」教室での授業の際、ソロウィオワはそう明確に言い直した。たぶんああいう軽率さが、彼女に対して決定的に不利に働いたのだろう。

あれほどの重量のものを軟着陸させるには巨大なパラシュートと逆推進ロケットが必要となっただろう——アメリカとの競争を考えるとあまりに時間を食いすぎると考えられた問題だ——そこで、設計技師たちは慣性センサーと気圧計によって起動する射出装置を選んだ。あんな高度と速度で射出されたのはガガーリンが初めてだ。軌道からそれた場合、射出はより早く始動される可能性があったが、どういう結果になるかは誰にもわからなかった。犬を二匹乗せたスプートニク3号は正しくない角度で逆推進ロケットに点火して大気圏に再突入し、炎上した。オーディオモニターには、通信が途絶えるまえに犬の鳴き声が記録されていた。

その他惨事についてのひそひそ話は無視するしかなかった。なかには凄まじいものもあった。ボンダレンコは孤独訓練中の気密室で生きながら焼かれた。R-7の点火が早すぎて発射整備塔が壊滅した。初期の頃は、我が国のロケットは大半が爆発してしまったということさえ、わたしたちは知っ

ないの。

ている。

だからね、日記さん、恋の悩みで責任感や不安がわたしの心から押し出されるってことはまったくないの。

一九六三年六月一五日午後

記者会見の練習。わたしたちは二人とも食欲についての答えが不適切だったと言われる。そのまえに、テレビ受像機でブィコフスキーの姿を見た。彼は眠っていてまったく動かなかった。「何これ」とわたしは呟き、ソロウィオワでさえわたしの口調にはっとしていた。彼女は、ヘルメットしか見えなかったと言った。

どうやら皆狼狽していて、それをわたしたちには隠していたようだ。軌道二三で、彼は地上と交信する予定だったのに、何も受信されなかったのだ。中央委員会は慌てふためいていた。やっと彼が応答したとき、なぜ黙っていたのだと皆は訊ねた。何も言うことがなかったからだと彼は答えた。皆、まだ憤慨している。

最後に二人きりになれたとき、帰還したら、ソビエト体制の代表者にして有名人としての、新しい人生が始まるのね、とわたしは彼に言った。彼の頭は自分が乗る打ち上げ機のことでいっぱいだった。彼はわたしの両腕を姿勢制御ハンドルを扱うように触った。ガガーリンとチトフは、とわたしは夢見ながら話した、あのあとは大スターだったわね。あの人たちは勇敢にやってのけたんだわ。わたしたちは整備塔サポート基部の変電所の保守管理室にいた。どこにも座る場所がなかった。彼は、毎回キスするときはお義理っぽいのだけど、いったん始めると夢中になった。わたしは毎回悲しい気持ちに襲われた。「わたしに触りたい?」と訊いてみた。「触ってるじゃないか」と彼は答えた。でもそのとき、誰かがユーティリティベルトのレンチをガチャガチャいわせながら廊下をやってくる音が聞こえてきて、時間切れとなってしまった。

一九六三年六月一五日午後

男性と女性の候補者が集められたあの最初の夜、さまざまな声が飛び交うなかでわたしは目を閉じてその場にただ立っていた。昔の映画スターに見かける、何かに飢えているような魅力のある都会っ子のエンジニア、ポノマリョワが、大人の助けなしで生きていく農民の子供たちをどれほど素晴らしいと思っているかまくし立てていた。大人たちは一日じゅう畑で働いて、そのあいだ子供たちは自分の世界で皇帝になったり探検家になったりしている。

わたしはまさに最初からうまく溶け込めなかった。「映画に行こうよ!」自由時間になるとほかの女性たちは言う。「行けない」とわたしは言う。でも、泣いてしまいそうなほど行きたかった。どうしてわたしはあんな態度をとってしまったのだろう? 皆が互いの誰よりもわたしを毛嫌いするようになる様を見ているのはつらかった。あの人たちはいつも何か話題を持っているタイプだった、あの人たちの人生にはいつも何か起こっているからだ。あの人たちはわたしを、馬小屋の仕切りにいる馬を見るように見た。たちまちわたしたちの心根はさもしくなり、午後のお茶のときに互いにカップを手渡すのをやめてしまった。

そしてそんな状況でも、ソロウィオワはわたしと仲良くしてくれた。わたしたちは散歩に出かけた。草が生い茂った池を見つけ、「夜の魔女(第二次世界大戦中にソ連空軍が有した夜間爆撃の女性部隊の異名)の隠れ家」と名付けた。

でも、男女混合ミーティングのあいだ、わたしたちはいつもより気おくれを感じ、わたしはブィコフスキーに惹かれた。彼は海外遠征で旅行したことがあり、熱帯雨林や台風の話をしてくれた。二人であちこち散歩した。「田舎じゃ、都会の男の子のことは聞かなかったの？」ポノマリョワがある晩わたしたちがベッドに寝ているときに訊ねた。ソロウィオワは壁のほうを向いていた。ほかの女性たちはニヤニヤした。わたしは冗談で返しながら、疚《やま》しいことは何もないと自分に言い聞かせた。でも本当は、わたしにとって新しい現実が生まれかけていた。毎朝目が覚めると、虚しい気持ちがないことに驚く、わたしには慣れないことだ。彼のことがたまらなく気になるようになってきていて、常にどこかに彼のことがある。ある朝早く、寝ているソロウィオワの手が床に蔓のように垂れているのを見つめていて、彼がわたしのうたた寝している姿が好きだと言ったのを思い出した。ひどく自意識過剰の寝姿に見えるから、というのだ。そしてわたしは、いつまでもひとりということにはもうならないよう、この恋を摑んでいなくちゃ、と思った。この恋が自分を新しくしてくれるのが感じられた。

ガガーリンの飛行のあと、クレムリンには、宇宙飛行士の候補にしてもらえないかという女性からの手紙が殺到した。ソビエト女性は、自分たちはこのあらゆるもののなかでももっとも素晴らしい冒険に男性とともに加わるにふさわしいと思ったのだ。射出が必須なので、パラシュート・クラブに所属している者だけが最初の選考対象となった。その後さらに健康状態、年齢、体の大きさ、体重などの審査があった。それから面接で五八人が五人になった。飛んだ者は英雄になる。飛ばなかった者は知られないままとなる。

家族には特別なパラシュートチームのメンバーに選ばれたと伝えるように言われた。振動や騒音や圧力や極端な低温や高温、長期間の孤独に晒されるテストを受けた。さまざまなテストでさまざまな弱点が明らかになった。イェルキーナは孤独テストでブーツを脱いでしまい、三日間で糧食を二食分しか食べなかったため落とされた。ポノマリョワは自分が唯一のパイロットでエンジニアであることでかなり気を良くしていたのだが、遠心機にまずい反応を示した。あとになって彼女は、乗客としての宇宙飛行士がいたっていいんじゃないか、個人は共同体による成果の取るに足らない受益者なんだから、と文句を言った。負け惜しみだ。わたしは求められたことをすべてこなし、ブィコフスキーがわたしの横で男性側のランクを上がっていくのをじっと見守っていた。「あんたが熱をあげてる人のレベルを見てごらんなさいよ！」あるとき、ソロウィオワが叫んだ。「知的活動の歪んだバージョンって感じね」わたしは彼が自分のなすべきことに専念するのを見習おうとし、すべてを奪い去る容赦ない一瞬一瞬のことを考えまいとした。別れは、すぐそばの孤独が再び訪れてくるようなものだ。父の死が、もう何年もまえのことなのに、目覚めて数分後に蘇ってくるように。これはいい知らせ、悪い知らせ？　すべてはブィコフスキーとの交際にどう影響するかで決まるようになり始めた。
「あのさ、わたしたちはすぐに、もう二度と会えなくなるのよ」ソロウィオワが浴室から、わたしの苦悩にはお構いなくそう言った。わたしたちの生理周期が同調していることを彼女は指摘した。女がいっしょに暮らすとそうなることがあるのだ。この先何が待っていようと受け入れる覚悟はできていると思う、とわたしは言った。彼女は降参のしるしに両手を上げると部屋を出ていった。

一九六三年六月一五日夜

司令部のスタッフとミーティング、そのあとディナー。コロリョフは彼の言うわたしの尋常ならざる落ち着きぶりに大満足のようだ。カマーニンはわたしの食欲のことを口にした。可哀想なソロウィオワ。食事のあいだじゅう、彼女が考えているのがわかった。もしあの子の秘密をバラしちゃったら、ひょっとしたらわたしが行けるかも……でももちろん、彼女にはできない。たぶん、わたしたちの誰もそんなことはできないだろう。わたしたちは皆ずっと以前から、協力と共同作業のなかで互いに切磋琢磨することだけが正しい競争の仕方なのだと承知しているのだ。

R－7はすでにメインの組立棟を出始めている。ロケットは軌道車に載せられた油圧プラットホームの全長にわたる。コロリョフは暗いなかを、心配でたまらない求婚者のように横について歩いている。振動による損傷を最小限に抑えるため、先端を前にして極端にゆっくりと進んでいく。整備員たちがつついたり、あれこれいじったり、調整したりする。夜が明ける頃には、発射台の上で直立し、整備塔が建てられ、「臍の緒」（燃料補給や電気系統のケーブル）が取り付けられているだろう。

眠るなんてとんでもないが、わたしたちはそれぞれまた、努めて体を動かさないでいる。ソロウィオワは仰向けに寝て、天井が苦の種であるかのように月明かりのなかでじっと上を見つめている。

一二歳のとき、父に退屈だと言ったら、父は「何かっていうと『退屈だ！』と言うような人間は嫌いだな」と答えた。「じゃあ、わたしはそんな言葉、父さんには二度と聞かせない」とわたしは父に断言した。そして父は二度と聞かされることはなかった。わたしは長い散歩をした。午後は雨水管から流れ出す水を跳び越えた。暗い冬の朝は早めに学校へ向かい、がらんとした廊下にわたしの足音が小さく響いた。よくある地域の学校だった。お粗末な学力、文法的に正しくない話し方の教師、クラス同士の取っ組み合いの喧嘩。でもわたしは家より学校のほうが好きだった。自分にも世間一般の人たちと共通したところがたくさんあると思い始めた。わたしのなかでは二つの心が格闘していた。ひとつはとにかく楽しくやりたいと思っている女の子、でももう一方は、自分の人生を何か大きなことに捧げようとしていた。どうしてわたしは誰かほかの人間でいられないんだろう？　なぜ自分は満足していると思っちゃいけないの？　わたしは自分のなりたい人間になる訓練をすることにした。一三歳の誕生日のとき、わたしは母に、たぶん北極探検家になるわ、と告げた。すると母に、あんたの自惚れはいつもたいしたものね、と言われた。

コロリョフは初めてデートする男の子みたいに、花と、それにタイプで打った文書を折り畳んだものを持って、わたしたちの消灯時刻の数分まえに現れた。ソロウィオワはトイレを済ませたところだった。

「あら主任、わたしたちへの激励ですか？」と彼女はからかった。コロリョフはひとりでにこにこしながら、タイプで打った紙を開いた。「『主任設計者』ご本人からの激励の言葉だ」と彼は言った。わたしたちは座り、彼はベッドの足元に立って、自分が用意してきたものを読み上げた。わたしたちは二人とも彼の不器用さと心配りに心を打たれた。彼はわたしたちに、このためにこそわたしたちは結婚や子供を後回しにしてきたのだということを改めて思い出させた。彼がわたしたちに、宇宙飛行に備えて倫理面での心構えをするようにと頼んだことを思い出させた。こういった試みの場合、利己主義者や快楽主義者は悲劇だ、と彼は述べた。彼らほど脆くて無防備な人間はいないからだ。

わたしたちは二人とも続きを待ち構えた。「わたしたちって、なんておかしな、おかしな国に住んでるのかしらね」とソロウィオワが言った。彼は答えず、そのまま続けることを選んだ。これは頂点ではなくむしろ始まりだ、と彼は言った。私は今夜一睡もできないだろうが、君たちならきっと眠れると思ってるよ。「ありがとうございます、主任」とソロウィオワが答えた。

「これで話は終わりだ」と彼は言った。「それはガガーリンが寝たベッドだよ」彼は出ていきながら、わたしのベッドを指して付け加えた。

「知ってます」ソロウィオワが言った。「あんたが寝るべきよって、わたしが彼女に言ったんです」

彼は明かりを消して去った。彼は戦争中に強制収容所《グラーグ》から救い出され、ツポレフの収容所内設計局で働かされ、そこで大陸間弾道ミサイルの設計によってフルシチョフのお気に入りになった。でも彼の夢はずっと宇宙飛行で、ツィオルコフスキーの、地球は人類の揺りかごだが、人はいつまでも揺りかごのなかに留まってはいない、という言葉を引用するのを好んだ。

もう一軒のコテージのなかで彼が動き回るのが聞こえた。「あの人、明日はよれよれになってるね」とわたしは言ってみたが、ソロウィオワは答えようとしなかった。

保守管理室に二人でいたあの夜、キスの合間にブィコフスキーに、うちの昔の農場を見てもらいたいと話したっけ——隅のほうにはトゲのあるグーズベリーが生い茂り、藻の緑の表面を棒でつつくと黒っぽい水の穴が開いては閉じるのを眺められる池がある。巨岩や大きく口を開けたように張り出した崖のある小川。「そりゃあいいなあ」と彼は気もそぞろで呟いた。わたしは彼の口を再び見つけながら、意地の悪い顔つきの、ロープで杭に繋がれた山羊のことや、まだうんと小さかったのに、温かい泡立つ牛乳のバケツを任されて、父に見守られながらぬかるんだ急勾配の小道をそろそろと運んだことを思い出していた。

一九六三年六月一六日朝

医師たちが七時にわたしたちのドアをノックし、よく眠れたかと訊ねた。「いつもどおりに」とソロウィオワが答えた。わたしはなかなか声が出なかった。朝食のまえに医師たちの指示で体操をやらされ、それから最後の飛行前検診があり、浣腸を受けた。つぎに、シャツを着ないで立つわたしたちの胴体に、センサーパッドが貼り付けられた。この同じ医師たちが、わたしたちの音声通信を、疲労やストレスの兆候がないか分析することになる。いつものことだが、医師たちに世話を焼かれるのは鬱陶しい。でも、リンゴを差し出されて大きさに文句をつけるような人間にはなりたくなかった。

技術者たちに手伝ってもらってわたしたちは宇宙服を身に着け、わたしにはサインする書類が差し出された。ひとりは自分の労働許可証まで提示した。ヘルメットをかぶり、バイザーは上げて、わたしたちはバスに乗る。ペアの宇宙飛行士。わたしは運を独り占め、ソロウィオワは何もない。わたしたちはほかに誰も乗っていないバスに並んで座った。バスが整備塔の基部に着くと、わたしたちは限りなく高くそびえるタワーと洞窟のようなフレーム・トレンチを見つめた。しまいにソロウィオワが、「うまくいくことを祈ってるからね」と言った。彼女の声はおかしかった。伝統に従えば、旅立つ人の左右の頬に交互に三回キスしなくてはならない。わたしたちはヘルメットをかぶった頭を互いにぶつけ合い、それから立ち上がってバスを降りた。

そこでわたしたちは、コロリョフとカマーニンと中央委員会の出迎えを受けた。「今日、君といっしょに飛べないのが悲しいよ」とコロリョフが笑顔で言った。目には涙が浮かんでいた。

「そのうち、いっしょに火星へ飛ぶ日が来ますよ」とわたしは答えた。わたしたちは抱き合い、それからわたしは委員会の他の面々と握手した。

「今日は皆泣いてるな」とカマーニンが言った。

「よし、じゃあ」とコロリョフが言った。ソロウィオワはバスに戻り、わたしは整備塔のリフトに乗り込んだ。彼女がバスの座席の窓から反対方向を見つめているのが見えた。それからリフトのドアが閉まり、わたしは上昇した。

ドアが開くと、目が眩むような陽光と地平線が四方に広がっていた。ボストークの小さな丸いハッチと二人の技術者が眺めを邪魔している。わたしはよろよろと前へ進んだ。数キロ向こうには、眩い太陽に照らされて、何本かの藍色のトウヒが、金色の小ドームのある小さな白い納骨堂のような建物を囲んでいた。

技術者たちは辛抱強く待っていた。わたしの準備ができると、二人に肩を持ち上げられて、両脚をハッチの縁の向こうへ入れ、そして射出座席に体を押し込んだ。それから二人はわたしのストラップを引っ張り、生命維持装置を繋いだ。

わたしは宇宙服の気圧と通信回線をチェックした。通信回線からは、アメリカのジャズが流されていた。頭上でハッチが手で閉じられ、ねじ式のボルトがしっかり締められるのが聞こえた。宇宙服の袖に縫い付けられた掌大の鏡で、そうした進行具合を確かめることができた。右側には無線受信機と電鍵と姿勢制御装置。左側にはレトロシーケンス・スイッチパネル。

音楽が止まり、イヤホンからコロリョフの声がした。「一五分」わたしは手袋をきちんと締め、バイザーを下ろした。音楽は再開されなかった。

わたしは座っていた。わたしの軌道面はブィコフスキーのものと三〇度違うことになり、わたしたちは周回するごとに二度、ほんの数分間だけしか接近しない。でも、地球の反対側で遭遇するときには、監視されずにおしゃべりできる。彼はすでに四五時間宇宙にいる。彼に話す最初の言葉を考えようとしたが、代わりに宇宙服を脱ぎにオブザベーション・バンカーへ戻るソロウィオワの悲しい道中のことを思い浮かべてしまった。

コロリョフが遅延を告げた。わたしはヘルメットのなかで頭を後ろにそらせた。遠隔測定法に関連する問題のせいだと彼は言った。彼の見積もりでは遅れは四〇分、また音楽を流そうかと彼は訊ねた。わたしは要らないと答えた。手袋を外して化粧品入れからメモ帳を取り出し、上記を記した。

一九六三年六月一七日夜

撚《よ》り糸で繋いであるペンは、手を止めて考えているとふわふわ離れていってしまい、繰り返し手繰り寄せなくてはならない。

これでもう三三時間宇宙にいる。三三時間まえ、遅延のあと、ローンチ・キーが入るとコロリョフが告げた。エアパージ。アイドリング。点火。燃焼室に燃料を注入するポンプのヘリコプターのような音がしてエンジンが点火した。ロケットが揺れ、加わるとてつもない力に機械類が順応しようと激しく軋む音がし、整備塔の支持アームが外されると、わたしは激しい振動を感じ、コロリョフが上昇を知らせるのが聞こえた。「調子はどうだ?」と彼は訊ねた。「調子はどうですか?」とわたしは問い返した。わたしは座席に押しつけられ、リンゴ運びの荷車に乗っているように揺られて、しゃべるのもやっとだった。一段目ロケットエンジンが停止すると重力負荷が急激に減少し、わたしは前のめりになってストラップに支えられ、それから一段目が切り離される衝撃、そして騒音が重力負荷とともに再開した。三段目が停止して切り離されると、何をするにもなんの努力も要らないかのような筋肉の軽さで無重力状態を感じた。

振動が停止した。カプセルはファンとポンプの市場みたいだった。カプセルはなだらかに回転していて、機窓からはっとするような藍色が見えたと思ったらたちまち漆黒に変わった。テレシコワ、とわたしは心のなかで呟いた。あんた、宇宙にいるのよ。

太陽が見えた。雲が。島や海岸線が。水平線のライトブルーはカーブの端がスミレ色だった。その向こうには星があった。太陽がまた現れると、光が強烈すぎて顔を背けなくてはならなかった。

「もしもし、カモメ」とブィコフスキーが呼びかけてきた。わたしはストラップに体重をかけて前屈みになって、機窓の外を見つめた。彼が手を振ってでもいるかのように。

「もしもし、タカ」とわたしは答えた。星がくるくると視野を横切っていった。

「何か頼んだかい？」コロリョフが知りたがった。わたしの泣き声を聞いたのだ。「いいえ」とわたしは答えた。

カマーニンがわたしたちの両方に、この挨拶は世界じゅうに放送されていると教えてくれた。ちょうど今誰かが、お宅のワレンチナ嬢ちゃんがたった今テレビに出ていたと知らせに両親の農場へ走っているのだ。

わたしたちは冗談を交わし合った。どんなふうに過ごしているかを世間の人たちに説明した。わたしたちは数分でシベリア沿岸のペトロパブロフスクへ移動し、そしてそのあとたちまち太平洋をさっと越えて、広大な陰になっている地球の眠っている半分のほうへ入った。地上からの通信は途切れがちになって雑音が混じり、そして切れた。ファンとポンプは相変わらず周囲全体でブンブン音をたてていた。

「僕はストラップを外した」やっとブィコフスキーの声がした。「やってごらん。素晴らしいよ」

「わたしはここよ」とわたしは答えた。わたしのカプセルは丸二回転していた。この軌道上で、二人だけの時間は一七分間しかなかった。「わたしはここよ」とわたしは繰り返した。わたしのイヤホンは一五数えるあいだ、また機械音だけになった。

「もしもし」やっと彼の声が聞こえ、そしてそのひと言のなかにさえ、自制が聞き取れた。

わたしは何を期待していたのだろう？　自分でもわからなかった。やっぱりわからなかった。わたしたちは自分たちの惑星の影のなかを高速で突っ切っていた。「こちらカモメ」とわたしは彼に言った、思いのほか情けない声になった。

「ほんのちょっと押しただけでも反対方向へ行ってしまうんだ」と彼は説明し、ストラップを外してもう九〇分近くなると付け足した。

「吐き気はする？」と彼は訊ねた。

「わたしが吐き気がするかって？」とわたしは問い返した。

「あなた、どこにいるの？」とわたしは訊ねた。

耳のなかで一連のカチカチいう音がした。「手順のひとつをやってる」と彼は答えた。

子供の頃、わたしの夕方の仕事のひとつは、荒れ果てた二軒の家のあいだの菜園へ草を食べに行ってしまった山羊を連れ戻すことで、わたしはその家が怖かった。父は毎晩、「ああ、父さんがいっしょに行ってやるよ」と言う。そしてわたしが待っていると、「行けったら！　父さんは行かないからな」。毎回、出かけていきながらわたしは自分に言い聞かせるのだった。馬鹿ねえ。まんまと引っかかっちゃって。でもこのつぎはもっと賢くなるから。

「僕はストレッチをやってるんだ」ブィコフスキーはわたしに説明し、そしてそのあとわたしたちが影のなかにいるあいだずっと、彼の注意は自分がやらなくてはならないことに向けられてしまい、わたしもそれ以上彼の気を散らすようなことはしなかった。

アメリカ人たちが聴いている場合を考えて、わたしたちの状況を伝える符丁はつぎのようなものだった。「絶好調です」と言うときはすべてうまくいっているという意味。「快調です」はなんらかの懸念があることを伝える。そして「まあまあです」は、この任務を終了する必要があるかもしれないという意味だった。

「調子はどうだね、カモメ」無線通信が再開した折に、一度コロリョフがそう訊ねた。太陽が地球の下あたりに現れて、溶接工のトーチから放たれる光の弧のようだった。

「まあまあです」とわたしは言った。

「なんだって?」と彼は問い返した。「もう一度言ってくれないか、カモメ」

でもわたしは答えないことにした。交信を再開しようと半狂乱の試みが行われた。

「タカ、タカ、カモメと交信してみてくれ」コロリョフが遥か下界でわたしのほうを向きながら、しきりに促した。

「カモメ、こちらタカ」一瞬ののち、ブィコフスキーの声が聞こえてきた。「すべて絶好調かな?」

「あなたの実験はどうなの?」とわたしは問い返した。目の前のスイッチ群に置かれた手袋を嵌めた手はしっかりしているように見えた。

「彼女のレシーバーの具合が悪いのかもしれません。あるいは間違った周波数帯を選んでしまったか」と彼はコロリョフに告げた。

彼は、気をつけてきちんと運動し続けているということも、定期的に報告していた。その同じ期間、わたしは自分の生物学的実験を開始せず、医学的実験に参加せず、公的な日誌を付けず、代わりに自分用のを書いていた。ソロウィオワがわたしと交信しようとし、彼女が出るとわたしは無線に手を伸ばしたが、また手を元に戻した。ヘルメットが肩にこすれた。練り歯磨きがあればよかったのにと思った。太陽コロナの写真を撮ることになっていたのだけれど、フィルムカセットがカメラに詰まってしまい、カートリッジを取り出そうとして、レンズの嵌まった内側の窓を割ってしまった。

「カモメ、聞こえてるのか?」コロリョフが嘆願するように問いかけた。

「寝てるんじゃないかと思います」としまいにブィコフスキーが答えた。

一九六三年六月一八日夜

二日目の危機は、わたしがこの飛行の主目的をやり損なったことだった。宇宙船の手動制御だ。コロリョフは、自動操縦による再突入システムが万一機能しなくなったらわたしを失うことになるのではないかと怯えた。ニコラエフが、ついでガガーリンが、地上からわたしを指導するために連れてこられた。ガガーリンの教え方はまさに紳士だった。逆推進ロケット点火の位置を決める誘導システムには二通りある。ひとつはオートマチック・ソーラーベアリングを使うもの、もうひとつは手動及び目視によるものだった。わたしの務めは姿勢検知用光学窓「ヴゾール」を地球の水平線と一五分間同じ高さにしておくことだったが、すぐに弾んでは、接眼レンズの十字線から外れてしまうのだ。「また駄目だわ」とわたしは平然と言い、地上では、応答に苛立ちを滲ませまいと皆が努力していた。わたしの目には涙が溢れ、その涙はあっという間にどこかへ行ってしまった。

夕食にはスイバかオート麦を混ぜた肉と、プルーンと、プロセスチーズを食べた。パンはひどくパサパサだった。

一九六三年六月一九日夜

数分まえに、真っ暗なブラジルのリオの光を通り過ぎた。今朝はちゃんとニコラエフから手動制御の指示を受けることができた。彼は、顎の肉が垂れていて、見たことがないほど髭の剃り跡が濃い、気障《きざ》で不愉快な男という印象が残っている。地上では皆かなりほっとしている。わたしをさっさと連れ戻すつもりでいる。わたしは人にどんな第一印象を与えるのだろうと、よく考えてきた。皆まずある程度の興味を覚え、それからわたしのことがわかってきて嫌悪感を抱くようになるんじゃないかと思う。

ブィコフスキーとのいちばん最近の交信の際、気おくれと憐れみの気配を帯びた無慈悲さと自責の念がありありとわかるような気がした。ここにさえ書くに忍びないようなことも。こんなことのどれにしろ、驚くにはあたらない。今やわたしの孤独だけが不安を引き起こすのだ。それ以外は、わたしは面白味のない、心の痛む画像だ。

宇宙飛行士の最終候補者たちの初めてのパーティーのとき、わたしはブィコフスキーとポノマリョワが手を握り合って彼女の携帯無線機の絶縁被膜のない電線に触れているのを見かけた。「ほら、やってごらんよ」と二人は言った。

一九六四年八月一日

あの日、わたしはほかに何をやらなかっただろう？　まだ覚えている。わたしは、ソーラー・オリエンテーションシステムが正しく作動していることを伝えなかった。再突入のあいだじゅう沈黙していた。逆推進ロケットの点火やカプセルの分離を報告しなかった。こういったことのあいだじゅうずっと、地上ではかなりのパニックが起きていたと聞かされた。わたしは代わりに、熱い空気が唸りをあげる音、大気圏再突入の地獄の業火のなかで熱防護材がフライパンのなかのベーコンみたいな音をたてているのと、轍のついた小道をスプリングのない荷馬車で全速力で走っているような揺れとに意識を集中していた。すると焼け焦げた機窓の外に白っぽい空が見え、ヘルメットの頭上のハッチが殻をむかれたように吹っ飛び、霞んだ日光のなかで射出ロケットが轟音をあげ、自分が座席から切り離され、焼け焦げたカプセルが下へ落ちていくのがわかった。

規則に違反して、わたしはバイザーを上げて上を見上げ、すると金属片が顔にぶつかった。川と、干し草の山が幾つか見えた。線路が見え、機関車が走っていた。わたしが着地する場所に何人かの小さな人影が走っていくのが見えた。

記者会見で、わたしたちは一〇三人の特派員と向き合った。ブィコフスキーは二周あとで帰着した。わたしは、顔の縫合のことを訊かれた。わたしは特派員たちに、わたしたちは祖国が成し遂げたことを誇りに思っていますと話した。不安はまったく感じませんでしたと話した。三人のべつべつの特派員から孤独ではなかったかと訊ねられ、愛する人たちが、皆が考えるよりずっと近いところでわたしが飛ぶのを見守ってくれていたのをわかっていましたから、と答えた。パラシュートで降下しながら、「祖国は聞いている、祖国は知っている」を歌っていたと話した。ブィコフスキーがひとつ質問されるあいだ、わたしには一〇の質問が来た。わたしは途中で、彼のほうを向いて冗談を言った。「あら、あなたも飛んでたの？」そしてどっと笑いを引き起こした。あとになって、フルシチョフがわたしの会見ぶりを喜んでいたことを知った。

このあとは、医師たちとの言い争いや、コロリョフとの面談だった――すべて、ひどく落ち込んでがっかりするようなものだった——そして栄誉の最後は、ブルガリア、モンゴル、イタリア、スイス、メキシコ、ガーナ、インドネシアへのツアーだった。ブィコフスキーは妻を同伴させてもらいたいと頼んだが、カマーニンはその頼みを拒絶した。そのあと、宇宙飛行士のなかで最適任の独身男であるとされたニコラエフとの結婚がお膳立てされたという知らせを受け取った。それからソビエトの歴史初の国家結婚式がフルシチョフ自らの司式で行われ、そのあと、ほんの数か月後に、わたしのアリョーナ、宇宙の旅が愛や生殖に悪影響を与えることはないという証しとなった娘が生まれた。

もちろん、わたしが帰還すると即座に日記は発見され、読まれた。でも永遠に引き裂かれるまえに、カモメとタカは一度だけ、KGBに付き添われていっしょに世界一周旅行をすることを許された。わたしたちはすでに引き裂かれていた——宇宙で引き裂かれていた——が、それでもまだいっしょに散歩はした。一度、スイカズラやカミツレモドキが生い茂るでこぼこ道を、追跡者たちを置いてきぼりにして歩いていったことがある。とても大人しくて人懐こい雌のウルフハウンドがついてきた。なんの物音もせず、聞こえるのは犬がはあはあいうのとKGBの呼び声だけだった。わたしたちは頭を後ろに投げ出して寝転んだ。ブィコフスキーはソロウィオワのことを口にした。彼女が出した手紙が開封されずに戻ってきたので、わたしに連絡をとってみてくれと頼まれたのだという。「どうしてそんなことになったんだろうねえ?」と彼は、何も言おうとしないわたしに問いかけた。「といっても、僕には関係のないことだけど」と彼は付け加えた。セックスのことをどんなふうに知ったか、わたしたちは話し合った。わたしの高校時代の友人によると、セックスには一時間かかり、そしてもしカップルがそれを二時間すれば、双子ができる。わたしたちは最後のキスをした。処女を奪ってくれないかとわたしは頼み、幾つかのことを確約したあとで、彼はそうしてくれた。

戦争のあとで物理を教えにやってきた新しい先生をどれほど好きだったことか。ひょろっとした優男で、ピンを水に浮かべたり、早くも白くなってしまった髪を梳《くしけず》って電気を起こしたりできた。彼がとても楽しそうなのでわたしたちも楽しかった。わたしたちが楽しかったのは、そういった奇跡みたいに思えるささやかな事柄をつぎつぎ理解していたからだ。そういうときにはわたしたちはもはや自分自身にだけ属しているのではなく、ほかの人たちも見たり感じたりできるものを経験し始めているからこそ、楽しかったのだ。そういう感覚は始まりが終わりに触れているかと思うほど束の間のことなのだと、わたしたちは気づかされた。そして、あの頃でさえ、自分は差し出されたものにいつも背を向けてしまうだろう、なんであれ世間が施してくれるものをしっかり摑むことは、必死に摑み取ろうとすることはけっしてないだろうということが垣間見えていた。自分の手が届くのはここまでだと思っていても、実際は自分が退けよう、はねつけよう、否定しようとしているだけなのだということが。

初心者のための礼儀作法

サマーキャンプについて。サマーキャンプがいかにひどいものだったかというと、こんな具合。到着した日、僕はキャンプトランクを開けてシャツを着替え、そのままそこの、床台のある四人用テントのなかで、口で息をしながらひとりで立っていた、僕と、テントのキャンバス生地のにおいと、メクラグモだけで。それから、僕がいちばんいっしょにいたくないのは僕自身じゃないかと思って、外のもっと涼しい空気のなかへ出た。荷ほどきするような場所はなかったし、僕の恐怖心でさえ、テントのなかでぐずぐずしていられるほどじゃなかったのだ。気温は四〇度くらいあった。膝の後ろを汗が流れ落ちた。テントのロープに付いている黒い金具は、熱くて触れなかった。

僕たちがいるのは松林のなかだった。何もかもがあの松葉を焼いたにおいがした。父さんは車で帰っていったところだった。僕の向かいにはリスが一匹座り込んで、日差しにぼうっとしていた。木の実を齧って、それから僕めがけて吐き出した。そのずっと後ろでは、空き地で二人の子がべつの子の胸の上に座っていた。右手の、丘を下ったところでは、誰かがベルを鳴らしていた。

僕はその音のほうへと小道を下った。散歩してるみたいな顔で。ぶらぶらと、数人の子供とカウンセラー（キャンプの指導員）がたむろしている差し掛け小屋へ近づいた。上の看板には「カウンセラー小屋」と書いてあった。カウンセラーは金髪男が二人、一七か一八で、ママたちにいい子だと思われそうなタイプ。もうシャツを脱いでしまっている太った子が何かのことで二人にうるさく言っていた。その太った子は僕のメガネをかけていた。太った子がかけてるとかなりザンネンに見えた。なんと僕のと同じ側を絶縁用テープで修理までしてあった。その子の口調は泣きごと混じりで、僕のいるところまで聞こえていて、延々と続けていた。そっちへ歩いていくあいだずっと僕は、このバカタレめ、と心のなかで思っていた。僕は自分のことを言ってたんだ。自分が馬鹿げた状況にいることに気がつくといつも死にたくなる。差し掛け小屋の前まで来ると、目の合った相手に誰にでも頷いてみせた。誰も頷き返さなかった。

「言っただろ、知らないって」金髪男の片方が、腕を組んで立っている僕を見つめながら言った。太った子に向かって話してるらしかった。両手を差し掛けの上端のツーバイフォーに置いて、両足は動かさないまま体をちょっと揺らしていた。危険なほどうんざりしているように見えた。太った子が何かほかのことを言った。金髪男は無視した。太った子はまた何か言った。金髪男は力いっぱい体を揺らすと、両足をいっしょに持ち上げて、太った子の顎の下から顔へと蹴り上げた。

　太った子は地面から五〇センチばかり飛び上がって仰向けに倒れた。プラスチックのバットで干してあるシーツをぶっ叩いたときのような音がした。僕たちは皆、この先何週間だろうとそのあいだどんなことに直面しなくちゃならないかこれでわかった、みたいな顔でただじっと見つめていた。自分があの金髪男で、また同時に太った子でもあるみたいな気分に襲われた。ほかの子のひとりが前屈みになって、落ちていたメガネを見つけた。

「やあどうだい？」太った子を蹴飛ばした男が僕に訊ねた。

「だいじょうぶです」と僕は答えた。ほかにどう言ったらいいかわからなかった。

「ほら。話してごらん。聞かせて。どうしたの？」出発のまえの日、僕がひとりでいるところを捕まえた母さんは、そう言った。キャンプへ行きたくないんだと話すと、母さんは、キャンプのことはいいから、と言った。弟のことが気になるんだと思うと言うと、弟のことはいいから、と母さんは言った。

母さんが訊ねるのは、日中とか放課後とかの僕の様子を見てるからで、母さんは手助けしたいのだった。こうして学校が終わってしまったらもっとひどくなるんじゃないかと母さんは心配していた。何もかもあまりに負担が大きすぎるんじゃないかって誰でも不安なものなのよ、と母さんは言った。

僕の成績はどんどん下がっていた。友だちは来なくなった。僕の部屋のハエジゴクまで枯れてしまった。

母さんは、僕の「世界一致命的な毒」リストも見つけていた。僕はいつもそういうののランク付けをしていて、順位を入れ替えていた。内側の一ページ目にこのタイトルを書いたノートを、自分の机に入れてあったんだ。百科事典や図書館で調べたり、それにうちの流しの下も見た。ドクロとぶっちがいの骨のマークが描いてあったら、調べてみた。

金髪男たちはクリスとケイレブという名前だとわかった。意地の悪いほうがクリスで、テレビに出てる男みたいだった。いったん全員が集まると、こいつがスピーチを始めて、ケイレブが締めくくった。キャンプへようこそ、のスピーチだった。あの太った子は汚れたハンドタオルを鼻に押し当てて聴いていた。血は止まっていたけど、唇も鼻も腫れていて、あとから来た子たちは皆、明らかにどうしたんだろうと思っていた。太った子は鼻をぐずぐずいわせ、ずっと頭を下げながらもあの二人を睨みつけていた。クリスがそのタオルを見つけてやって、これを当てておけと言って手渡したのだ。クリスがタオルを探しに行ったあいだに、ケイレブが太った子を助け起こして、メガネを直してやって、手を腿に当てて体を屈め、気を取り直そうとしているあの子に横からだいじょうぶだよと声をかけたのだ。

カウンセラーはあの二人だけじゃなくもっといる、と僕たちは聞かされた。でも、キャンプ参加者は、ビーバー、ヘラジカ、キツネの隊に分けられていて、あの二人はビーバーの担当だった。僕たちはビーバーだった。

「あれ、見た?」自分たちのテントに向かいながら、僕の新しいテント仲間が訊ねた。馬鹿げた質問だった。僕たちは二人ともあのときあの場にいたんだから。あの太った子は、事実上僕たちのあいだに着地したようなものだった。

僕は首を振った。ちょっと呆然とした感じで。いやあ、あれはまったく、みたいに。

「あんなひどいことして、あいつらただじゃ済まないよ」と僕の新しいテント仲間は言った。その口調は、ただで済むんじゃないかと心配してるみたいだった。その子は、弟の白無地のTシャツを借りてきたみたいなのを着ていて、ぐっしょり濡れていた。僕は自分ががりがりに痩せてると思っていたけど、その子はひどくて、両手を脇に下ろしていても紙コップを腋の下にくぐらせることができそうだった。

もうひとりの新しいテント仲間は、開口一番、欲情していると言った。僕たち三人は尻をベッドに乗っけて足は床に着け、両手で支えて体を反らせていた。まだひどく暑かったのに、自分たちのテントへ行けと言われたので、そうしたのだ。ディナー・ホルンが鳴るまで、僕たちは静かに過ごすのだ。ホルンはどうやら実際に誰かがホルンを吹くらしかった。誰かがホステスなんとかを食べた包み紙をもうひとつのベッド一面に撒き散らしていた。ひょっとしたら四番目の子は来ないのかもしれない。

がりがりの子は、州の北のほうから来たジョイスだと名乗った。「北のほう」という言葉が、自分についての情報に関するかぎり、すべての空白を埋めてくれるとでも言わんばかりの口ぶりだった。

「ジ、ジ、ジョイス?」ともうひとりの子が言った。「あら、こんにちは。あたしはワンダよ」

「そんなわけない」とジョイスは言った。「君の名前はなんだよ?」

「ルル・ベル」ともうひとりの子は答えた。

ジョイスは僕のほうを向いた。「君の名前は?」と訊ねた。

僕は答えた。

「よろしく」とジョイスは言った。

「あの太った子、どうしたんだ?」ともうひとりの子が訊ねた。

「いやあ」とジョイス。「きっと信じられないよ」ジョイスは経緯を話した。「僕たちは二人とも、その場に立ってたんだ」と言った。

「そりゃあひでぇな」ともうひとりの子は、クリスマスの朝、階下へ降りてきたところみたいな口調で応じた。

「で、君の名前はなんていうんだ?」僕たちがディナーから戻ると、ジョイスは訊ねた。ディナーは最悪だった。僕のソールズベリー・ステーキには小さな金属片か何かが入っていたし、トレーを運んでいるときに後ろの列の子に短パンをからかわれた。

「ＢＪ」ともうひとりの子は答えた。盛大な「オープニング・ナイト・キャンプファイア」が始まるまで、今度はもっと時間を潰さなくちゃならなかった。

「それってなんの略？」とジョイスが訊いた。

「ＢＪ」とＢＪは答えた。

キャンプファイアの初めの頃はずっと、料理に入っていたもののせいでまだ歯茎から血が出ていた。血の味がした。痛みを和らげようと僕は顔を動かし続けていた。「お前、なんだよ、知恵遅れか？」ＢＪが問いかけた。かなり暗くなってはきているが見えたんだろうと僕は思った。

僕は両手をぎゅっと押し合わせた。足をじっとさせていられなかった。でも、興味はあった。ここにいるのが家にいるより、あるいはほかのどこかにいるよりひどいというわけではなかった。

目の前には大きな薪のピラミッドがあった。二メートルくらいの高さがありそうだった。その真ん中からワイヤが、僕たちの後ろに置かれた脚立へと走っていた。草の上に座っている子の誰もがかがり火のことを考えていて、ひょっとして手がつけられないほどになってここが焼け落ちてしまわないかなあと期待していた。

僕たちは全員、テントへ帰るときのために懐中電灯を持っていたが、この時点では消していることになっていた。クリスが集まったなかから三人を引っ張り出して、前に座らせ、自分がステージに上がったら懐中電灯の光を自分に向けるようにと指示した。ステージは、四つの金属製牛乳ケースの上にベニヤ板を置いたものだった。クリスがそこへ上がったとき、引っ張り出された子のひとりはまだ震えていた。その子の光の筋がぴくぴく動いているのがわかった。たぶん、その三人の顔面キックで開始となるんじゃないかと思っていたんだろう。

そんなことはなく、クリスは僕たち皆にハイ、と挨拶してから、「君たちの声が聞こえないぞ」と四回繰り返し、そのたびに僕たちは挨拶を返した。しまいには、僕でさえハイと叫んでいた。クリスはキャンプ・リーダーを紹介した。リーダーは手にビールを持っていた。キャンプ・リーダーはステージに上がるとビールをクリスに手渡した。ベニヤ板が傾きそうになり、キャンプ・リーダーは手を両側に伸ばすと、「どうどう、斑馬《オールド・ペイント》や」と言った。笑いが取れると思ったらしい。

リーダーは僕たちに、ポータパウグというのはニプマク・インディアンが付けた名前で、「沼地」という意味だと説明した。このキャンプは一九一九年に、ブリッジポート・ロータリークラブが始めたのだということだった。いちばん近い町からでも一七五エーカーあるということだった。リーダーは僕たちにスケジュールを説明した。起床合図で整列、寝棚攻撃、これは起床合図があったのに寝ている子に対して行われる。食事係集合、朝食。申し込んだイベント。食事係集合、昼食。昼寝。申し込んだイベント。食事係集合、夕食。水球か旗取りゲーム。キャンプファイアと就寝。リーダーはスケジュールをもう一度繰り返した。それから、キャンプ・ソングを教えてくれた。

「ポータパウグ、気楽なところ、ポータパウグ、救いの手」僕の隣の子は歌った。

キャンプ・リーダーは降りて、クリスがまたステージに上がった。キャンプ・リーダーは自分のビールを取り返した。ほかのカウンセラーたちは皆、僕たちの後ろで何かやっていた。

「ポータパウグの火の神よ、火を下し給え！」とクリスが金切り声で叫んだ。

なかで何かが炎を上げているコーヒー缶が、ワイヤをピラミッドに向かって滑ってきた。薪にぶつかると弾んで、それからちょっとそこで停まり、そして全体が燃え上がった。きっと何もかもにガソリンか何かかけてあったのだろう。キャンプ参加者たちには大ウケだった。

前列の子たちは後ろへ下がらなくてはならなかった。ひとりの子のスニーカーのつま先が溶け始めた。

また歌を歌った。それからカウンセラー全員がどこかへ行った。僕たちは暗いなかで座って、炎を見つめていた。

僕は本当に無事八年生になれるんだろうか？　そもそも僕は、八年生になりたいんだろうか？　近づいてくるつぎの一年のどんなことにせよ、経験したいとは思えないような気がした。

「あれでぜんぶ？」とBJが言い、炎も消えてしまった。

カウンセラーたちが戻ってきた。互いに小突き合ったり、ヘッドロックをかけたりしていた。キャンプ参加者は隊ごとに解散となり、ビーバーが最初だった。引き上げようとして立ち上がったら、ひとりが転んで手を火傷した。テントへ帰る道々、誰もが懐中電灯の光線を剣にして戦う真似をし、しまいにカウンセラーからやめろと言われた。

テントのなかでは、誰も何もしゃべらなかった。僕はベッドのなかへ潜り込んだ、すでに暑すぎるほどだった。片方の耳で蚊がぶんぶんいう音がし、それからもう一方の耳のほうへ行った。

外から消灯しろという声がした。僕たちは懐中電灯を消した。「ところでお前、マスかいてんの？」外の人の気配がなくなるや、BJが訊ねた。

僕はなぜか涙が溢れてしまい、枕に顔をうずめた。枕はもうすでに洗濯物袋の底みたいなにおいがした。

「お前、幾つなんだ?」とBJは訊いた。外を光が過って、BJのシルエットが浮かんだ。

「どっちに訊いてるんだ?」しまいにジョイスが問い返した。

「お前だよ」とBJは答えた。「どっちでもいい」

「僕は一一だ」とジョイスは言った。

「へえ、あのさ、俺は一二だ」とBJ。

「ふうん」とジョイスが応じた。暗闇のなかで、二人のどちらかが寝返りを打ってから、上掛けをえいと蹴飛ばした。

「お前はどうなんだ?」とBJが訊ねた。

「僕も一二だ」と僕は答えた。

「まさか」とBJは馬鹿にするように言った。

「こんなことの相手してる暇はないんだ」と僕は言ってやった。

「あいつが一二のわけないよ」とBJはジョイスに言った。

「本人はそうだって言ってるよ」とジョイスは言い返した。

「嘘つきのクソバカめ」BJは箱のなかの物をカチャカチャいわせた。何か食べているのが聞こえた。

　僕は泣いていたが、それは自分でもぜったいやりたくないことで、なんの音もたてないようにしようと努めていた。指先で眼球を押さえながら、このまま頭蓋骨のなかへ押し込んでしまうんじゃないかと不安だった。ひどく痛くなってきたので、やめた。父さんは言ったっけ。「キャンプへ行きたくないのか? お前は何もやりたくないんだなあ。大変なのはどこだっていっしょだ。行って、無理にでも楽しんでこい。父さんたちはここにいて、お前の弟の相手をしてるから」あとで、僕がもう一度その話を持ち出そうとしたら、父さんに言われた。「父さんの言うことを信じろ。お前にとっちゃそのほうがいいんだ」

「ああ、鉄の棒みたいにおっ立ってカチカチだよ」とBJが言った。BJはベッドでアレをいじくってるような音をたてた。

これでまだ最初の夜なんだ、と僕は思い続けていた。するとなおさら泣けてきたけれど、そのうち泣くのをやめた。

「さっきのはなんだ?」ジョイスが訊ね、BJといっしょに身動きするのをやめて耳を澄ませた。でもそのときには、もうなんの物音もしなかった。

朝食のとき、僕以外は全員が全員を知っているみたいに思えた。「見つけてたんだからな」BJがべつのテーブルの子に声をかけた。「あのあと見つけたんだ。逃がさないぞ」

「あの子、もとから知ってたの?」と僕は訊いた。

「お前があいつに会ったときに俺も会ったんだ」とBJは答えた。ワッフルを幾つかまとめてフォークで切っていた。

僕はその子のほうを見た。「僕がいつあの子に会ったの?」と僕は訊ねた。誰も答えなかった。

食堂から引き上げる途中で、僕はあの太った子とぶつかった。太った子は何か撒き散らしたけれど、なんだったのか僕は見なかった。BJは正面の階段を下りながら僕にハイタッチした。

「人の手助けをすることのどこが悪いのよ」と母さんから言われたことがある。母さんが言っていたのは弟のことだった。

弟はおかしくなっていた。それは大きな心配事だった。僕はひどく緊張するし、父さんの言い方によると、幾つか問題も抱えていた。でも、弟は皆を心配させた。そのことについて、母さんと父さんのどちらの不安がより大きかったのか、僕にはわからない。学校が夏休みに入ったあとのある夜、僕たちが寝ていると思った二人は、そのことについてあれこれ話し始めた。しばらく聞き耳を立てていてからベッドで体を起こした僕は、弟が暗い廊下で立っているのに気がついた。

「こっちへおいで」と僕は呼びかけた。弟は入ってきて、上掛けの上に座った。弟はまだ九歳で、復活祭からずっと泣きどおしだったみたいな様子だった。量の多い髪は寝癖がついて、翼みたいに上に突き出していた。暗いなかでも、悲しそうに見えた。

「ウェイニク、キオフ、あのなんとかいうヤツ、皆同じだ」と父さんが言った。父さんは流しで何かゆすいでいた。

「皆、思いつくことをぜんぶやってみてくれているのよ」母さんが父さんに言った。「ウェイニクは時間をかけましょうって」

「ウェイニクは毎週一時間、あの子を診てるんだぞ」と父さんが言った。「おまけに金曜の午後だ。ドアの横にクラブを用意してさ。最初のティーショットの準備ができてるんだ」

「ほかのお医者へ行ってみたいんなら、ほかのお医者へ行きましょうよ」と母さんは言った。

「ほかの医者へは行ったじゃないか」と父さんは答えた。「それで<ruby>こういうこと</ruby>になってるんだ」

弟は、四年生になるまではちゃんとやっていた。それから、何も問題なかったのに、何もかもがキツすぎるみたいになってしまった。弟はシュートしていて、続けて三回入れ損なって、ぷつんとキレて、枝を何本も折って、ボールを思いっきり通りへ投げつけた。弟は父さんが植えた新しい木を真っ二つにへし折った。手で自分の顎をぎゅっと引き下げて、救急処置室へ行かなくちゃならなかった。ある晩弟が自分を殴っているのを見つけたこともある、口から血が出てるせいでぴちゃぴちゃいう音がするのが聞こえたからだ。僕たちが二人ともそれぞれ宿題をやってるはずのときに、弟が途中でやめて宿題を引きちぎり、両腕を痙攣しているみたいに動かして、机の上の物をぜんぶなぎ払ってしまうのが聞こえてくる。

あの夜、下のキッチンであれこれ話し合ったあげく、両親は黙ってしまった。階下で、両親が互いにじっと見つめ合っているのかと思うと、たまらなかった。

「二人とも、僕のこと頭がおかしいと思ってる」しまいに弟が言った。

「二人ともお前のことを心配してるんだ」と僕は弟に言った。

「兄ちゃんは僕のこと、頭がおかしいと思ってる?」弟は訊ねた。

「いいや」と僕は答えた。

「じゃあ、なんで僕は頭がおかしいようなことをするんだろう?」弟は問いかけた。

「僕だって、頭がおかしいようなことをするよ」と僕は返した。

「僕みたいなことはしないよ」と弟は答えた。

でも、お前と同じだと言ってやれたのだ。僕がどんなにおかしいか、弟に話してやることだってできたのに。一〇〇でも例を挙げてみせられたのに。代わりに僕は、あいつといっしょにただ座っていた。

「兄ちゃんは、いい兄ちゃんだ」弟はそう言って、自分の部屋へ戻っていった。

「そうだといいけどな」と僕は答えた。

「お前たち、まだ起きてるのか?」階下から父さんの声がした。


ひと晩じゅう起きていたせいで、僕が参加申し込みボードのところへ行ったのは遅くて、いいのはぜんぶ取られていた。残っているのは「遊歩道の監視《トレイル・ポリシング》」と「クラフト小屋《ハット》」だけだった。

「トレイル・ポリシングって何?」僕は前にいる子に訊いた。その子は答えなかった。糸でぶら下がっている鉛筆を取ると、「クラフト・ハット」のところに名前を書いて行ってしまった。

「トレイル・ポリシングって何?」僕はあの太った子に訊いた。トラックのUターン場所の土の上に座って、足の裏から何か取ろうとしていたのだ。メインの食堂の裏のそのあたりは、いろんなものが行き交うのでめちゃめちゃだった。

「ゴミ拾いだよ」と太った子は答えた。

僕は「クラフト・ハット」の下に自分の名前を書いた。「クラフト・ハットってどこか知ってる?」と僕は訊いた。

「君、トゲ抜くの、得意じゃない?」と太った子は訊き返した。

太った子は夏じゅうずっとここにいるということがわかった。ランチのときにBJから聞いたのだ。キャンプの話からだった。僕たちはキャンプで二週間過ごす、ほとんどがそうだ。三週間の子がひとりいる。ところが、あの子は夏じゅういるのだ。あの子の両親はヨーロッパだかパリだかなんだかにいて、あの子をここへ捨てていったのだ。あの子がテント仲間に話したらしい。しかも一日早く着いて、キャンプ・リーダーの部屋のソファで寝たという。

たぶんあの子の両親はこんな感じだったんだろう。ああ、だいじょうぶ、きっと気に入るさ。友だちが何人かできたら……

結局あの子もクラフト・ハットにいた。ほかにもうひとり、メガネの下の片方の目に眼帯を当てている子がいた。僕の前で名前を書いていた子は、来てもいなかった。死んじゃったのかもしれない。

「君が光を遮ってるんだけど」僕が腰を下ろすと、眼帯をした子が言った。

「アイアイ」と僕は答えたんだけど、その子にはわかってなかったと思う（はいはい、の意だが、eyeと発音が同じ）。

その子は粘土で灰皿を作っていた。太った子はずっと足の裏を爪で引っかいていた。僕はキーホルダー用の飾り紐を作った。

ランチのときのもうひとつの話題は、ほかの皆がどれだけ楽しんだかということだった。筏《いかだ》から泳いだ、キャノンボール飛び込みをやった、キラー・ハンドブレイカー・テザーボールをやった。

「僕は飾り紐を作った」と僕は話した。皆マイル水泳に参加する話をしていた。ジョイスは胸を抱えるようにして両手で腕の外側を摑み、今から寒いような顔をした。あの太った子がちゃんと間に合うように起きようとしているのに、カウンセラーたちがあの太った子に寝棚攻撃を仕掛けたらしい、とBJが話した。ジョイスも同じ話を聞いたと言った。結局、カウンセラーたちがテントにやってきたときが寝棚攻撃の時間で、ベッドから、床台の端とキャンバス生地の壁とのあいだに落ちるように放り出されるのだ。「あそこがまた、キショいんだ」と誰かが言った。

弟の名前はジョージーなんだけど、弟が本当に嫌がることのひとつが、僕から「プリンとパイ」って呼ばれることだった（古い童謡の「ジョージー・ポージー」より）。二人で車の後部座席に乗っていて、僕がいきなり、弟にしか聞こえないようにそう呼ぶと、弟は「やめろ！」と叫んで、父さんをぎょっとさせて、それから怒鳴られることになる。僕も弟と同じくらい嫌だったのに、やめられなかった。やめるんだ、、、、と弟をつきたくなると自分に言い聞かせる。そうしては、やってしまう。少なくとも本当の自分を見るという満足は味わえる、みたいなことをやるときのような感じだった。弟は必ずかっとなったけれど、僕が何をやっているか両親に言いつけることはぜったいしなかった。

「なんで言いつけないいんだよ?」と僕はよく訊ねた。そんなこと訊かないでくれと弟は言った。

「弟をいじめてるの?」一度母さんに訊かれたことがある。弟と大喧嘩したあとだった。僕は弟のレコードプレイヤーを弟のベッドのヘッドボードに投げつけたのだ。僕たちは皆真夜中みたいに静まり返っていた。弟はまだ自分の部屋のなかで騒ぎ立てていた。父さんは窓をぜんぶ閉めてしまっていた。

さあ、と僕は答えた。ちょっといじめることもあるなあ、と僕は思った。

それだけではなく、僕は弟に自分のレコードをかけさせてやらなかった。弟がいちばん好きなことなんだけど、弟は必ずどれにでも引っかき傷をつけてしまう。僕たちは母さんが銀行へ行くときにいっしょにバスでブリッジポートへ行って、あとで45回転レコードを買いにコーヴェットの店へ寄る。僕たちはWICC局とWMCA局を聴いていた。いつも、弟も自分のを持てるように、どれも二枚ずつ買ってもらえないかと頼むのだけど、母さんは決まって、一枚買ってもらえるだけでも有難いと思いなさいと答えた。そして弟は必ず、自分が買ってもらったのより僕のほうがいい、みたいに思う。そうしては、僕が何かしようとしているときに僕の部屋に座り込んで、『夢の蝶々』をかけない?」なんて言う。僕は「駄目だ」と答える。そして僕が自分のやっていたことを続けようとしているあいだ、弟はそこに座ってその曲を鼻歌で歌ってる。それで僕は「まだあのレコードをかけるつもりはないからな」と言う。すると弟は肩をすくめて鼻歌を続ける、これで満足しておかなくちゃ、みたいな顔をして。弟が庭に出てしまうと、僕はその曲をかけることもある。キャンプに出かけるまえ、弟はキースの『98・6』、僕はレモン・パイパーズの『グリーン・タンバリン』を買った。弟は新しいレコードプレイヤーを買ってもらっていたけれど、僕が帰ってくるまで僕のレコードはどれも触っちゃいけないことになっていた。僕は出かけるまえにレコードを収納庫に隠しておいた。

「兄ちゃんがいないあいだ、兄ちゃんのレコードかけていい?」出発する朝、弟はそう訊いた。まだほとんど真っ暗だったのに、弟は僕を見送ろうと起きていた。

「構わないけど」と僕は答えた。

「いい兄ちゃんだな」車のなかで運転席から父さんは言った。

キャンプにいるあいだに電話がかかってきてどこに隠したか訊かれたら、僕はたぶん教えてやるだろう。

つぎの朝は参加申し込みボードのところへ早目に行ってみたのだけれど、それでもまたもビーチの活動には遅すぎた。僕とほかの二人の子とあの太った子は、結局アーチェリーに申し込んだ。アーチェリー場というのは、干し草の俵が三つにファイバーグラス製の弓がひとつ置いてある野原だった。太った子によると、まえの年に誰かが矢をぜんぶなくしたらしい。

「君、去年もここに来たの?」と僕は訊いた。

「もう三年毎年来てる」と太った子は答えた。

ほかの二人が弓を持った。交代で俵のひとつめがけて投げつけている。

「君んちの親は君がここを嫌ってるってこと知らないの?」僕は訊いてみた。

「君んちの親は？」と問い返された。

その日の午後のハイキングのとき、あの太った子はクリスのことを言いつけたんだとＢＪが言った。

「それでクリスはまずいことになったの？」とジョイスが訊ねた。僕たちはウィドウメーカー・トレイルに沿って散開させられて、ランチを待っていた。カウンセラーがひとり、岩の上で缶詰のスパムをスイス・アーミーナイフで切ってはずんぐりした円筒形の容器に入れていって、もうひとりがスライスしたパンを配っていた。初めに回された飲み物で、僕の水筒はすでに駄目になっていた。水を持っている子は全員、持っていない子全員から飲ませてくれと頼まれていた。

あの太った子は僕たちの後ろの、トレイルの真ん中にいて、クリスに尻を蹴られたり、歩道からガムをひっぺがそうとするみたいに足先で尻の下をこじられたりしていた。「誰に向かって石投げてるんだ？」とクリスが問いただした。僕がトレイルの向こうに小石を投げているのに気づいていたのだ。

「あんたたち二人」と僕は答えた。

「ならやめろ」とクリスは言った。

戻ってから、夕食のまえ、あの太った子が小型ヨットに申し込んで、乗って出発しようとしたとき、クリスが水のなかを歩いてきて、あの子ごとヨットをひっくり返し、それからまた岸へ戻っていった。

「やめろ」太った子は水面に浮き上がるとわめいた。「お前もやめろ」僕が岸からまた小石を投げているのを見て、あの子は言った。石はあの子の周りの水面にぴちゃぴちゃ落ちていた。

「電話だよ」僕たちがそれぞれのテントに戻ると、どこかの子が僕に言った。キャンプ参加者が使える電話はひとつしかなく、それはキャンプ・リーダーのオフィスにあった。

「なんの音がしてるの？」父さんがやあと言ったあと、僕は訊ねた。

「お前の弟だよ」と父さんは答えた。

「どうしたの？」僕は訊いた。

「ニューヘイヴンまでアソシエイションを観に行きたいんだとさ」と父さんは答えた。

「ロックバンドのアソシエイション？　ニューヘイヴンで公演するの？」と僕。

「なあお前、あの子があの連中の家を訪問したがってると思うか？　そうだ、ニューヘイヴンで公演があるんだ」と父さん。

「あいつ、どうやってそんな情報仕入れたの？」僕は訊ねた。

「父さんが知るわけないだろ？」と父さんは答えた。「あいつはラジオを聴くからな」

「行くから」弟が父さんに言うのが聞こえた。

「お前は行かない」と父さんは言い返した。母さんがどこかから、訊かれてもいない意見を叫んだ。

「あいつ、父さんにいっしょに行ってほしいわけ？」と僕。

「あの子は九歳だぞ。ロック・コンサートには行かせない」と父さんは僕に言った。

弟が何か叫んだけれど、僕には聞き取れなかった。「おい」と父さんが叫び返した。「二、三週間、部屋から出ないでいるのはどうだ？」

弟は何かべつのことを言ったけれど、聞こえなかった。

「代わりに、お前のレコードを何枚かかければいいじゃないかってあいつに言ったんだ」と父さんは言った。

「僕に話してるの？」と僕は問い返した。「僕のレコードのこと？」

「違う、母さんに話してるんだ」と父さんは答えた。「あの子は父さんたちのペリー・コモをかけたがってたね。だからお前に電話したんだ」

「僕のレコードはあいつにかけさせたくない」と僕は言った。

「おいおい、お前まで始めないでくれよ」と父さんは返した。

「僕は何も始めてないよ」と僕は言った。

「まったくもってまあ」と父さん。「あのクソいまいましいレコードをそっくり窓から放り出してやる」

「いいよ」と僕は返事した。「あいつのやることなんか、僕には関係ない。あいつがレコードをぜんぶ割っちゃえばいいんだ」

「父さんもそう望むね」と父さんは言った。

「君の懐中電灯を貸してくれ」テントへ戻る途中で、クリスにそう言われた。後ろから来ていたのだ。

「どうやったら家に帰れる？」僕は訊いてみた。

「懐中電灯を貸せ」とクリスは言った。懐中電灯を渡すと、クリスは木立のなかへ入っていって、消えてしまった。懐中電灯の光が進んでいくのさえ見えなかった。

「クリスが僕の懐中電灯を持ってるぞ」戻ると僕はテント仲間たちにそう告げた。ゴジラが街をうろついてるぞ、みたいな言い方で。

その懐中電灯は父さんの上等なやつだった。荷物を詰めていたとき、僕たちの玩具にさせていたプラスチックの安物じゃなく、父さんは自分のを持たせることに決めたのだ。弟は一度父さんのを持って出てなくしてしまった。母さんまで、探しにかからなくちゃならなかった。それはすごく大きいやつだった。僕はどっちでも構わなかったんだけど、父さんののほうが光線の具合がよかった。なくさないからねって言ったら、父さんはわかったって答えたんだ。それが今やクリスがあの懐中電灯を持っていて、返してもらおうとしたら、懐中電灯で死ぬほど殴られるだろう。

いつものように、眠れなかった。まだ暗いうちに起きて、ビーチの申し込みをした。カウンセラーの差し掛け小屋のそばを通ったけど、動いている人間はいなかった。アライグマが一匹、土の上に置いてある誰かのナップザックのなかを探っていた。

あれをなくしたのはもしかするといいことだったのかもしれない、とテントへ戻りながら僕は考えた。両親に知れたらたぶん二人は、だけど、ちゃんと気をつけていてほしいと思ってたのは、あの子だってわかってたのに、とか思うだろう。

だけど、僕はまた、ほかの皆が沈んでしまったときに浮かんでいられる子でもいたかった。

あの太った子もビーチにやってきた。キャンプ・リーダーはクリスの件で埋め合わせをしようとしてるんだ、とあの子は言った。

僕は壊れたゴミ箱の尖った縁で手を切った。

懐中電灯のことが気になった。太った子は僕の隣に座っていた。水に入っていないのは僕たちだけだ。湿気がひどいので、浸かっていないようには見えなさそうだった。

スチールの桟橋から箱筏まで競争している子もいた。ヨットが二、三艘、縦横に動いていて、ときおり帆が倒れる。手漕ぎボートが一艘ずっと向こうのほうにいて、マイル水泳をやっているグループの後をついていく。僕たちがいる葦の横の砂地の向こうの水面は、クリームソーダみたいな色だった。

箱筏の上では子供たちがほかの子供たちを湖に投げ込んでいる。叫び声がつぎつぎ聞こえ、僕の手はまだ血が出ていた。もっとしっかりしたバンドエイドが必要になりそうだった。

「BJってBlow Job（フェラチオ）の略だと思う?」と太った子が訊いた。

僕は相手を見つめた。そんなこと考えもしなかった。

「君はまだ頼まれてない?」太った子は訊いた。

「頼まれるって、何を?」

「僕は頼まれたよ」と太った子は言った。「やってもいいよって返事した」僕の顔を見る目つきからすると、望みどおりの反応をしてしまったらしい。

「なんでそんなこと言うんだよ?」と僕は訊いた。といっても、僕には関係ないことだけど。

相手は肩をすくめた。両肩が耳のところまで上がった。

誰かが僕の頭を救命用具でぶん殴った。「キャンプ・リーダーが呼んでるぞ」振り向くとクリスがそう言った。

「もう僕の懐中電灯は要らなくなった?」と僕は訊いた。

クリスは誰だっけ、という顔で僕を見つめた。「お前の懐中電灯なんか持ってないぞ」

僕は目を閉じた。そして目を開けてもクリスの表情は変わっていなかった。懐中電灯を貸したのは僕だとクリスに説明した。

「俺は自分のを持ってる」とクリスは言った。「お前のを借りるわけないだろ?」

昨日の夜、と僕は説明した。トレイルで。

「この子に懐中電灯返せよ」と太った子がクリスに言った。

「なんだと?」とクリスは訊き返した。

それから僕に呼ばれているぞと繰り返すと、まだ太った子を睨みながら僕の肩をひと突きした。さあ行け、みたいに。

振り返ると、クリスが立ちはだかる下で、あの太った子はひとりでそこにいるみたいに、じっと水面を見つめていた。

「いったい、レコードはどこにあるんだ?」父さんは電話で訊ねた。教えると、電話は切れた。戻ると、太った子は腰のところまで水に浸かって立って、箱筏にいる子たちを眺めていて、クリスはいなくなっていた。僕が膝のところまで入ると、エアホーンが鳴って参加申し込みイベントの終了を告げた。

「BJってブロウ・ジョブの略だと思う?」僕はランチのときにジョイスに訊いてみた。

「わかりきったこと訊くな」とジョイスは答えた。ラグマットの上を俯せで引きずられたみたいに、おでこに四分の一サイズのイチゴがくっついていた。

「じゃあ、君もそうだと思うんだ」と僕は言った。

「あいつが話すことったら、それだけじゃないか」とジョイス。

僕たちはトレーを持って座る場所を探していた。「僕はそんなこと言うの一度も聞いたことないよ」と僕は言った。

あの太った子を殴っているのはクリスだけじゃないことがわかった。太った子のテント仲間たちもやってるのだ。まえの晩、仲間の二人があの子を押さえつけて、ひとりが顔じゅうにおしっこをひっかけた。それにあの子のベッドにも。夕食のまえの自然センターであの子が話してくれた。自然センターというのは二部屋の小屋で、丸太の上に乗った縫いぐるみのキツネと、ガラスケースに入ったカメの甲羅が幾つか置いてある。あそこでいちばんいいのは天井の隅のクモだけど、あれは展示物じゃない。太った子は、どこへ行ったらいいかわからないんだと話した。もうあの子たちとは寝たくない。もう、どこでも寝たくないのだ。

「わかるよ、その気持ち」と僕は言った。でもあの子は、ただ元気づけようとしているだけなんだろ、みたいな顔で僕を見た。

もっとあとになって、その夜会ったとき、クリスに向かって僕の応援をしてくれてありがとうと、あの子に礼を言った。

「懐中電灯は戻ってきてないんだろ?」とあの子は訊いた。

「うん」と僕は答えた。

「なら、僕はなんの役にも立ってないじゃないか」とあの子は言った。

僕たちはキャンプファイアから戻ってくる途中だった。「二人でどこへ行くんだ?」いっしょに歩いている僕たちを見て、BJが訊ねた。でも、その声は心配そうだった。

太った子はちょっとのあいだ僕を無視してから、しまいに言った。「僕だって僕をここへ置いてったろうな」トレイルに目を落としているその顔は、パリが見えるみたいだった。

「君んちの親、夏は毎年出かけちゃうの?」と僕は訊ねた。僕の人生よりひどそうだ。

「僕、こんなに太ってなくてもいいのにさ」とあの子は言った。「いつも食べてるって感じなんだ」

「なら、食べるのやめろよ」と僕は言った。「セロリ・スティック食べればいい」

「そうするつもりだ」とあの子は答えた。

僕たちは暗闇のなかで曲がるところを間違え、引き返さなくちゃならなかった。ＢＪについてしゃべったことは一切言わないでくれとあの子は僕に頼んだ。「内緒ってことになってるんだ」とあの子は言った。「あいつ、一〇人くらいに頼んだんだよ。いいよって言ったのは僕だけだと思う」

「そんなこと頼まれて、あいつのケツを蹴飛ばしてやりたいって思った子はいなかったのかな?」と僕は訊いた。

「うん、まあねえ」とあの子は答えた。おいおい……みたいに。「君に関係ないだろ?」本当にやるつもりだったのかと訊くと、あの子はそう返事した。「男っていうのはあれが好きなんだ。君が気になるなら言うけどさ。してやると、喜ぶんだよ」

僕たちはやっとあの子のテントを見つけ、僕は心の底でこりゃあぜったい眠れないな、という気がした。「君が正常ならわかるはずだ」とあの子は言った。

真っ暗で、あの子の肘がしょっちゅう僕に当たった。テントのなかから誰かが頭を突き出した。

「お前、誰だ? そいつのガールフレンドか? 家まで送ってきたのか?」

「ああ、僕はこの子のガールフレンドだ」と僕は答えた。「家まで送ってきたんだ」それを聞いて全員が派手にどよめいた。

「お前の親友はどうした?」自分のテントに戻ると、ＢＪが言った。

「しごいてなくていいのか?」と僕は返した。それから二人ともそれぞれの寝袋に潜り込んで自分に触りながら横になって、つぎに何を言おうか考えた。僕がまだ眠れないままでいると、ＢＪがしまいに体を起こして僕たちが寝ているのを確かめようと耳を澄ませ、そして短パンを穿いて出ていった。トレイルを歩いていくあいつのビーチサンダルがぺたぺた音をたてるのが聞こえた。

最初の鳥が鳴き始めると、頭の上のキャンバス生地がまた見えるようになった。そよ風が感じられ、何か新鮮なにおいがした。目が疲れてひりひりした。丘の上の藪のほうで物音がしていた。

ランチのまえに三度クリスを見かけ、そのたびに懐中電灯のことを訊いた。クリスはほかに気をとられているみたいだった。「お前の懐中電灯なんて持ってないぞ」最後のときに、やっと僕に注意を向けられるようになったみたいにクリスは答えた。太った子もＢＪも見当たらなかった。しばらくのあいだ、二人がどこにいるのか誰にもわからなかった。それから誰かが二人は医療センターにいると言った。センターの正面の小さな部屋に座っている看護師が、二人とも休んでいるから、ランチのあとでまた来るようにと言った。机の上には小さな木製の棚があってパンフレットが置いてあった。『歯茎とあなた』『足をきちんと清潔に保つには』『初心者のための礼儀作法』。

ランチのとき、二人ともぼこぼこにされたのだと誰かが言った。それとも、お互いをぼこぼこにしたのか。

また行ってみると、受付には誰もいなかったので、入っていった。二人はまだ寝ているふりをしていた。太った子は包帯をした両手を大きな氷嚢で冷やされていて、片方の耳も包帯がしてあった。ＢＪは両目に青あざができ、タオルで包んだ氷嚢が頭に当ててあった。片方の頬が腫れていた。

外では、クリスが医療センターの上がり段に座って、両手で頭を抱えていた。指の関節には乾いた血がこびりついていた。ほかのカウンセラーが二人、元気づけようとしていた。俺は１−Ａ（徴兵検査の最優秀クラン）で、抽選番号は五番なんだとクリスは話していた。カナダにでも逃げないかぎり、行くことになる。クリスの兄さんも徴兵猶予がなかった。兄さんはもう向こうに行っていた。

「今の時点で心配することじゃないよ」とキャンプ・リーダーが言った。「ほら、来いよ」そしてリーダーはクリスを立たせると、いっしょにキャンプ・リーダーのオフィスに入っていった。

「何をじろじろ見てるんだよ？」僕を見つけたカウンセラーのひとりが言った。

僕は医療センターの裏の窓に顔をくっつけた。僕を見たＢＪは目を閉じたけれど、太った子は僕を見返して、ついに親に話せるネタができたぞ、みたいな顔をした。

そのあとはずっとベッドで過ごした。メクラグモとハエが入ってきては出ていった。ジョイスが覗き込んでから行ってしまった。翌朝、僕は朝食に行きそびれたけれど、誰かにベッドから起こされた。また電話がかかってきたのだ。電話のところへ行くと、母さんと父さんが二人で、もしもし、と言った。二人とも電話に出ていた。どちらかが二階で、どちらかが下にいたんだろう。「お前の弟のことでまた事件があってな」と父さんは言った。僕はただ聞いていた。弟はよそへ行かなくちゃならないと母さんが言った。母さんは泣き出した。弟は自分に危害を加える恐れがあるとドクター・ウェイニクから言われたらしい。

「僕のレコードをかけられなかったから？」と僕は訊ねた。

それを聞いて両親は驚いたようだった。「あいつはお前のレコードを持ってる。お前のレコードのせいじゃない」と父さんが言った。

僕は電話を握りしめて突っ立っていた。弟は九歳だ。一年まえにはあいつは玩具のトラックで遊んでいたんだ。

「あいつと話せる?」と僕は訊いた。

「またレコード買ったよ」電話に出てきた弟はそう言った。「父さんが連れてってくれた」

「何を買ったんだ?」と僕は訊いた。弟は話してくれた。僕は爪で首筋を引っかいた。「そりゃあいいなあ」と僕は弟に言った。

「気に入った?」と弟は訊いた。

気に入ったと僕は答えた。特にマッカーサー・パークのやつが。

それを聞いて弟は喜んだみたいだった。「帰ってきたらかけていいからね」と弟は言った。

「お前、だいじょうぶか?」キャンプ・リーダーが僕に訊いた。クリスといっしょにいた奥のオフィスから出てきたのだ。リーダーは僕の首筋を見ていた。僕が頷くまで、リーダーはその場を動かなかった。

僕は目の前の電話のダイヤル部分を摑んでいた。机から持ち上げてみたのだけど、コードがそれほど長くなかった。「聞いてる?」と弟が言った。

「ああ」と僕は答えた。「お前、だいじょうぶか?」

弟は泣き出した。「僕はどこかへ入れられるんだ」と弟は答えた。「怖いよ」

「ああ、ジョージー」と僕は言った。

でも僕はあのときこんなふうに言ってやることもできたのだ。兄ちゃんが帰ってやるから、二人で話をしよう、そうすればお前はちゃんとものの分かる人間みたいな気分になって、自分を殴ったり、部屋じゅうの物を何もかも投げつけたりしなくてもよくなる。それとも、僕に会いに来たらいい、ここへ来るんだ、ここへ来て、誰も見たことがないほど最悪のキャンプに参加すればいいじゃないか。

それとも、僕たちのレコードをいっしょにしちゃおう。ぜんぶお前の部屋に置いておこう。僕たちが買ったレコードぜんぶのリストを作ろう。それとも、お前のつらさを増やすようなことして悪かった、僕も問題を抱えてるんだ、ひょっとして二人で散歩したり、趣味を持ったりすれば、こういうことをどうやってくぐり抜けたらいいかわかるかもしれない。それとも、父さんに代わってくれ、お前を行かせるわけにはいかない、お前は家にいなきゃ駄目だ、僕たちはいっしょにいなきゃ。でも、僕がしたのは、みんながしそうなこと、みんながやってきたようなことだった。弟が可哀想でたまらず、自分が可哀想でたまらず、その週を、その夏を過ごし、そして僕は自分の物語を、聴いてくれる人なら誰にでも話し始めた。僕の物語はこんな具合だった。僕はキャンプを乗り切った。僕は弟のことを乗り切った。僕は自分の嫌な気持ちを乗り切った。そのことでひどく悲しい僕を愛しておくれ。自分のやったことを噛みしめている僕を愛しておくれ。ほかの皆は沈んでしまったのに救命ボートに乗っていた僕を愛しておくれ。そしてこの物語は僕の気持ちを明るくし、また暗くした。それに、効き目はあった。

サン・ファリーヌ

私の父、ジャン・バティスト・サンソンはサン・ローラン教会において、二人の子供を受洗させた。ムランの死刑執行人ピエール・エリソンに嫁いだ娘と、息子の私だ。母が死んだあと、父は再婚した。二度目の妻はトゥーレーヌ州の死刑執行人の一族の出だった。二人は一二人の子供をもうけ、うち八人が無事成長し、そのうち六人が男の子だった。結局は六人全員が死刑執行人として正式に登録しており、これら半分血の繋がった弟たちはパリ市において、父と、それから私の助手を務めることによって仕事を始めたのだった。

私の名前はシャルル＝アンリ・サンソン、この市のいたるところで多くの人々に革命の要として知られており、一般大衆のあいだではサン・ファリーヌ（「小麦粉の入っていない」の意）で通っている。切断された首を入れるのに空の麩袋《ふすま》を使っていることから来たものだ。私は、元冒険家にして王の兵士、そして一六六八年までシェルブールとコドゥベック＝アン＝コーの死刑執行人だったシャルル・サンソンにちなんで名付けられた。父は、自分はサンソン・ド・ロンヴァルの子孫であり、我が家の紋章は第一回か第二回十字軍に由来すると主張していた。紋章は、私たちの名前のもうひとつの言葉遊びを表している。割れた鐘と「無音《サンソン》」という題銘だ。音がない。

お知りになりたいことだろう——フランス全土が知りたがっている——死刑執行人の心のなかではどんなことが起こるのか。革命まえには両刃斧や両手剣をふるい、自分の前に現れる者すべて、車輪の上で焼き印を押し、焼き鏝を当て、打ち砕いていた人間。今やギロチン上の「共和国の末亡人」と呼ばれる部分に幾つもの頭を滑り込ませる人間。あの男はものを食べるんだろうか？ 眠るんだろうか？ その微笑みは血を凍りつかせるんだろうか？ 自分が殺す人間に思いやりを持ってるんだろうか？ 仕事日には妻に手を触れるんだろうか？ 爪の縁に血の付いた手をこちらに差し伸べてくるんだろうか？ 人々の群れをつぎからつぎへとギロチンにくぐらせるために、成熟した大人の状態で真っ暗な穴から飛び出してきたんだろうか？

自分を弁護していてあまりにいきり立つと、いつも私は金切り声になると妻は言う。

「何にもまして人々の心を打ったのは」と偉大なるローマ人リウィウスはその著作『ローマ建国史』のなかで、共和国のためにじつの息子たちを犠牲にしたブルトゥスについて書いている。「彼の執政官としての職務が父親に我が息子たちを罰するという務めを負わせたこと、そしてその一徹さゆえに彼が自ら処刑を命じざるを得ず、その光景すらも見なければならなかったということなのだ」。ルイ・ダヴィッドが描くそのシーンでは、英雄は顔を背けるが青ざめはしない。昔の王立アカデミーでマリー＝アンヌとその前に立って、たぶんこのようにして、私たちは高潔な者となれるのではないかと妻に話した。求められていることに徹底して身を捧げることによって。妻としては同意できなかった。

私は良きカトリック教徒だ。人民の裁判官たちが判決を下し、そしてその判決文を確実に具体化するのが私の役目だ。私は道具であり、一撃を加えるのは司法なのだ。処刑に立ち会うよう要求された人間なら誰でも感じるように、私も同じく悔恨の念を覚える。

革命以前は、正義は、神の代理人としての神聖な権力によって統べる王の名において問われ、執行された。罪人を罰することは神のご意志であり、したがって神の認める最高権力者に神の恩寵と敬意をもたらすものだった。だが、世間の大半の見地からすると、その恩寵と敬意は王の下僕にまでは及ばなかった。革命以前は、死刑執行人の娘は同業者以外の者との結婚を禁じられていた。死刑執行人の娘が年頃になると、家族は家のドアに一家の職業を明示する黄色い宣誓供述書を掲示して、自分たちの血脈が穢れていることを知らしめなければならなかった。委任状や支払い金は、手渡されるのではなく、目の前に落とされた。住むのはそれぞれの町の南端でなければならず、家は赤く塗らなければならなかった。

革命以前に私は、宿屋でいっしょに食事した女性から、法廷に出頭して同じテーブルで食事したことを詫びろと要求された。その女性は、誰にでも職業がわかるよう特別な記章や色を上着か胴着に付けるよう死刑執行人に命じてもらいたいと嘆願した。革命のまえには、私たちの子供はほかの子供たちと遊ぶことを許されず、同業者の子供同士で遊ぶしかなかった。

今日の昼食はブイヨンにレモン汁を加えた卵スープと、鶏冠《とさか》、髄骨、パン粉を付けて揚げた鶏肉、ゼリー、アンズ、パン、ウイキョウの糖菓だった。テーブルを片付けながら、マリー゠アンヌは子供たちが小さかった頃の休暇の思い出話をした。私に話しかけるとき、妻は喜びを与えてくれる小さなストーブのように家族を前に持ち出す。妻は当初はこの恐るべき時代を、妻が心の内に抱く、より良い世界には踏み込んでこられない山賊として扱うことができていた。

子供にとっては、すべてが印象に残り、また何も印象に残らない。私のいちばん最初の記憶はパリ郊外の家、それに堆肥の山の高さや飼っていたガチョウの落とす糞だ。外へ出るといつもハエがいたのを覚えている。母の穏やかな声を思い出し、針仕事をしていたことへと記憶は繋がる。私は威厳などというものをまるでわかっておらず、そのままでいてほしいと思っていたと、母は好んで語った。祖母はいつも、たとえパン屑ひとつでもなくすと私をたしなめた。祖母に言わせると、私はそんなものでさえ自分では稼げなかったからだ。父は物静かな男で、私の社会勉強ということに関して、息子は自立できる人間になるべきであると決め、あの家のなかで私が自分なりの道を歩むことを許してくれた。私は強情だが内気だと思われていた。幼い頃から外に出され、学校から学校へと転々とした。同級生たちが私の家族の職業を知るや、毎日がまた耐えられないものとなったからだ。私は自分がいかに惨めかを綴っては返事を乞う哀願の手紙を何通も母に書いた。ルーアンの学校――四年間で四校目の――の陰鬱な礼拝堂で、母の死を知らせる父からの手紙を受け取った。

父は再婚した。家は半分血の繋がった弟や妹で人数が増えた。私は家からは離れて学校を転々としていた。私は道行く人々の憐れみをかき立てるような表情の、豆の茎のようなひょろっとした男になった。教師たちは私のことを、従順で用心深く、倹《つま》しくて孤独だと見なしていた。覇気がないと。私はしょっちゅう寒気がして、部屋の暖炉近くに座らせてくれとせがむことで知られていた。ちょっとした用事を買って出ては、ひとりでいられるあいだに残りの一日と向き合う気力をかき集めようとした。自分のうちに荒涼たる今を感じ、孤独が常に自分の人生の基準となるのだろうかという思いに体の芯まで切なくなる、とノートに独白を記した。

マリー＝アンヌはモンマルトルの市場向け農家の娘で、たまに学校から実家を訪れるときに、私は彼女の父親の食堂で昼食をとっていた。彼女は第一子で、私と同じ日に生まれており、最初に話したとき、私たちは誕生のその日から気づかないまま愛し合っていたのではないかという気がした。

私と会ったときの彼女の最初の行動は、焙り肉を持って入ってきた父親にたしなめられるまで足の発疹を引っかくことだった。彼女はトイレへ行き、テーブルに戻ってくると、私の凝視に遠い海岸線を観察するような眼差しで応えた。彼女はまだニンジンの切れ端を噛んでいた。その最初の出会いからずっと、私は一種夢見心地の苦しみのなかで、切なく求めることから解放される瀬戸際にいる。彼女の愛らしい大きな口や、表情が窺えない深くくぼんだ目、子供っぽい態度は、私の港であり、後退していく水平線だ。あの最初の昼食のとき、彼女は日の当たるところに座っていて、肌がとてもきめ細かく、血液が循環するのが見えるほどだった。彼女が顔を赤らめると、私にはその温かみが感じられた。

私はもっと頻繁に訪れるようになった。彼女は自分のさまざまなつらい思いを打ち明けてくれた。彼女の母親は、ややこしい、気がめいるような日課に縛られた生活を送っていて、その多くの中心となっているのが彼女の妹の欲求なのだった。彼女の父親は健康状態となべて陰気なせいとで、何事にも慰めを見出すことができなかった。そんな家族のなかにいても、彼女は提供されるどんな社交の機会にも活き活きと楽しみを見出し、ほかの船は沈めてしまう波も、彼女の小さなボートにだけは打ち寄せても無駄だと言わんばかりだった。

彼女と出会って、私は自分の美徳であると思い描くものを熱心に思い返すようになった。彼女がいないときの私の私生活は、ひたすら続く虚しさと惨めさの記録だった。私が学校へ戻ったときに彼女から最初に貰った手紙はこんなふうに締めくくられていた。「あなたにちょっと手紙を書こうと思っていたのに、新聞を書いてしまったみたいです。わたしのやることって、ほんとうにわけがわからないの。では。またのちほど――」

彼女は私のなかに洞察力の鋭い若者を見ていた、天文学から法律、医学から農学まで、さまざまな学問を独学で身に着けた若者を。私は背が高かった。慈悲深く、貧しい者に優しかった。チェロを弾き、ともに良い家庭を築けそうな人間に見えた。彼女の家は貧しかったので、死刑執行人の息子でも見込みはあり、またじゅうぶん評判のいい一家だったので、私の家族にとっても願ったり叶ったりの縁組だった。彼女にとって私のような人間との結婚は、彼女が持ったことがなく、持ちたいなどとも思わない虚栄心を捨て去るということだった。

結婚してすぐに、私は妻に最初に執行した死刑の話を聞かせた。妻の同情を引き出そうという狙いで話したのだ。一一歳のときから、学校から家に帰っているときはいつも、私は父の助手を務めてきた。私が一六のときに父は退き、処刑台にひとり残されることとなった。今や私の助手となった父の助手は数人いたが。モンジョーという名前の男が、愛人の夫を殺した罪で、こん棒で打たれてから車輪の上で打ち砕かれることになった。愛人は監視付きで、成り行きを目撃させられることになっていた。処刑台は吹雪に包まれ、みぞれのようなもので覆われて、水滴が入らないよう襟元を摑んで風のなかに立つ私の傍らで、黒人の血の混じった助手がこん棒をふるった。モンジョーが死ぬまでに二時間かかった。私は守衛たちの顔を引っかき、自分の髪をかきむしった。男の愛人は金切り声をあげて履いてくるブーツの選択を間違い、足まで水が浸みて凍えていた。泣けてきて目が見えず、罪人の脚を砕いているときにレバーを握り損なった。一家を代表してローブにくるまって来ていた祖母が我慢できなくなり、私を怒鳴りつけた。群衆は非難の声をあげ、私に軽蔑を浴びせた。マリー＝アンヌはそんな話を聞いて憐れんでくれたが、同情を表明したあとは用心深い沈黙を守った。私たちの新婚の幸せは当時、一種の沈黙に彩られていた。妻には聞かせなかった話もあった。モンジョーのあと、国王を刺そうとしたダミアンという男に四つ裂き刑が宣告された。フランスでは一世紀以上まえのラヴァヤック以来、誰も引き裂き刑に処されてはいなかった。父のもとへ行くと、なんの助言もできないと言われた。私は職を辞すると言ったのだが、祖母が私を落ち着かせるため、ランスの死刑執行人である私の叔父を呼びつけた。予備段階は助手たちが務めることになっていたのだが、当日になると皆立っているのもやっとなくらい酔っ払っていた。助手たちは器具のあいだをよろよろ歩き、彼らのヘマに群衆は野次を飛ばして罵声を浴びせた。凶器のナイフを持っていた右手は切り裂かれて、傷口には煮え立つ油と鉛が注がれた。罪人の悲鳴は凄まじく、私たちは互いの指示が聞こえないほどだった。そのあと、馬は罪人の手足を脱臼させただけで胴体から引きちぎるには至らなかった。死刑執行人の剣は肩関節でつかえてしまった。私は斧を求めて走らなくてはならなかった。

バスティーユ陥落後三か月ほど経って、国民公会は刑法改正の問題を取り上げ、その過程のなかで、パリ選出の議員であり、医学部の解剖学教授であるジョゼフ＝イニャス・ギヨタン医師が、受刑者の地位や階級に関わりなく、同じ犯罪には同一の刑罰を科すことに賛成する意見を開陳した。彼は公会に暗黒の過去の恥ずべき状態を思い出させ、野蛮ではない死刑の方法を提案した。これから開発される機械による自動的な斬首である。イエズス会士であった彼は、魂ではなく体に奉仕することを選んで修道会を離れたのだ。彼は処刑機械が恐ろしいものではあっても、それによる死は楽であることを望んだ。彼の提案に革命家たちは熱狂した。慈悲深くも迅速で民主的な死刑は、社会の再生をまた一歩推し進めることとなるだろう。死刑執行人が剣を二度、三度と振り下ろすことが必要な場合もあり、機械の場合、死刑囚はじっと待ってはいないだろうということが指摘された。ラリー＝トランダルの名前が脳裏に蘇った。数年まえ、私はあの男をさっさと始末できない姿を露呈してしまい、代わりに刃をふるってくれるよう父に頼んだのだ。

例によって先延ばしされたあとで、件の提案は新刑法に採用され、つぎなる難題はどうやって頭をつぎつぎ切り落とすかということだった。私は自分の意見を記した覚書を提出するよう求められ、そのなかで、複数の処刑の場合、剣は一度使うと切れなくなり、研ぎ直して尖らせるか、実現は難しいが死刑囚の人数に従って剣をつぎつぎ取り替えるかしなくてはならない、と説明した。また、剣による処刑が法の定める成果を得るには、処刑人は常に熟練していなくてはならず、死刑囚は少なくともちょっとのあいだ、固定されていなくてはならない、それに、複数処刑の場合、処刑されるなかでももっとも恐れを知らぬ者でさえ動揺するほど大量の血が出るという問題が出てくる、したがって、死刑囚が首を落とされる際に固定されていること、そしてその場の秩序が守られていることが絶対に必要であるとの指摘もしておいた。

ギヨタン医師は自分の考えに興味を失い始めたが、外科アカデミーの書記官、アントワーヌ・ルイ医師がドイツのピアノ製作者に試作品を作らせた。この仕事をする者たちを見つけるのは容易ではなかった。通常の就業書類への署名は免除して、彼らの身元が明らかにならないようにしなければならなかった。

その結果が、私の助手たちが「偉大な機械」と呼ぶものだ。構造の心臓部は五〇センチの間隔をおいた高さ五メートルの二本の垂直材で、そのあいだには重さ七キロの刃が挟まれている。刃の上端にボルトで固定されているのは、落下の勢いを増すための三〇キロの鉄棒だ。一体となったものは上から下まで四分の三秒で落下する。刃先は斜めになっているので、切断する部分を通り抜ける一撃は、電光石火の効率を持つ鋸のように機能する。刃は、死刑囚を寝かせる狭いテーブル状のものの上部に着地する。離れたところから見ると、全体は図形のように簡素だ。溝には毎回使用まえに石鹸をなすり付けておく。分解した場合は「未亡人の家」と呼ばれる小屋に収納される。

私は息子たちとともに、パリの外れにあるビセートル病院での最初の試験使用を監督した。私たちや集まった政府要人たちの前で、ルイ医師は藁束や生きた羊、そして数体の死骸の頭を切り落とし、最後の一体は三度やり直さなくてはならず、垂直材をもっと高くし、刃をさらに重くすることが決定された。その最初の実演で、この機械のまさにその効率のよさが後悔の源となるのではないかという懸念を、私は声に出してしまった。

そして、一七九二年三月二二日、クロード・シャップが自分の発明した腕木通信《テレグラフ》を公会に贈呈した。ついで、二五日に、ギヨタン医師とルイ医師の機械の公式な使用が開始された。罪人は厚板の上に俯せに固定され、そして板は水平にされて溝の上を、首がリュネットという半円形のブロックの上に来るまで前へ押し出される。落ちてくる刃はこのブロックには当たらないが高速でかすめ、首は吹っ飛ぶ。一度瞬きするあいだに、首は胴体から四〇センチか四五センチくらい離れたところへ跳んでいるのだ。人によっては、目で一撃を追えないうちに罪人の首がなくなっているという場合もあった。籠は最小でも子供用の浴槽くらいなくてはならないのが明らかとなった。この手順における死刑執行人の役割は、レバーをちょっと引っ張ることだ。群衆は刃は見ているが、それを動かす手は見ていない。あとの汚れを始末するほうがずっと時間がかかった。溝とブロックに、バケツ四杯分の水のみが使われた。

昔、私は一組の雄牛さえへとへとになりそうな労働にも耐えられる体だった。今や私の体は眩暈と目の炎症、疝痛《せんつう》、リウマチの痛みを訴えている。

マリー＝アンヌとわずかに言葉を交わすのは、早朝の、仕事を始めるまえだ。うちの小さな中庭から出ていくときに、じゅうぶん暖かいと、妻が横で洗濯物を干している。サラダ用の香草を摘んでバスケットに入れていることもある。我が家の向かいの店では、あらゆるタイプの、あらゆる用途のブラシを売っている。店主は酒飲みで、どんな天候だろうとドアの横の古ぼけた鉄製の椅子の残骸に沈み込んでいる。巡回している包丁研ぎのベルの音が聞こえる。

ここ三か月というもの、私も手を貸した不幸に打ちひしがれている妻と接してきた。八月に、約束手形を偽造した罪に問われた三人の男を処刑する際、私たちの末息子ガブリエルが頭のひとつを掲げて見せているときに転落し、頭蓋骨が砕けて私の目の前で死んだのだ。息子は二一だった。我が家には常にこの息子について戸惑い気味の懸念があった。自分の望みや心の内を表に現したことがなかったからだ。私たちが知っているのはただ、その季節になるとオレンジの皮をむくのがとてもうまかったことだけだ。質問されると、息子は人差し指で上唇を撫でながら、もっと賢明な訊ね方をしてもらいたいというような顔をした。息子は、べつの職業に就いてみたいと望んでいて、マリー＝アンヌも息子にそうさせてやりたいと願っていた。だが私は妻に、錠前師に弟子入りしたもののその店に客がひとりも来なくなった息子の従兄の体験を思い出させた。その話は立ち消えになった。そのあとガブリエルは国民軍に入隊すると言い出したのだが、家業に加わるには自分はお上品すぎるとでも思っているのか、と兄から言われた。叔父たちはもっとひどい言い方をした。極力息子を慰めようとしながらも、私もまた、自分の将来について現実主義者でいておくれと頼んだのだ。

あの朝、雲は雨を注ぎ、空は異界の海のように激しくうごめいていた。処刑台上の板は滑りやすくなっていて、下の地面の丸い小石は泥にまみれてべとべとだった。私たちの髪は風になびいていた。死刑執行人が台の上を歩き回るあいだ、いつもの沈黙があたりを支配し、助手たちはそれぞれ自分の役目に気を配っていた。ひとりは厚板に縛り付ける係、ひとりはあとの死刑囚たちを見張る係、ひとりは足首まである蠟引きのエプロンを着けて首をリュネットの上に合わせる係。どの助手もどこかで首をひとつ掲げる機会を与えられる。

通常ガブリエルには残りの死刑囚の見張りをさせていた。息子は諦めて新しい学校へ通う子供のように、任された者たちの周りを動き回っていた。三番目の頭が肩から離れて跳んだ。籠のなかに腕を突っ込むのは息子の番だった。髪を摑んで持ち上げた息子の表情が、恐ろしさに魅了されたものだったのか、むかつきながら耐えているものだったのか、気もそぞろで無関心なものだったのか、私の立っているところからは見えなかった。雨と三人の男の血とで、処刑台の正面の部分は石鹸のように滑りやすくなっていた。手すりはなかった。

ペルセウスはメデューサの首を掲げた。ユディトはホロフェルネスの。ダビデはゴリアテの首を。首は、国家の平安を乱したらこうなるぞと警告する。髪を摑んで処刑台で掲げられる首は、秩序を守るという政府の約束が履行されていることを示している。死刑執行人の評判は、そのかなりの部分を手際の良さと首を掲げるときの気迫に負っている。できるだけ大勢の人に首を見せようと全力を傾け、自分の足元を見ていなかったために、私たちのガブリエルは足を滑らせて小石の上で頭を割ってしまった。息子が持っていた首は群衆を四方へ散らした。私たちは息子を、死刑囚を連れてきた荷車で家へ連れ帰った。

妻を亡くして悲しみで気が変になったロベスピエールの父親は、いちばん上がたった七つだったのに四人の子を捨て、イギリスへ、ドイツ連邦へとつぎつぎ旅に出て、結局ミュンヘンで死んだという。だから若きロベスピエールは七歳にして敵意に満ちた寂しい人間となり、そのまま今日に至っているのだ。あの最悪の夜の明け方までずっと、マリー＝アンヌは復讐の女神のようにベッドに横たわり、頑として慰めを受け付けなかった。私は部屋に入ることも許されなかった。

一週間経ってようやく妻が私に話しかけてくれた。妻の魂は悲しみの井戸から浮き上がってくるのを拒んでいた。近寄りすぎると、現れるのは頑なさと不信だけだった。妻の仕草はすべて無気力に見え、おぼろな蠟燭の光のなかで見ているようだった。家事をちゃんとこなせていなければ、常に消耗しきっている状態から抜け出せないように見えたことだろう。

死刑執行人にとっては忙しい時期だった。妻は何も言わずに私の弱まることのない秩序への偏愛を、私の一貫した態度を、私の衰えを見せない集中力を眺めていた。

私たちは二人とも、国王が幽閉されたあとの一時期、この国に現在の破滅的状況をもたらした権力者全員に対して私が突然抑えようのない怒りに駆られ、パリを去ろうと決心したときのことを思い出した。ガブリエルはとりわけこの考えを気に入った。だが私の熱情は弱まり、それにそんな決意がどんな結果を伴うのか、ほんの一端とはいえわかってもいた。国家が悪い方向へ曲がるたびに、誰もが職をなげうっていいものだろうか？　どの法を実行し、どの法は実行しないか決めるのは、国家の僕《しもべ》各々に委ねられているとでもいうのか？　最高位の大臣たち以外の誰が、自分の意見の基盤にできるだけのじゅうぶんな情報を得ているというのだ？

昨日はひどい霜で、私たちが目覚めると、排水栓が破裂して廊下が汚れているのがわかった。一部はすでに凍っていて、私たちは早朝の暗いなかでこすったり削り取ったりした。凍っていないものの臭いに私たちは退却した。妻の傍らで作業しながら、自分の心のなかでどちらが強いのか、よくわからなかった。自分の職業への嫌悪感か、自分自身への嫌悪感か。妻にどう思うか訊ねると、答えなかったが、あとになって身仕舞しながら、あれだけつぶさに自分を分析していれば、あなたが自分を軽蔑したくなるのはわかる、と言った。

家族といっしょにいてさえ、と妻は私に夕食を出して部屋を出ていきながら言った、あなたは見えない存在でいたいと切望している、と。夕食は牛肉とキャベツとサヤ豆だった。

私はひとりで食事する。ひとりで座っている。妻のほかには親しい友はいない。愛情のこもった人間関係はない。この三か月というもの、妻は自分の蓋を閉めてしまい、はっきり気持ちを表さないままで、ものの言い方は法律家のようだ。眠れる夜もある、天が私を憐れみ給うたときには。

排水栓騒動の前夜、私の泣き声で妻は目を覚ました。妻は仰向けになったままで天井に向かって話した。レンヌ通りでひとりの男の子が乳母に、ギロチン処刑を見に行ったら、おおなんと、可哀想な死刑執行人がこんなとんでもない目にあってね、と話しているのを小耳に挟んだのだと妻は語った。妻の口調はどんな応答も拒んでいた。

私たちの職業の社会からの排斥は、偏見のみに基づいているわけではないと、妻は承知している。

法は死刑を要求するが、死刑執行人となることを誰にも強いはしない。

そんなわけで、私は今、家を恋しがる子供の嘆きのようにして、虚しさを抱いている。妻の苦悩はわかっていたし、義務に強いられるまま、それをいや増してしまった。毎晩私は少量のブランデーと、熱いレモネード、それにトーストを口にする。私の腹は絶えず動揺している。私は自分が信じていない「偉大なる新時代」の先駆者だ。私の職業は、邪悪な木のように私たちの頭上まで伸びてしまった。

今朝も霜だ。我が家の窓の外の植木箱では、デイジーが凍っている。

死刑執行人は処刑される男女が身に着けている衣服や宝石に対する独占権を有している。税金は一切払わない。国家は死刑囚を処刑人に下請けに出しているのだ。医学の専門家に死体を解剖用に売り渡すのも余分な収入となる。だが経費として、家計費全体に加えて、給金や乗り物の修理費、馬の飼料費、その他諸々の煩わしい掛かりが常に幾らでもある。それにもちろん、例の機械の維持と保管のことも考えなくてはならない。父は処刑の日には、胸に黒と金の糸で絞首台を刺繍した錦織りの赤い胴着を身に着けた。明るい陽光の下、見物人たちには、父の背骨に沿ってびっしり刺繍の施された暗紅色のサテンの飾り布が見分けられた。父のキュロットは極上のシルクだった。私の持っている服？黒布の上着、古着屋で買ったサテンの胴着、黒いズボン、サージのズボン、洋服ブラシ二個、シャツ四枚、ネクタイ四本、ハンカチ四枚。長靴下二足、靴二足、それに帽子がひとつ。

今朝、中庭で、マリー＝アンヌはなんの仕事もしていなかった。太陽は出ていたが、ひどく寒かった。鉄製の椅子で寝ている隣人は、口から白い雲を吐いていた。妻は漆喰壁に背中をつけて座って、ショールを何度も巻き直していた。後ろにたくし込んでやると、妻は礼を言った。私たちは三〇分ほど座っていた。ときおり、妻は、私が話しかけているのにひとりでいるように見えることがあった。それは、まえの晩、家へ帰る途中でブドウ酒を飲みに立ち寄って飲みすぎてしまったと話した。私は、つい考えてしまいそうになるあらゆることに対する、私の克服しがたい拒絶反応の一部なのかもしれない、と妻は返事した。で、いったい私が何を考えるというのだ、と私は問いかけた。世界と、そのなかの自分の場所、と妻は答えた。で、そのなかの自分の場所というのはなんだい？　と私は訊ね、妻の頬に触れた。妻は立ち上がり、姿勢を整えた。今や私のいるところでは、妻は聖餐用のパンを運んでいるかのようにしずしずと振る舞う。妻は家のなかへ戻っていった。この二週間というもの、妻は黙ったまま、「陰鬱な孤立者」として働き、あとの私たちは互いに、死者を悼む合唱トリオのメンバーみたいな顔をしながら出入りしていた。

たぶん、と私は夕食のときに妻に話した。私への神の呪いは、私の魂のなかに、絶対的真理を大切にしまっておける、かの石の聖櫃がないということなのではないか。私たちはスープとガンギエイ、アーティチョークを食べていた。ちょっと考えてから、妻は、私は妻を殺しかけているけれど、どうやって死んだらいいか教えてくれてもいる、と答えた。

その夜はそれからずっと二人だけで引きこもって過ごした。一時、家計の元帳を開いて相談しなければならなかった。

あなたの職業にはどんなことが伴いますかと、どの兵士にでも訊ねてみるといい。相手は、私は人を殺します、と答えるだろう。だからといって誰も兵士を避けたりはしない。誰もいっしょに食事するのを拒んだりはしない。そして、兵士が殺すのは誰だ？　自分の国に奉仕しているにすぎない罪のない人々だ。

マリー＝アンヌと私はいっしょに、さまざまな衝撃や変質のあった革命そのものを、滝のなかの木片のように切り抜けてきた。国王の裁判と有罪宣告、国王の処刑、そして大同盟との戦争によるさまざまな物資の欠乏。私たちは頭を覆ってそれぞれの災厄の横を急いで通り過ぎ、あとになってからそのことについて話すこともあれば、話さないこともあった。お気の毒な国王の苦難はアメリカとの不幸な関係に巻き込まれたことから始まった。王は若さに付け込まれた。アメリカ独立戦争に資金援助する際に、王は、支出は歳入によって決まるのではなく、歳入が支出によって決められるべきであるというあの君主の信念に毒されてしまった。そして、自然がさらに追い打ちをかけた。一七八八年夏のあの前例のない旱魃だ。我が家の近隣でさえ飢えが目についた。突然、誰もが盛んに、どんな徹底した改革が必要か、耳を傾けてくれるそれぞれの相手に向かって延々と語るようになった。

こうして、クラブやカフェで人々を煽動して回った下っ端役人や弁護士や無名の物書きのおかげで、事態は進行していった。そんな崩れかけのモルタルから、「自由の殿堂」が建立されたのだ。バスティーユ陥落後、ド・ローネーが小型ナイフで首を鋸引きされて頭部を切断された。食糧危機を画策したとして非難されていたフーロンの切断された首は、口に草を詰め込まれた。特権と王政主義のずらり並んだ大きな九柱戯のピンはものの見事に倒され、市民が責任を担う新たに切り開かれた場が出現したのだと称された。国庫は再び満たされ、製粉機は回り、裏切り者たちは逃げ出し、司祭たちは手荒く扱われ、貴族階級は消滅し、愛国者は意気揚々としていた。国王は何もしなかった。どうやらより過激な感情は熱のようなもので自然に治まるに違いないと思っていたらしかった。

マリー＝アンヌはまた手芸を始めたが、気に入らないと言ってやめてしまった。

国民公会は王政の廃止のみを告知していた。何を破壊すべきか、何を略奪すべきかということは皆はっきりわかっていたが、その場所に何を築くべきかということについては誰も意見がまとまらなかった。権力の車輪に近いところには、さらに大きな課題が差し迫っている状況で、目の前の課題に対処できるだけの人物はひとりもいなかった。いっそう過激な人々が陰謀を察知し、さらなる監視を、さらなる幅広い逮捕を、さらなる過激さを欲した。市民道徳の維持は、と彼らは主張した、血を流すことなしには不可能だ。流血を独占し、使いこなすことなくして統治は成り立たないということを、彼らは身にしみて悟ったのだ。

まず、王のスイス人衛兵たちが市庁舎で王を守って虐殺された。なかには生きたまま火のなかへ放り込まれた者もいた。槍が林のように立ち並ぶところへ窓から放り出された者もいた。私の助手レグロはテュイルリーの横を通る際、上階から中庭へ家具といっしょに死体が投げ出されているのを目にした。帰宅途中だった私たちはレグロと出会い、城門に来るたびにマリー＝アンヌと私は立ち止まって、彼に良き過激派無産市民《サンキュロット》らしく「国民万歳！」と叫んでもらい、周囲の通りをうろつく殺意を散らさなくてはならなかった。私たちは四回足止めされて、新政権に誓いを立てさせられた。我が家の中庭への入口には半分になった死骸があり、私はそれを足でアーチ道から押しのけた。

そして九月には、プロセイン軍が我が軍に対していささかの勝ちをおさめたあと、王政主義者の支持者たちを取り除くことが必要であると考えられ、各監獄に設置された人民法廷が囚人を、肉屋の道具やこん棒を手に外に集まった群衆に引き渡し始めた。四日間で一三〇〇人——パリの囚人全員の半数——が虐殺され、そのなかにはランバル夫人も含まれており、夫人の体は二本の紐で両足を荷馬車の後ろに結わえ付けられて引きずられ、頭は槍に突き刺されて国王一家が囚われているところへ運ばれた。王妃に挨拶させようとしてのことだった。殺したうちのひとりは大工の鋸を使ったということだった。どの地区にも暴徒と化した国民軍とサンキュロットの一群がいるようで、なかの数人は馬に跨り、馬の上に粗野な女や酒神バッカスの信者たちを乗せて、汚らしく血まみれで酔っ払い、服はめちゃめちゃだった。オルセー河岸では、切り刻まれた男たちが外灯に照らされてずらっと並んで吊るされ、通り過ぎる人々にかすめられて絶えず足が揺れ動いていたということだ。ガーデンテラスは毎朝、砕けた瓶が日の光を受けて輝いていた。ランバル夫人の頭は、酒場のカウンターに逆さまに固定して、水差し代わりにされたかのようにグラスで囲んであるのが発見されたという。夫人は神経が繊細で、ほんのちょっとでも不快に感じると気を失ってしまうので有名だった。

国王はそのままだった。私たちはさまざまな新聞で王の裁判を追った。私たちの長男、アンリ＝フランソワと話すのは岩石庭園と話すようなものだったので、マリー＝アンヌは私と話すしかなかった。食事のあいだはレグロも食卓をともにしていたので、私たちは慎重だったが、夜になってベッドに入ってからは、昔の親密さが幾分戻ってきた。妻は国王の肩を持った。これまで王座に就いたなかでもっとも寛容な王が、前任者たちの過酷なやり方を用いることを拒んだがために王座から蹴落とされたということなのではないか、と。裁判のあいだじゅう、ジャコバン党員たちは——男も女も同じように——傍聴席で氷を齧りながら、死刑を求めてわめいていた。ルジャンドルは、被告人を県の数に刻み各県へ一部分ずつ送り付けたらどうかと提案した。妻はそんな記事を読んで呆然とした。こんな残忍さはどこから湧いてくるのでしょう？　私には妻に返せる答えがなかった。国王には公会に、我が国王陛下のためなら自分の命を危険に晒しても構わないという支持者がいなかったのと同じように。どの陣営を支援するのも拒んだあげく、我らが無力な国王は全員の憎悪の的となってしまったのだ。

結局ロベスピエールが、もし国王が無罪となったら革命はどうなる？　と述べて、国王の運命を決めた。国王が無罪なら、自由の擁護者たちは悪人となり、王政主義者がフランスの真の後継者ということになる。国家には王を処刑する権利はないと言った人々に対しては、彼は、革命はそもそも最初から「違法」だと反論した。議員諸君は、革命なしの革命をお望みなのか？

死刑執行の前夜、私たちは二人とも夜通し眠らなかった。前日に、私は三メートルの深さの壕を掘る作業を監督する権限を与えられた。あわせて、生石灰の二三キロ袋三つの調達も。機械は革命広場の、馬に乗った国王の父君の像が打ち倒されたあとの台座のそばへ運ばれた。

私は訴追者たちに、国王の処刑については任務を解任してほしいと頼んだ。願いは拒否された。それで私は、さらに詳細な指示を求めた。国王には特別な乗り物が必要だろうか？　私は単独で王に付き添うのだろうか、それとも助手たちとともに？　特別に、側面と天井のある馬車が要る、そして、私は処刑台の上で国王を待ち受けるべし、と指示された。後者の指示は、私自身に王政主義者的傾向があるのではないかと疑われている、ということだろうと思った。

私はレグロに五時に起こしてくれと頼んだ。王の従者であるクレリーが王を起こすのと同じ時間だ。ドアの外に足音が聞こえたので、レグロがノックするまえに起きていると声をかけた。「お願いだから、こんなことしないでちょうだい」マリー＝アンヌがベッドの彼女の側から囁いた。彼女の拳が、私の肋骨をそっと叩いた。だが、自分たちが陥っていると二人ともすでに気づいている危険のことを考えて、私が服を着始めても妻はただ顔を枕で覆っているだけだった。

クレリーはあとになって、王が監視の下、出発の準備をする一方で、王の子供たちは悲しみに動揺していたと私に語った。そのまえの一時、一家はいっしょにいられる時間に慰めを見出しており、幼い王太子は頭を父君の膝のあいだにうずめていた。

かような行為に対して市民が立ち上がるのではないだろうか？　連合軍は救出のために人を送り込んでいるのではないか？　こんな疑問に議員たちはさらに怯えて、それぞれの城門をバリケードで封鎖して人員を配置し、国王の馬車には一二〇〇人の護衛をつけるよう命令した。処刑台へ向かう経路となる通りには正規兵が並んだ。窓はすべて鎧戸を閉ざさないと死刑だった。

群衆は終始、概ね静かだった。国王は到着したとき、聴罪司祭の同行に大きな慰めを得ているようだった。しんしんと降る雪に、馬車の外側はすっぽり覆われていた。

階段を上がるまえに、王は両手を自由にしておいてもらえないかと頼んだ。私は衛兵の指揮官であるサンテールの顔を見たが、彼は頼みを退けた。王の襟元が緩められ、シャツが開かれ、髪が首のところで切られた。凍てつく寒さのなかで、王は私に目を向けてから、市民たちを見渡した。その大部分が、弱さゆえに、彼らがこの先ずっと他人のせいにすることとなる犯罪に連座していたのだ。

長男とレグロが助手を務めてくれていた。あの朝、私は宣誓忌避僧――まだ教会への忠誠をやめると誓っていない聖職者を指す新しい言い方――から罪の赦しを受けていた。私は支柱の刃が滑る部分を何度も点検し、刃を再び砥いだ。国王は連打される太鼓に負けずに声を張り上げて人々に話しかけようとしたが、王は死ぬためにここへ連れてこられたのであって、民衆相手に熱弁をふるうためではない、とサンテールに止められた。アンリ＝フランソワが王を厚板に縛り付けた。レグロが前へ滑らせた。カトリック信仰で育った王は、カトリック信者として死んだ。慣例に従って、法の執行人はつぎに籠のなかの頭を拾い上げ、人々に見せた。彼は髪を摑んでそれを持ち上げ、肩の上まで掲げた。

彼は処刑台を二周した。首は揺れながら、下の木材に血を撒き散らした。沈黙が広がり、ついで、「共和国万歳」という叫びが幾つか、ちらほらとあがった。

死刑執行人は、籐籠に同行して墓地へは行かなかった。籠は壕の近くで荷馬車から落ち、群衆にばらばらにされたと彼は聞かされた。彼は自分のために、さらに贖罪のミサをあげてもらった。彼は、王の刃が二度と使われることがないようにした。

そしてまた、けっして彼の妻に、国王の髪を小分けにして商っていることを悟られないようにした。商いは、彼の長男の思いつきだった。とはいえ、その後何か月ものあいだ、妻は新聞で、この穢れた血が我々の田畑を潤してくれますように、という文が添えられた、彼の手が王の切り落とされた首を掲げている絵を目にしたのではあるが。

それからあとは、この国には節度を保てるゆとりはもうどこにもなくなったように思えた。あらゆる危険とそれに反撃するために考えられる提案のすべてが、陰惨で、過激で、性急な気配を帯びていた。国家は危機に瀕しており、残っている憲法上の保障条項は、緊急措置に切り替えなければならなかった。ダントンは、あの九月にじゅうぶん厳格な革命裁判所が設置されていれば、虐殺は一切なかっただろうと断言した。政府の統制は恐怖を引き起こすものでなくてはならない、さもないと、人民自身がまたも恐怖を撒き散らすこととなろう。共和国の不可分性に対するあらゆる攻撃を死をもって罰する陪審員裁判所は、不正の可能性が極度に少ない状態で運営できる、と彼は述べた。

マリー＝アンヌはその頃には亡霊のようで、どの部屋でも見かけられず、咳だけが妻が家にいる証拠となった。ある夜、妻は食卓にまったく姿を見せなかった。レグロが台所から私たちの夕食を運んでこなくてはならなかった。妻はパン屋で、並んでいた列の順番のことでほかの女と口論になったのだと、アンリ＝フランソワは私に告げた。細かい話となると息子は役に立たない。息子のスプーンがシャベルのように動くのをいっしょにじっと見つめながら、私は待った。しまいに、母さんは怪我をしたのかと私は訊ねた。すると息子は肩をすくめて、「でも、パンは手に入れた」と答えた。

私は妻が根菜貯蔵用の地下蔵でジャガイモを選り分けているのを見つけた。もう芽が出ているものが多かった。妻の目の下の皮膚は青くなっていた。

「だいじょうぶか?」と私は訊いた。

「ものが食べられないの」と妻は答えた。「きっとそのうち治まるわ」

「怪我をしたのか?」と私は訊ねた。

「心身ともに健康です」と妻は答えた。それを証明しようとするかのように、私にジャガイモを見せた。頭上で、誰かが鍋からお代わりをよそおうと台所へ行く足音が聞こえた。

数分のあいだ、私たちは何も言わずに狭い暗闇のなかにいっしょにいた。土の湿ったにおいが心地よかった。私は妻といっしょにジャガイモを選り分けた。

「国家による判決の執行者の妻が、通りで喧嘩している姿を見られるとはなあ」私は優しく冗談を言った。

「あなたは貴婦人と結婚したと思ってたわけね」と妻は応じた。

「私はただ、人前で目立つことをする時期じゃないと言いたかっただけだ」と私は言った。

「もうあなたのことは知られているわ」と妻は答えた。「党派争いにひと役買うだなんて、月に着陸するくらいあなたには向いていないのにね」

だが、妻は私を過小評価していた。私は適当と思うときにはコミューンの委員会に参加し、機会が与えられればしゃべる気満々だった。その九月には、革命の敵を弾圧する作業をはかどらせるために反革命容疑者法が発布された。今やいかなる種類の容疑者でも、即座に作られた地区の委員会によって、告発し、拘束できるようになり、私たちの敵とぐるになっている犯罪者をすでに嫌というほど逃がしてしまっているのが明らかな法的配慮の足かせは外された。この容疑者の範疇は、まずフランスに居住するすべての外国人に及んだ。それからなんらかの形で外国の通貨を持っていると考えられる者へ。つぎは、革命の熱狂をひどく素っ気なく口にする者へ。そしてしまいには、大義に反するようなことは特に何もしていないものの、大義のためになることもさほどしていなさそうに見える者へと。囚人は九時に告発され、一〇時には法廷に連れ出され、二時に判決を下され、四時に命を失うという具合だった。誰の隣人でも、すでに飢饉や敗北を画策して任務に就いている連合軍の手先かもしれなかった。反革命容疑者法は、戦争状態にある国家は、自由を守るために自由を根絶やしにしなければならないかもしれないということを大衆に注意喚起するものだった。コンシェルジュリのような監獄は収容者が三倍になった。一部の部屋では汚物の臭気が濃すぎて、松明を持って入ると消えてしまうほどだった。

こんな政策のおかげで、今や怠け者と暴漢が人民となった。演説に必要なのは芝居がかった愛国心だけで、恥ずべき過去のせいで立場が危うい者はとりわけ、慌てて自分たちの人民協会《ソシエテ・ポピュレール》で演説したり、街角という街角で煽動したり、法廷や裁判を混乱に陥れたり、自分たちで家宅捜査したり、弾劾したり非難したりして、フランスを果てしない誹謗中傷の閲兵場と化してしまうことで自分たちの価値を証明しようとした。国家のあらゆる問題の解決法は、無慈悲さを常に情熱的に信奉するという形での不撓不屈の厳格な目的意識であると理解されていた。リヨンでは、大掛かりな連続砲撃が行われた。ナントの革命政府代表カリエは、何百人もの人々をはしけの船倉に閉じ込めて、「垂直の追放」と称してロワール川に沈めた。サン＝ジュストは、共和国は反対するものすべてを根絶やしにすることで成立すると述べた。ブリー侯爵は、彼の言う「暴君殺害者」なる部隊を組織しようかと申し出た。外国の首都に派遣されて国家元首ないしは委員会が要求する誰でも暗殺する自由の戦士たちだ。

「人民が要求してるんだ」アンリ＝フランソワがある晩夕食の席で、私たちの増える一方の仕事量について言った。息子の髪は靴拭きマットのように額に垂れ下がっていた。息子は母親に対して、いつも新たな厳しい憤りを抱いているように見えた。

「あの人たちの精神は獣みたいになっている」食事のあいだじゅう黙っていたあげく、マリー＝アンヌが息子に言った。

「まったくの本気で言ってるってわけじゃないんだ」私はレグロに言った。レグロは妻が穀物の蓄えのなかのネズミであるかのように見つめていた。

「まったくの本気で言ってるね」レグロはちょっと愛想よく答えてから、また食事を続けた。

私は助手たちを昼も夜も働かせていたが、我々に課せられた責務は手に余った。ひと群れ、またひと群れと荷馬車から下ろされては籠のなかへ転がり込んでいく傍らで、致命的なヘマや手続き違反が日々重なっていく。ある火曜日など、私は二二人の死刑囚を二九分で片付けた。焼き菓子売りは、処刑台と客と半々に注意を向けている。群衆のなかで友人同士が、見ていくか、と訊ね合い、いや、今日はやめておく、と返す——何か用事があるのだ。台座の支柱の前はあまりに大量の血が流れ落ち、沼地のように、過飽和状態の土にブーツが沈み込んだ。死刑囚の列にいるある女が私に、リュネットの濡れた木が首の前部に触れたら気持ちが悪そうだ、と言った。刃が落ちたとき、その女の体は縛れたままがくんと動いた。まるで、急にもっと心地よい位置を見つけようとしたかのようだった。

私たちの家では、レグロとアンリ゠フランソワを用足しに行かせておいて、妻と二人で我が家の宣誓忌避僧から秘跡を受けた。

「王妃さまが裁判にかけられるんですって」ある朝マリー゠アンヌが、司祭が立ち去ってから言った。司祭から、噂は本当だと聞いたのだ。妻は一気に昔の激しさを蘇らせたように見えた。妻は部屋を行ったり来たりした。神経を高ぶらせたぴくぴくした動作で両手を揉み絞った。王妃はきっと有罪を宣告されるだろうという思いに、我を忘れていた。

「必ずしもそうとはかぎらない」私はどうすればいいだろうと考えながら妻に言った。

「あなたは辞職しなくちゃ。手を引くの。こんなことに関わるのは一切断らなくちゃ」と妻は言った。

「断ろうにもまだ何もないじゃないか」と私は答えた。

「断るのよ」と妻は叫んだ。

できるだけ裁判を傍聴すると私は妻に言った。あの時期私は実際に傍聴し、妻は、ぜんぶ詳しく報告してくれと要求した。私はほとんど省かなかった。あの法廷で、王妃はオーストリアの雌オオカミであり、悪賢い雌トラであり、貧しいパリ市民全員を生きたまま焙り焼きにしたがった人食いだった。国王一家を守るスイス人衛兵が突入してくる愛国者たちをより迅速に殺せるよう、王妃が薬莢を歯で嚙み破っていたとされていた。王妃はただひとり被告人席に座り、子供のような姿は幽閉でいっそう小さくなっていた。目は弱り始め、髪は白くなっていた。王妃は実際の歳より二〇歳ほど上に見えた。王妃は、王太子と近親相姦関係にあったという告発に返答させられた。哀れな少年は、口にできないようなことをおうむ返しに言わされ、そしてその供述書が王妃に読み聞かせられた。

王太子に関するすべてのことが、マリー＝アンヌを傷つけた。妻は副看守の細君と知り合いで、少年がたったひとりで八歳の誕生日を迎えたところだと聞いていた。どうやら慢性的に病気で、母親から絶えず優しく世話してもらっていたのに、共和国の被後見者にされて、すぐさま王妃の真下の房へ引きずっていかれ、王太子が恐怖や寂しさから甲高く泣き叫ぶのが王妃には聞こえるのだった。王太子は何週間も続けてひとりで放っておかれた。靴職人が王太子の専属看守に任命されていたが、ほんのときおり訪れるだけだった。靴職人でさえも少年の泣き声を聞くのはつらかったのだ。だが靴職人は少年に赤い帽子をかぶらせ、「ラ・カルマニョール」や「ラ・マルセイエーズ」を歌わせ、窓から神を冒瀆する言葉を吐かせることはした。

妻は毎晩眠れぬ夜を過ごし、少年の苦境のあれこれを思ってはつらさに言葉も出ず、しまいにわあわあ泣き出して、うとうとしかけている私を揺さぶった。私が抱きしめると、この仕事には関わらないと約束してくれと迫った。この仕事には関わらないと確約してほしがった。この仕事には関わらないよ、と私は妻に請け合い、また抱きしめた。

あの機械が使われ始めてまだ数週間の頃、医学会では切断された頭部に残る感情や意識について論争が巻き起こった。頭には群衆の声が聞こえるのだろうか？　自分が籠のなかで死んでいくのを感じているのだろうか？　頭上の太陽の光は見えるのだろうか？

マラーを暗殺したシャルロット・コルデーの処刑のあと、この疑問の声はさらに激しくなった。どうやら内なる獣にそそのかされたのだろう、レグロは切り落とされた頭を掲げてみせながら、平手打ちする気になった。すると、髪の毛でぶら下げられたその顔が、それに応えてじつにはっきりと怒りと憤りの表情を示したのだ。その表情が見えた、処刑台の前にいた人々は叫び声をあげ、そのあと、多くの名高い医学者がこの現象について新聞の取材を受けた。

しまいに、私は、この問題の研究を委任された解剖学教授、セギュレ博士の助手を務めるよう頼まれた。博士は機械が置かれているのと同じ広場に研究室を設け、私の助手たちがそこへぜんぶで四〇の頭を届けた。私たちは二つ——男の頭と女の頭——を研究室の裏の中庭で太陽の光に晒してみた。彼らのまぶたはたちまち自分で閉じ、顔は苦しげに引き攣《つ》った。ある頭の舌は、メスで刺されると引っ込み、顔は歪んだ。べつの頭の目は、私たちの声がするほうを向いた。ギャルディアンという名前の宣誓僧の頭は、彼の敵の頭と同じ袋に放り込まれてその敵にがむしゃらに噛みつき、私たちは二人がかりで引き離さなくてはならなかった。

ほかの頭は反応がなかった。セギュレは頬をつねったり、アンモニアに浸した筆を鼻孔に突っ込んだり、火のついた蠟燭を見開いた目に近づけたりしたが、どんな動きも収縮も生じなかった。

博士の研究報告は世に出ず、博士はあのような実験とも、私とも、それ以上関わることを拒否した。

「あなたはどうしようと思ってるの?」王妃の裁判がだらだらと続くなか、マリー＝アンヌは毎日そう訊ねた。さまざまな嫌疑に加えて、外国への手紙の件があった。その多くは途中で奪われていた。軍事的敗北はすべて王妃の裏切りのせいだとされた。息子の病気は王妃の性的要求のせいにされた。後者の証拠として、息子のヘルニアが見せられた。

ベッドのなかで、泣いている私のマリー＝アンヌに、逃げ道はないと私は告げる。手紙は陰謀の証拠となるし、ほかのさまざまな嫌疑については、足りない証拠は告発者がでっち上げてしまう。神のご意志だと思って諦め、力を奮い起こして、恐ろしい打撃に耐える心の準備をしておくしかない。

「あなたの恐ろしい一撃でしょ」と妻は返す。「これはやっては駄目よ。わかってるでしょうね」

だけど、お前だってわかっているだろう、と私は言う。こうなったら、成り行きを変えられるのは神だけだ。神意に従いつつも、神にご慈悲を乞うしかない。

「わたしはあなたに、あの方を救ってくれって頼んでるんじゃないのよ」と妻は答える。「わたしが何を頼んでいるか、わかってるでしょ」

数日後の夜、暗闇のなかで私の隣に横たわりながら、妻は私の両頬に手を当て、唇が私の唇をかすめるくらい顔を近づける。「聞いてちょうだい」と妻は言う。「こんなふうにわたしをはねつけないで」妻は私たちの体に新婚のときのような姿勢を取らせる。でもそれから、妻はもう何も言わない。

私たちが鳩、アカフサスグリ、アンズ、ブドウ酒という食卓に向かっていると、アンリ＝フランソワが知らせを持って帰ってくる。陪審員の評決及び検察官の起訴状に応じて、法廷はルイ・カペーの未亡人、ロレーヌ・ドートリッシュと呼ばれる、かのマリー・アントワネットを死刑に処すと判決を下した。判決は革命広場で実行に移される。この命令は印刷され、共和国じゅうで掲示される。

執行の日、目が覚めると妻はいなくなっている。中庭の向こうの酒飲みの隣人は、妻の姿など見ていないと断言する。私が戻ってきても、妻はどこにもいない。自分が乗る覆いのない荷馬車を見て、王妃はたじろぐ。夫を運んでいったような覆われた馬車を期待していたのだと王妃は説明する。階段を上る際、王妃は私の足を踏んでしまったことを詫びる。

妻はその夜、帰ってこない、つぎの夜も。アンリ＝フランソワはトランクがひとつなくなっていると口にするが、それ以外は何も言わず、悶々とする私に軽蔑の眼差しを向ける。レグロが料理を引き受ける。夜半過ぎ、私は炉辺の椅子に座り、ブドウ酒をがぶ飲みする。炎のなかに未来が、対戦相手の駒が点在するゲーム盤のように展開する。被告人の弁護権を一切認めない新しい法律が頭に浮かぶ。怯えた人々は、自分たちの愛国心の熱さと人を殺すのもいとわない実行力でもって互いを出し抜こうとする。そして四人は集団で刑を宣告され、混乱のなかで身元確認はめちゃくちゃになり、父親の名前で息子が死に、一方で綴りの間違いや書記の間違いで家族全員が殺される。処刑台の光景は悪夢のように不変で、ただ役者が変わるだけだ。化学者。流しの歌手。一五歳の下僕。大半が五、六歳という幼さの市の煙突掃除屋たちのために孤児院を作って運営していた聖職者。カルメル会の尼僧。理解できない方言を話し、逮捕されて途方に暮れているヴィヴァレ出身の百姓女たち。ひとりの少年は鍛冶職人の帽子をかぶっている。ひとりはカワウソの皮の帽子をかぶっている。ひとりはすでに血まみれで頭はむき出しだ。ひとりはサスペンダーに小さなギロチンを付けている。ひとりは首にインクで書いている、「点線を切ってください」と。処刑が進むペースが速すぎて、いっぱいになった籠から頭がこぼれ落ちて処刑台の縁から転がっていくほどだ。荷馬車も、固定する革紐も、麩も、干し草も、釘も、溝になすり付ける石鹸も、墓掘りに渡す心づけも、いつも足りない。籠は二週ごとに替える、底が腐って穴が開き、横は歯で嚙まれるのだ。公衆衛生に対する脅威として、機械は頻繁に移動される。ひとりの年取った男が、先に逝った者たちの置いていった衣服の山をじっと見つめながら私を褒め、フランスの誰よりも品揃えの豊富な衣装戸棚をお持ちに違いない、などと言う。

男が階段を上る。彼は厚板に固定される。厚板は前へと滑る。半月形が首の上にくる。恐ろしい一瞬。彼の見開かれた目に、下のいっぱいになった籠が映る。

そして刃が落ちてくると、彼の視野では真っ赤な霧が噴出する。霧は光を反射して輝いている。光は痛みに変わる。痛みは続くすべてに満ち溢れる。頭は三日三晩苦しんだあげく、やっと石灰を撒いた穴のなかの、自分の体の傍らで、そのきらめきが消える。

全ローマを前にして立ち、敢然とこう宣言したのだとスッラは語った。「共和国のために注いだすべての血に対して責任を取る覚悟はできている。父や息子や兄弟のために嘆願に来る誰に対してもきちんと説明するつもりだ」そして、彼によると、この申し出に全ローマは沈黙したということだ。

サンソンとはなんという生き物だろう！　無表情に、あのちょっと気弱そうな面持ちで、不吉な友だち、革命の邪悪な心の横に立っている。彼は自分のもとへ連れてこられるものはなんでもぶった切る。彼はひとりでいることを恐れるのだろうか？　彼は食事する。彼はほかの人々をじっと見つめる。彼らの頭は彼のもとへは来ず、彼の頭も彼らのところへは行かない。老いぼれた彼のところには人々が訪れて、それぞれが刃に触って、籠を覗き込んで、厚板の上に横になりたがるのだろうか？

彼は町の奇人となって、下手くそなチェロは弾くけれど、そのまま良き隣人としてのんびりチューリップの世話をしながら、聴きたがる人には逸話を語るのだろうか？

男たちが眠らずに過ごした何年も続く監視や危機や警告の時代を通じて、彼は髭を剃らない顔を見せたことがなかった。卑しい身分、沈黙、感情や本音を外に出さないことが、彼のもっとも強力な道具だった。彼の機械は公式の場で示された幾何学の賛美であり、幾何学は理性の言語だ。

エジプトで、誰がポンペイウスの頭をカエサルに差し出したのだ？ キケロの頭をアントニウスに差し出したのは？ 歴史に残るのは誰の頭が誰に差し出されたかということだけだ。首を刎《は》ねたのは誰だ？ あの信じがたい人間たちだ。彼らしかいない種族だ。

自分の椅子に座って、サンソンは暖炉の火に気を配りながら、過去を甘やかに思い起こす。彼にとっての過去は彼の妻だ。初めて二人で散歩したとき、二人の会話は学ぶということのうきうきした気分そのもののようだった。彼女に話しかけると、彼女は目を伏せた。彼が話をやめると、また続けるまで彼女はぐずぐずしていた。別れ際に一度、彼は思わず、彼女がいなければ自分は壊れたチェロになってしまう、どんな曲も出てこない、と言ってしまった。彼が思うままにしたがると、彼女は微笑んだ。そして彼女の口が彼に触れると、太陽の光を浴びたリネンのシーツのようなにおいがした。

一日かそこらのうちに手紙が来るだろうと、彼にはわかっている。膝か柱の上で書いたかのように不揃いな筆跡で。手紙のなかで彼女は、自分のことは心配しないでもらいたい、なんなく想像がつくでしょうが、しっかりしていることを褒めてほしい、と彼に告げている。手紙で彼女は、自分にはなんの助言もできない、彼は従う必要のあるものに従うべきだ、と述べている。財産については何も要らない、と知らせている。そのなかで彼女は彼に、この手紙を書くために彼女がした努力に彼が評価を下せるようになるときがやがて来る、と告げている。手紙の締めくくりとして、もう紙が尽きたと記し、彼女が待ち構えていた不幸がやってきてしまった、彼に心から拍手を送る、と綴っている。

そしてそのときでさえ、こんな生活をやめて苦しい思いをしている彼女を見つけることはまだできる、と仄めかされているのが彼にはわかるだろう。だがそうはしないで、彼は自分の家で座っている、失踪中の債務者の顔で。籠を運ぼうと申し出たのなら、その重さに文句を言ってはならないと、父から言われた。他人の涙はただの水だと祖母から聞かされた。彼自身は、奇跡を与えられたのにそれを投げ捨ててしまった。ならば、こんな社会など、その内紛の凶暴性によって滅びるがままにしておこう。この都市を元の森林の状態に戻るがままにしてやろう。隣人たちは原始人に逆戻りするがままに。いつかまたそこから出発できるだろう。何もかも彼なしでやらせておこう。彼はもうすでにあの、自身の死を自覚してぎょっとしている、体のない頭なのだった。彼はもうすでに、死体の波の上で羽ばたく、小さな、コウモリの翼のある機械なのだった。彼はもうすでに、上がった刃とその目的地とのあいだの、あの狭い空間なのだった。一秒の一〇分の一で過ぎてしまう、二度と戻ってこないあの機会。

謝辞

以下に挙げる書物から数々の重要な知識を与えてもらわなければ、この本に収めた短篇の多くは生まれていなかったか、生まれていたとしてもずっとつまらないものになっていたことだろう。Don J.Miller著『The Alaska Earthquake of July 10,1958』並びに『Giant Waves in Lituya Bay Alaska』、Howard Ulrich,Vi Haynes著『Night of Terror』、Elliott B.Roberts著『History of a Tsunami』、Lawrence Elliott著『There's a Tidal Wave Loose in Here!』、Antoine de Baecque著『Glory and Terror』、Regina Jane著『Losing Our Heads』、オリヴィエ・ブラン著『１５０通の最後の手紙』、Peter Vansittart著『Voices of the Revolution』、Stanley Loomis著『Paris in the Terror』、Rodney Allen著『Threshold of Terror』、ダニエル・アラス著『ギロチンと恐怖の幻想』、ダニエル・ジェルールド著『ギロチン――死と革命のフォークロア』、バーバラ・レヴィ著『パリの断頭台』、サイモン・シャーマ著『フランス革命の主役たち』、J.Mills Whitham著『Men and Women of the French Revolution』、Bettyann Holtzmann Kevles著『Almost Heaven』、Rex Hall, David Shayler著『The Rocket Men』、Nina Lugovskaya著『The Diary of a Soviet Schoolgirl』、ジェイミー・ドーラン、ピアーズ・ビゾニー著『ガガーリン』、キャシー・

ヤング著『モスクワの少女カーチャ』、Philip Clark 著『The Soviet Manned Space Program』、John Herington 著『Aeschylus』、W.K.Pritchett 著『The Greek State at War』、James Davidson 著『Courtesans and Fishcakes』、Victor David Hanson 著『The Western Way of War』、Bertha Carr Rider 著『Ancient Greek Houses』、D.J.Conacher 著『Aeschylus:The Earlier Plays and Related Studies』、Michael M. Sage 著『Warfare in Ancient Greece』、R.E.Wycherley 著『The Stones of Athens』、George Sfikas 著『Wild Flowers of Greece』、Richard Lattimore 著『Greek Lyrics』、Anthony Podlecki 著『The Political Background of Aeschylean Tragedy』、Robert Flaceliere 著『Daily Life in Greece at the Time of Pericles』、Nicholas Sekunda 著『Marathon490B.C.』、スティーヴン・プレスフィールド著『炎の門』、George Derwent Thomson 著『Aeschylus and Athens』、Robert Holmes Beck 著『Aeschylus:Playwright,Educator』、Thomas G.Rosenmeyer 著『The Art of Aeschylus』、それにもちろん、アイスキュロスの現存する作品も、Richmond Lattimore、Seth G.Benardete、David Grene、Janet Lembke、C.J.Herington、Frederic Raphael、Kenneth McLeish による翻訳で。そしてまた、Richard C.Davis 著『The Central Australia Expedition1844-1846:The Journals of Charles Sturt』、Jan Kociumbas 著『The Oxford History of Australia1770-1860』、Bernard Smith,Alwyn Wheeler 著『The Art of the First Fleet and Other Early Australian Drawings』、Tim Flannery 著『The Explorers』、Ken Gelder,Jane Jacob 著『Uncanny Australia』、アラン・ムーアヘッド著『恐るべき空白』、V.M.Chernousenko 著『Chernobyl, Insight from the Inside』、Iurii Shcherbak 著『Chernobyl,A Documentary Story』、Grigori Medvedev 著『The Truth about Chernobyl』、Alla Yaroshinskaya 著『Chernobyl:the Forbidden Truth』、Alan Bowman 著『Life and Letters on the Roman Frontier』、Nic field 著『Hadrian's Wall A.D.122-410』、G.R.Watson 著『The Roman Soldier』、John David Breeze 著『Hadrian's Wall』、Mingtao

Zhang 著『The Roof of the World』、Clare Harris, Tsering Shakya 著『Seeing Lhasa』、Reinhold Messner 著『My Quest for the Yeti』、Michel Peissel 著『Tibet: The Secret Continent』、Thubten Jigme Norbu, Colin Turnbull 著『Tibet』

また、ジョン・サイモン・グッゲンハイム記念財団による支援、F・アンドラス・バー、ポール・パーク、デイヴィッド・ライトの与えてくれたインスピレーション、コリン・アダムズ、チャールズ・フークア、マイケル・マクドナルド、レベッカ・オーム、リッチ・レムズバーグ、マシュー・スワンソン、ロビ・ビア、デイヴィッド・デティアー、エアー・エクスカージョンズ社のマイク・ラブリンクの提供してくれた専門知識、ゲイリー・フィスケットジョン、リズ・ヴァン・フースの編集者としての鋭い英知、スティーヴ・ライト、リサ・ライト、ゲーリー・ゼブラン、マイク・タナカの読者そして友人としての、計り知れないほど貴重な、倦むことのない、長きにわたる貢献に、そして最後に、ほとんどすべてを読んでくれたサンドラ・リョンとロン・ハンセンの尽きることのない審美的及び精神的支援に、それから——いつものように——カレン・シェパードにも感謝する。

訳者あとがき

本書はアメリカの作家ジム・シェパードの三冊目の短篇集である。シェパードは一九五六年コネチカット州ブリッジポートのカトリック教徒の家庭に生まれ、トリニティー・カレッジで文学士号、ブラウン大学で芸術系修士号を取得。ミシガン大学で教えたのち、一九八四年からマサチューセッツ州のウィリアムズ大学（小規模ながら全米大学ランキングでしばしば一位となる難関校）で創作と映画のコースを教えており、大学所在地のウィリアムズタウンで、作家の妻カレンと三人の子供とともに暮らしている。

学生時代から短篇を書き始め、作品は『ニューヨーカー』や『グランタ』といった有名文芸誌に掲載されて高い評価を得ている。これまでに *Flights*（一九八三年）、*Paper Doll*（一九八七年）、*Lights Out in the Reptile House*（一九九〇年）、*Kiss of the Wolf*（一九九四年）、*Nosferatu*（一九九八年）、*Project X*（二〇〇四年）、*The Book of Aron*（二〇一五年）の七冊の長篇と、*Batting against Castro*（一九九六年）、*Love and Hydrogen*（二〇〇四年）、*Like You'd Understand, Anyway*（二〇〇七年：本書）、*You Think That's Bad*（二〇一一年）の四冊の短篇集が刊行されており、来年二月にはクノップフ社から短篇集 *The World to Come* が刊行される予定である。

シェパードはいわゆる「作家のための作家」と評され、一般読者への知名度はいまひとつだったが、本書が二〇〇七年度全米図書賞の最終候補となり、ストーリー賞を受賞したあたりから読者層が広がってきたようだ。ノーベル賞作家J・M・クッツェーからファンレターを貰ったことでも知られ（「これでもう死んでもいいと思った」と、シェパードはインタビューで述べている〈Identity Theory 二〇〇四年〉）、ユダヤ人少年アーロンの語りでワルシャワ・ゲットーの生活とヤヌシュ・コルチャックとの出会いを描いた最新刊 *The Book of Aron* のカバーには、ジム・クレイス、ジョン・アーヴィング、ロディ・ドイル、ジョージ・ソーンダーズといった錚々たる面々の賛辞が並んでいる。

これまでに邦訳された作品は、学校における銃撃事件を犯人のひとりである少年の語りで描いたYA作品『14歳のX計画（原題：*Project X*）』（二〇〇五年、白水社）のほか、短篇集 *Love and Hydrogen* の表題作、飛行船ヒンデンブルグ号の乗組員である同性の恋人同士を描いた「恋と水素」が村上春樹編訳『恋しくて』（二〇一三年、中央公論新社）に、動物収容所に勤務する男の語りで飼い犬を捨てに来る人々を苦々しく、切なく描いた（シェパードの犬好きは有名）「天までとどけ」が『ドッグ・ストーリーズ（下）』（一九九四年、新潮文庫）に収録されている。

作風の特徴としては、チャールズ・バクスターが「イン・メディアス・レス・エンディング」と名付けた、物事が進行中の状態で終わらせてしまう技法がよく見られる。そのためネット上には「これ何？」とか「続きは？」といった読者の反応が並んでいるが、小説は読者の自己啓発のためにあるわけではない、とするシェパードは、エピファニーに物語を制圧させることはしないと言い、読者の納得のいく事態の収束を提示したりすることはない。

膨大な資料の読み込みから生まれる歴史的フィクションもシェパードならではのもので、年代も地域もトピックも多岐にわたる。風変わりなノンフィクションを好んで読むシェパードは、読書中に興味深い状況や人物にぶつかって題材になりそうだと思うと、調査を始める。一年以上かけて調べたあげく、歴史書や伝記を書けるほど対象を把握できても、自分が満足できるフィクションにはならないと判断すれば諦めるそうだ。本書の謝辞でも眩暈がするほどの数の参考文献が並んでいる。普通なら長篇が書ける材料を、シェパードは惜しげもなく十数ページの短篇に注ぎ込んでしまう。例えば本書の「先祖から受け継いだもの《アーネンエルベ》」は、登山家ルドルフ・マイスナーの回想録で見つけた、ヒムラーの命によりスカンジナビア人種の起源を調査する傍らイエティを探す文化人類学者にチベットで遭遇した、というエピソードが元だという。

　第二次世界大戦のドイツ軍パイロット、ザ・フーのベーシストであるジョン・エントウィッスル、幼児虐殺者ジル・ド・レの助手、ゴジラを制作した円谷英二などさまざまな状況の人間を描いてきたシェパードは、当人になりきってその心の内を語ることで物語を展開するのが自分の想像力を広げるのに向いていることに気づき、一人称の作品が多くなったという。語るのは人間ばかりではない。「大アマゾンの半魚人」が語り手という一篇もある。どんな人物、生物にもなりきれるシェパードの想像力には限界がない。

　シェパードは幾つかのインタビューで、自滅的行動にとりわけ興味を覚える、人間は個人としても集団としても自滅的行動に走るのが得意だ、と述べている。「道徳的に受け身の姿勢」が創作テーマのひとつだとのことで、問題を抱えて悶々としつつ、周囲のより強い力に押し流されてしまう人間の姿に創作意欲をそそられるようだ。

　シェパードの母はイタリアのストランゴラガッリの生まれで、子供の頃に鼓膜が破れたせいで耳の聞こえが悪く、町内に響き渡るような大声でしゃべるのが常だったという。二人の息子に過剰な愛情を注ぐこの母こそが自分にとっての人生の師であり、母の間違いだらけの英語から作家に必要な言葉遊びの面白さを教わった、母がいなければ自分は作家にはなっていなかっただろうと、『オプラ・マガジン』に寄稿したエッセーでシェパードは綴っている。大学から帰省してくる息子を喜ばせようと、息子の部屋全体を家具に至るまで息子が贔屓するアメフトチーム、ミネソタ・ヴァイキングズのチームカラーである紫で塗り尽くしたこともあったという、なかなかユニークな母親のようだ。

五歳上の兄ジョンと作者は子供時代かなりの悪ガキで、一家が暮らすブリッジポートの小さな飛行場の滑走路に寝そべって飛行機の着陸を待つというとんでもない遊びをやって、心配性の父親を気も狂わんばかりにさせていた。後年、この経験を大学院時代に短篇にまとめた際、指導教官であったジョン・ホークスによって、気の利いた郊外コメディーからもっと「へんてこな」ほうへと背中を押され、のちの作風に繋がったという。精神的に不安定なところがあった兄ジョンは、しだいに自室に引きこもってひたすらロックを聴き続けるようになり、その後療養施設へ。そこでの薬物療法によってなおさらおかしくなり、どんな仕事も長続きせず、一家の背負う重荷となっていった。兄は作者にとって「閉ざされたドア」であり、家族以外の人にはどう説明していいかわからない存在だった。また一方で、幼い頃に不安に駆られて指を吸っていると、その手をしっかり自分の両手で包み込んでくれた人であり、機嫌がいいと最先端のロックについて解説してくれる人でもあった。

小説を書き始めたシェパードは、兄についてはなかなか書くことができなかったという。だがやがて、自伝的要素をフィクションに盛り込む自分なりの方法を見出し、兄を題材とした一篇は最初の短篇集の核となった。三番目の短篇集である本書は、その多くが「兄弟の物語」となっていることに気づかれた読者も多いだろう。本書に収録されている時代も国も状況もまちまちな短篇には、あちこちに兄弟のモチーフが潜んでいる。
ジョンは現在、フロリダで両親とともに暮らしている。弟の作品を読んでいるのかどうか訊ねたことはないし、兄も話題にしたことはないが、兄の本棚には自分の著作が並んでいる、とシェパードは語っている。本書はこの兄に捧げられている。

『14歳のX計画』を訳して以来、シェパードは気になる作家だった。本書も刊行されたのは知っていたのだが、なんとなく手が伸びなかった。巻頭の一篇について、チェルノブイリの話はもうさんざん読んだし、と思ったのを覚えている。一昨年の秋に「オンライン上で読めるお薦めの短篇」といった類のリストをネット上で見つけ、「ゼロメートル・ダイビングチーム」があったので読んでみた。打ちのめされた。刊行後すぐに読んでいたとしても、またひとつチェルノブイリの話を読んだとしか思わなかったかもしれない、そう考えると自分の迂闊さに泣きたくなった。すぐに原書を読んでみたところ、「ローマ人は廃墟をつくり、それを平和と呼ぶ」というタキトゥスの言葉がずしんと響く「ハドリアヌス帝の長城」も、愚かしい夢や優越意識を抱いて未開の地に踏み入る文明人が手ひどいしっぺ返しを食らう「先祖から受け継いだもの《アーネンエルベ》」や「最初のオーストラリア中南部探検隊」も、天与の才のおかげでかえって不幸な悲劇詩人を描く「俺のアイスキュロス」も、優等生を演じる自分を嫌悪するテレシコワの哀しい恋物語「エロス7」も、職業として人を殺さなければならない死刑執行人の苦悩を綴る「サン・ファリーヌ」も、現代の日常を背景にひりひりするような心の傷を描いた「シルル紀のプロト・スコーピオン」「死者を踏みつけろ、弱者を乗り越えろ」「リツヤ湾のレジャーボート・クルージング」「初心者のための礼儀作法」も、どの作品も素晴らしく、この短篇集は日本でも紹介されるべき一冊だと思った。白水社編集部に打診してみたところ、やりましょうとの嬉しいお返事をいただき、こうして刊行の運びとなった。

時代背景も地域もトピックも多岐にわたる本書の翻訳作業に際しては、いつも心強い助っ人である翻訳家平野キャシーさんをはじめ、幾人もの方々に助けられた。私には宇宙船の構造と同程度にわけのわからないアメリカンフットボールについては、Peter 並びに Reiko Lee ご夫妻とご子息、そして早稲田大学アメリカンフットボール部の元山伊織さんに大変お世話になった。そして白水社編集部の藤波健さん、金子ちひろさんには、この手ごわい短篇集の訳稿を綿密にチェックしていただき、数々の有り難い助言をいただいた。深く感謝いたします。

ジム・シェパードの描くへんてこで愚かしく切ない人間の世界を、お楽しみいただけますよう。

二〇一六年八月

小竹由美子

訳者略歴
一九五四年東京生まれ　早稲田大学法学部卒業
主要訳書
T・ボウラー『嵐をつかまえて』
A・N・ウィルソン『猫に名前はいらない』
J・シェパード『14歳のX計画』
P・トーディ『イエメンで鮭釣りを』
『ウィルバーフォース氏のヴィンテージ・ワイン』
P・ハーディング『ティンカーズ』（以上、白水社）

〈エクス・リブリス〉
わかっていただけますかねえ

二〇一六年一〇月一五日　印刷
二〇一六年一一月　五日　発行

著　者　ジム・シェパード
訳　者 © 小《こ》竹《たけ》由《ゆ》美《み》子《こ》
発行者　及川直志
印刷所　株式会社三陽社
発行所　株式会社白水社
東京都千代田区神田小川町三の二四
電話　営業部〇三（三二九一）七八一一
　　　編集部〇三（三二九一）七八二一
振替　〇〇一九〇-五-三三二二八
郵便番号　一〇一-〇〇五二
http://www.hakusuisha.co.jp
乱丁・落丁本は、送料小社負担にてお取り替えいたします。

誠製本株式会社

ISBN978-4-560-09047-3
Printed in Japan